Paula Jacques

Les femmes avec leur amour

Mercure de France

*Ce livre a été édité
sous la direction de Eglal Errera.*

Paula Jacques, de son vrai nom Abadi, est née au Caire, d'où sa famille est expulsée en 1957. Elle passe son enfance en Israël, avant de venir en France.

À Paris, elle exerce toutes sortes de « petits métiers », puis elle fait de l'animation culturelle à la Comédie de Saint-Étienne et crée, en 1971, une compagnie théâtrale.

Depuis 1975, elle est journaliste dans la presse écrite et productrice à Radio France.

Elle a reçu le prix Femina en 1991 pour son roman *Deborah et les anges dissipés.*

À Simone Gallimard,
de si chère mémoire

Les femmes avec leur amour,
dont les pleurs sont comme la pluie,
se retrouvent à la fin si seules,
si seules avec leur cœur,
qu'elles détestent leur cœur
autant qu'elles ont aimé l'amour.

MIRANDA, 1956.

Première partie

CHAPITRE I

MARA

I

Il m'est arrivé une chose dramatique cette nuit, une chose d'une répugnance sans nom. Ma montre que je n'ai pas remontée, pour mieux m'habituer au commencement de cette chose, s'est arrêtée à deux heures et vingt-six minutes. Nous sommes le vendredi 5 octobre 1956, la date a une extrême importance. À partir d'aujourd'hui, ma vie aura un avant et un après.

Je m'appelle Myriam Louria (Mara pour les intimes), j'aurai douze ans dans un mois et vingt jours. À l'école, personne ne m'aime énormément. Je redouble la sixième. Je suis née à sept mois et dix jours et, comme chacun sait, les prématurés n'ont pas la bosse des études, des maths surtout. Voilà le malheur. Peu d'êtres auront souffert autant que moi par les maths. Il s'agit peut-être d'une infirmité de mon cerveau. Il me manque peut-être le chromosome des maths, de la géographie, des sciences, toutes ces connaissances qui entrent en vous par le cerveau. Celui des rédactions, par exemple, ne me pose aucun problème. J'ai toujours été en sympathie avec les mots qu'on retient par cœur justement, avec le cœur ! Je n'ai jamais rien eu de commun avec mes parents, mais tous les gosses, je suppose, se racontent des histoires d'enfant volé au berceau à la plus merveilleuse famille qui soit. Les Louria, mari et femme, remplissent leurs obligations envers moi et que me faut-il de plus ? J'ai une grande chambre à part, tout au bout de l'appartement, avec un tas de jouets, de vêtements, de bouquins, de meubles inutiles, ceux dont ma mère ne veut plus, et que me faut-il de plus ? Rien, on pourrait croire. Ma mère est un joli monstre d'égoïsme, mon père ne s'intéresse qu'au jeu d'échecs. La raison profonde de leur indifférence tient à mon sexe de fille. Dans la plupart des romans, c'est au garçon qu'échoient l'attention, l'affection et l'ambition des parents. Autrement dit, c'est un grand malheur de ne pas être le fils que les parents souhaiteraient voir à votre place. On se sent étrangère dans sa propre maison où la seule personne susceptible de vous considérer, de vous parler comme on se parlerait à soi-même, est Zanouba, la vieille dada[1] : « Je te connais Mara, je te connais de l'intérieur comme si je t'avais portée entre mon ventre et ma ceinture. »

1. Bonne d'enfants, nounou en arabe.

Dada Zanouba me connaît, si on peut dire les choses ainsi, depuis près de six mois. Je me souviens qu'à la première minute où je la vis (entrevis plutôt car je n'avais pas éprouvé le besoin de la regarder) elle s'inquiéta de ma joue déformée par une rage de dents dont personne ne s'était encore avisé. Elle s'était présentée chez nous un vendredi matin, le jour où se prépare le festin du shabbat. La veille, notre bonne avait fait une scène et était partie. Dans ce genre de situation, ma mère perd les pédales, elle engagerait n'importe qui. Zanouba se disait prête à commencer sur-le-champ. À toutes les questions que ma mère lui posait, elle répondait avec l'humilité des femmes vertueuses qui ont une foule de bouches à nourrir. Je pensai : comme elle est docile ! Plus tard, je compris, avec sympathie, que cette nouvelle dada était tout ce qu'on voulait, sauf docile. Sa force réside dans une soumission apparente combinée avec des ruses infinies. N'est-ce pas le seul recours laissé aux domestiques et aux enfants ? Quand je découvris que Zanouba et moi étions logées à la même enseigne, je me rapprochai d'elle. Je lui confiai mes secrets. Je n'ai pas d'amies de mon âge. Qui voudrait sympathiser avec une personne qui se fâche plus facilement qu'elle ne se lie ? Je suis de la graine dont sont faits les farouches, les solitaires retranchés dans leur vie intérieure. Cela vient de mon goût exclusif pour les livres. Et naturellement, lorsque Zanouba entra dans ma vie, mon esprit enfiévré par la lecture vit en elle une possible descendante de la reine de Saba qui, elle aussi, avait la peau très noire.

Dada Zanouba est vieille mais belle. Elle a des yeux couleur de miel, un tatouage en forme d'étoile bleuit la rencontre de ses sourcils. Quand elle se passe de l'eau sur le visage, on dirait un miroir de bronze poli. Son maintien aussi a quelque chose d'extraordinaire. Sa façon de tenir droite sa tête couronnée de tresses, ses boucles d'oreilles en forme de croissant, les bracelets de verroterie tintant à ses poignets, la couche de vêtements superposés qu'elle porte même pour travailler : un tablier toujours propre et net, recouvrant une robe de cretonne imprimée à manches bouffantes, enfilée sur une combinaison à bretelles, le tout dissimulé, quand elle sort, sous une melaya[1] bordée de petits motifs dorés, tout cela et d'autres choses tenant à son caractère lui donnent une allure royale même lorsqu'elle accomplit les tâches les plus serviles. Alors, son visage arbore une expression d'amer dédain, comme si elle s'affairait dans une porcherie.

Dada Zanouba dit souvent qu'elle n'a pas été mise au monde uniquement pour servir de domestique aux *roumis*[2]. Quand j'affirme le contraire, juste pour la taquiner un peu, elle pique un de ces accès de colère dont aucun des trois Louria ne sort indemne : que la honte, si honte il y a de gagner son argent honnêtement en tenant une maison étrangère, que la honte

1. Grand voile noir.
2. Terme arabe qui désigne les Européens.

retombe plutôt sur les personnes incapables de s'occuper d'elles-mêmes. Le message de dada Zanouba, basé sur le dur apprentissage de la vie me paraît clair : l'être venu au monde les mains pleines est esclave de la richesse, entendez de la facilité, de la paresse, de l'égoïsme. Zanouba voue une aversion profonde aux puissants de la terre. Elle y inclut les contrôleurs des tramways, les policiers, notre portier qui lui refuse l'usage de l'ascenseur, les petits voyous des rues qui l'interpellent au passage : « Oh toi, la noiraude, est-ce que tu déteins au lavage ? » et elle les rembarre alors proprement : « Voyez plutôt la merde à votre cul ô sales bâtards de votre salope de mère ! » Son aversion égale la haine qu'elle éprouve pour l'ennemi suprême : le mari. Elle trouve les maris aussi méprisants envers leurs femmes que la plupart des patrons l'ont été à son égard. Quant à savoir si elle parle en connaissance de cause... Chaque fois que je l'interroge sur la façon dont un homme s'y prend avec sa femme, la vieille Zanouba ironise : « Il ne l'apprivoise pas avec des bonbons. » Ou encore : « La curiosité brûle. Cherche ailleurs ta nourriture de petite fille. »

Hier, pour revenir à mon drame personnel, j'étais allée au lit, en sachant que je ne dormirais pas. Il faisait une chaleur à crever. Ma chambre donne sur la rue Hoda Charaoui où, du matin au soir, une foule de gens pousse des hurlements féroces ; les marchands de fausses antiquités, les vendeurs de billets de loterie : « Tentez votre chance ! À tous les coups on gagne ! », les joueurs de trictrac attablés aux terrasses des cafés, les gosses qui courent après les voitures en essayant d'attraper la fumée des pots d'échappement. Chaque poste de radio, accroché par quatre clous rouillés à l'extérieur des boutiques et des cafés, déverse des musiques différentes. Une chanson revient si souvent qu'on finit par apprendre les paroles sans connaître l'italien.

Le donne con il loro amore,
il cui pianto è come la pioggia,
si ritrovano così sole,
con il loro cuoro
da detesta lo cuanto
hanno amato l'amore.

La chanteuse est une grande vedette du cinéma égyptien, une ces blondes fausses ou vraies dont le public raffole à condition qu'elles soient bien rondelettes. Celle-ci s'appelle Miranda, le rossignol italo-arabe. On dirait plutôt un couple de chats qui, du fond de sa gorge, se répondraient d'une terrasse à l'autre. Quand elle arrête de chanter on se sent soulagé. L'instant d'après, on n'a plus rien à faire, alors, on sifflote d'un air ironique : « Les femmes avec leur amour » et on pousse des gémissements comme si on avait mal à une dent. Les femmes sont folles de se torturer pour cette chose vague qu'on appelle l'amour. Elles s'y lancent tête baissée, elles aiment, elles font toutes sortes de bêtises et, en un rien de temps, tout est fini, elles ne savent pas ce qu'elles ont gagné, ni ce qu'elles ont perdu.

Hier, j'avais écouté Miranda dérouler sa voix plaintive sur les murs de ma chambre puis j'avais ouvert mon livre. Je lisais pour la troisième fois *Le Chevalier de Maison-Rouge.* Tout me plaisait dans ce roman : la beauté des descriptions, les dialogues endiablés, les personnages avec leur amour impossible sous la Terreur des sans-culottes. Une scène surtout me bouleversait : celle où le chevalier, caché sous l'échafaud, trempe son petit mouchoir blanc dans le sang encore chaud de la reine et aussitôt il expire en murmurant, avec un divin sourire, qu'il y a dans la vie des amours qui durent après la mort. C'est possible ! Pour moi, en tout cas, il y a dans la vie des livres qu'on ne voudrait jamais finir.

En me réveillant, j'ai eu la sensation d'avoir barboté toute la nuit dans une piscine dont l'eau montait à peine jusqu'à mes genoux. Il y avait dans l'air une odeur qui ne ressemblait pas à l'odeur du pipi. Depuis une éternité déjà, j'avais cessé de m'oublier au lit et, s'il me restait un doute à lever là-dessus, cette odeur particulière, comme repliée au fond de moi, m'était parfaitement inconnue. Cette odeur avait la force d'une maladie. Elle suscitait en moi un sentiment de peur que je ne pouvais pas expliquer. La lune s'affolait sur le plancher. La table de chevet, la commode, le ventilateur au-dessus de mon lit n'avaient pas leur aspect habituel. Ils semblaient se dilater dans la pénombre, ils grandissaient sous l'effet de la peur qui était en moi et je ne reconnaissais plus les objets familiers que j'avais toujours connus.

J'ai allumé la lampe de chevet. Ma montre marquait deux heures vingt-six minutes. Je l'ai plaquée contre mon oreille. Le temps s'est écoulé à travers mon corps. Le temps s'est étiré, il a rétréci, s'est étranglé et brusquement il s'est arrêté.

Je me suis assise dans mon lit. Mon pantalon de pyjama était éclaboussé de gouttes grandes comme une pièce de dix piastres. J'ai retiré mon pantalon et, aussi émue que si je palpais un petit animal inconnu, j'ai touché l'endroit d'où venait le sang. Malgré la pudeur, j'ai poussé mon doigt loin dans l'humide, le doux pareil à du sable mouillé, ce qui m'a fait penser au filet que les pêcheurs lancent dans le Nil, depuis leurs barques. J'ai pensé aux poissons, aux herbes sauvages, à la betterave rouge foncé quand elle est cuite. J'ai pensé à une blessure sans gravité que j'aurais pu attraper au cours de gymnastique, par exemple, en montant à la corde, ou bien en dévalant un escalier sur la rampe, selon ma sale habitude. J'ai pensé à n'importe quoi pour ne pas penser à cette chose qui arrive aux filles une fois par mois à partir d'un certain âge. Les garçons, j'ai pensé, ont la chance de n'être pas des filles. Un garçon met beaucoup de temps à devenir un homme, une fille devient femme en une seule nuit, c'est comme une deuxième naissance qui se ferait sans prévenir, qui se ferait beaucoup trop tôt. À douze ans moins un mois et vingt jours, on a peine à imaginer qu'on devra renoncer, tous les mois, au cours de gymnastique, à la patinoire, à la piscine. Durant combien d'années ? Toute la vie ? Cela donne envie de vomir. On se contient pour ne pas ajouter une saleté à l'autre. On se précipite dans la salle de bains. On s'étonne de ne pas reconnaître son visage. Les yeux sont cernés, le regard se fait effrayant sous la frange rousse. Les cheveux ont poussé en broussaille, ils font mal au crâne. On empoigne une paire de ciseaux, on taille là-dedans à droite, à gauche, devant, derrière. Il en reste encore ? Alors tirer dessus très fort jusqu'à ce qu'ils tombent de la tête et qu'on n'en ait plus du tout. Il ne faut pas pleurer. On nettoie le lavabo. On jette les mèches dans la cuvette à merde. La chasse d'eau les emporte. On réfléchit. On se demande si on ne pourrait pas faire comme si de rien n'était. On s'est trompé, voilà tout, ça passera, ça ne reviendra plus.

J'ai fait couler un bain. Je me suis savonnée à sept reprises, en insistant sur mes parties laides. J'ai frotté, j'ai gratté toute cette laideur pénétrée dans ma chair. En sortant de la baignoire, j'ai remarqué un filet de sang incrusté sur le carrelage, au pied du lavabo. Je me suis mise à dérouler des mètres et des mètres de papier-toilette. J'ai frotté, frotté... Je n'ai réussi qu'à étaler les traces de ma culpabilité. Je suis allée prendre du papier-toilette que j'ai mouillé sous le robinet du lavabo pour en faire une sorte d'éponge. J'ai frotté encore, puis j'ai essuyé... Ensuite, j'ai fourré plusieurs épaisseurs de papier-toilette dans une serviette. J'ai noué ce pansement autour de mes reins. On aurait dit un oreiller aux grosses joues. J'ai enfilé un pantalon de pyjama. Sur la pointe des pieds, je me suis faufilée dans la cuisine. La porte ouvrant sur le palier faisait un long bruit. J'ai écouté, m'attendant à voir surgir ma mère, ou pire mon père. J'ai grimpé l'escalier de service en me cognant aux poubelles que les chats avaient renversées.

II

Dada Zanouba habite sur la terrasse de l'immeuble, une chambrette dont la porte, peinte en vert pistache, se barricade avec deux barres métalliques reliées par une chaîne à cadenas. Un système, très inventif, est mis en place à l'intérieur de la chambre : du papier journal ! Un tas de feuilles froissées que Zanouba, dans sa hantise des voleurs qui pourraient convoiter son maigre bien, dispose chaque nuit autour de son sommeil.

Je frappe à la porte comme une sourde.

Quand dada Zanouba apparaît enfin dans une combinaison à bretelles, ses yeux errent dans la région de la surprise : « Qu'as-tu fait à tes cheveux ? », puis de la colère : « En voilà des façons de réveiller le monde ! » L'oreiller qui déforme l'entrejambe de mon pyjama l'étonne, moi, c'est son étonnement qui m'étonne. Aurait-elle oublié comment la chose s'est passée pour elle ?

Le papier journal crisse sous mes pas. Le lit occupe

presque tout l'espace. Une chaise basse sert de table de chevet. Une lampe à pétrole, assaillie par les moucherons, est posée sur un plateau de cuivre rond, à côté de la gargoulette. Zanouba fouille dans le coffre où s'entassent son linge et les vieilles robes dont ma mère se défait généreusement bien qu'elle sache que notre dada ne consentira jamais à les mettre. Elle attrape une culotte, l'examine à la lueur de la lampe.

« Une culotte presque neuve, me dit-elle sévèrement, je te la donne. Enlève ton pyjama. »

J'obéis, raide de peur et me voici sur pied comme un ressort qui tremble. Zanouba me donne une tape sur les fesses puis, souriant autant qu'elle peut sourire :

« Lève la jambe, n'aie pas peur, tu t'habitueras comme je me suis habituée. Je vais te nettoyer puis je te mettrai ma culotte. Je te ferai un nœud devant et un nœud derrière. Les nœuds arrêtent les microbes. Moi j'ai eu pas mal de douleurs avec la maladie du ventre. Dans mon village, on appelle ça *batn el bent*, ça veut dire : le ventre de la fille. La maladie du ventre est noire, aussi noire que la lune quand elle tourne le dos au soleil. Elle m'est tombée dessus au lever du jour et au bord du Nil. J'avais fini de me laver dans le fleuve lorsque j'ai vu du sang sur mon doigt. J'étais aussi ignorante que toi. J'ai été voir ma mère, je lui ai dit : “Maman, j'ai peur. J'étais en train de me laver et j'ai vu du sang sur mon doigt.” Elle m'a expliqué que c'était “mon ventre”, que c'était arrivé à mon ventre. Je lui ai dit : “Mais enfin, maman, mon ventre n'est pas blessé, qu'est-ce tu inventes ?" Alors elle m'a avoué que c'était ma puberté et que maintenant je pouvais me marier et avoir des enfants.

— Quelle horreur ! Il ne manquait plus que ça. La puberté n'arrive pas à douze ans presque moins deux mois.

— J'avais un an de plus que toi, c'est vrai, ma précieuse, mais tu peux quand même te marier et mettre au monde un premier bébé.

— Ni un premier ni un deuxième ! Il n'en est pas question. Et tu t'es mariée à treize ans ? Tu avais déjà les seins ? »

Zanouba ne répond pas. Elle s'assure que la culotte large comme deux fois mon derrière est bien ajustée autour de mes reins. Elle me remet mon pyjama avec toute la douceur dont ses mains sont capables.

« Moi, j'ai souvent du mal avec mon ventre. J'utilise une serviette de coton. Quand elle est sale, je la lave dans l'eau bouillante et j'en mets une autre. Je fais un nœud devant et derrière pour que les microbes ne pénètrent pas.

— À quel âge tu t'es mariée, dada ? Tu as eu combien d'enfants ?

— Si mon ventre me fait mal aux reins, je prends des cachets marron. Je t'en donnerai. Je te donnerai aussi des œufs battus dans du lait. Le lait de poule combat la faiblesse des organes.

— Tu peux te le garder ton lait de poule, quelle horreur ! Je suis malade. Mon ventre me fatigue, je n'irai pas en classe.

— Honte sur toi. Moi, ça ne m'a jamais empêchée de travailler. Quand j'étais plus jeune, le sang descendait dans mes reins comme un diable en colère. Maintenant, je me suis habituée et c'est à peine si...

— Mais, dada, quel âge as-tu maintenant ? »

Dada Zanouba ne répond jamais directement aux questions qu'on lui pose, et pas du tout quand on l'appelle dada.

« L'année de mes neuf ans, je m'en souviens encore, une année terrible... Neuf ans ! J'avais neuf ans quand le barbier m'a tempéré les sens et crois-moi, à cet âge-là...

— Quel barbier ? C'est quoi tempérer les sens ? Comment on fait ça ? Dis-moi, dada, dis-moi s'il te plaît !

— Arrête de m'appeler dada. Je ne suis pas venue au monde avec un nom de domestique. Je porte le vrai nom d'une grande sainte, Zeinab, et mon père le faisait toujours suivre d'une caresse. »

Nous nous tenons les mains, assises toutes deux au bord du lit, les jambes pendantes. À la fenêtre, la lune est un œil grand ouvert sur le secret des choses.

« Regarde, je te propose un marché : raconte-moi comment on tempère les sens et je te donnerai un beau cadeau. Ma montre, tu veux ma montre ?

— Pour que ta mère dise que je l'ai volée ? Ce n'est même pas de l'or ! Pourquoi veux-tu toujours tout savoir ? L'histoire de ma vie est amère. Elle aurait été différente si mon père avait vécu. Je te raconterai peut-être, on verra, je dois consulter mes voix intérieures. »

Zanouba marmonne. Un marmonnement si vague qu'il ne peut me servir à rien. Elle se tait une minute. Puis, m'attirant à elle, dans un grand geste de pitié, elle s'écrie :

« Chacun doit faire ses propres expériences. Ma main est à moi, ce ne sera jamais la tienne. »

La fenêtre commence à blanchir. Zanouba va puiser au robinet de la terrasse. Je la suis comme une petite chienne son maître. L'eau gicle dans la cuvette. En se savonnant les aisselles, Zanouba découvre sa poitrine car la combinaison a glissé. Les draps secs sur leur cordage sentent le basilic, les tomates et le citronnier que Zanouba fait pousser dans des seaux et de gros bidons d'essence. Rien ne ressemble à cette odeur suspendue dans le ciel. Elle se gâte, lorsqu'il y a du vent, de la puanteur montée des poubelles que les chats fréquentent. L'eau gicle sur le carrelage. Zanouba écarte les jambes pour ne pas mouiller ses vieilles pantoufles. La combinaison a glissé, elle la retire par-dessus la tête. Elle est nue dans sa peau luisante, toute noire. C'est la première fois que je lui vois des seins, des fesses... Un sexe, je l'aperçois d'un coup, tapi sous un triangle de mousse sombre. Je baisse les yeux. Je fixe le méchant dallage.

« Tu es une drôle de petite hypocrite, Mara. Ça ne te fait pas plaisir de me voir toute nue ? »

Zanouba me tire par le nez, elle me force à relever la tête. Elle a sur le visage un sourire féroce et aguicheur. À la vue de son sourire, je comprends que la vieille Zanouba n'est pas réellement très vieille. Il se pourrait même qu'elle soit du même âge que ma mère dont la vie entière s'est passée à ne rien faire... Ses seins se tiennent encore et bien qu'ils ne soient pas aussi gros que ceux de ma mère qui a un mari, je me demande si quelqu'un les embrasse parfois. Le bout porte une rondelle violacée. Zanouba remet sa combinaison à même sa peau mouillée, et brusquement je sens mes seins se mettre à grandir vers le dehors, à la rencontre de ma veste de pyjama. C'est à peine croyable sauf à considérer que les choses les plus invraisemblables peuvent se produire d'un seul coup, au moment où on s'y attend le moins ! Mais soudain, comme Alice dont la taille varie au gré des chapitres, mes seins rapetissent, les voici rendus à une ombre de poitrine. L'espace d'une seconde, je crois que, dans la foulée des prodiges, le sang a cessé de couler entre mes jambes. Je tâte l'espèce de lange confectionné avec la culotte de Zanouba. Le nœud de devant s'est relâché. Je n'ose le resserrer de crainte que Zanouba pense à des démangeaisons en cet endroit. Cette culotte est une saleté où le sang reste aux aguets. À la pensée qu'il sera déniché de sa cachette et livré au regard froid de ma mère, je sens mon cœur se déchirer en mille morceaux. *Qu'est-ce qui t'arrive encore, ma petite fille ? C'est pour ça que tu me déranges ?* Ma mère est une femme froide comme un poisson en gelée.

« Allons, Mara, calme-toi un peu. Tu ne fais que

remuer comme si tu marchais sur des braises. Aide-moi plutôt. »

Zanouba me montre, près du robinet, la caisse où elle range ses peignes, ses épingles, des rubans et une petite glace. Je lisse ses longs cheveux, je les tresse autour d'un ruban blanc. Tandis qu'elle admire le résultat dans la glace, je lui demande si la maladie qui est mon sang peut guérir, auquel cas je me considérerais bénie de Dieu et heureuse pour toujours. Zanouba se marre parce que le vœu de l'enfance crédule n'a jamais changé un seul plan du Seigneur. À la tête que je fais, elle ajoute :

« Tu n'iras pas à l'école aujourd'hui, je le prends sur moi. Je parlerai à ta mère, je lui expliquerai ce qui t'est arrivé, elle comprendra. Ça marche ? »

J'éprouve le même soulagement que si je pleurais, un lien douloureusement serré se relâche enfin, et l'idée s'impose à moi. Une idée évidente, comment ne l'ai-je pas eue plutôt ? Zanouba est plus proche de moi que ma propre mère. Une autre idée surgit du plus profond de moi-même. D'abord, ce n'est pas une idée, mais une sorte de chaleur qui me monte au cœur : Zanouba est pareille à moi ! Zanouba est moi ! Moi et Zanouba sommes une seule personne dans deux corps différents.

CHAPITRE II

ZANOUBA

Mon histoire, si j'avais le temps de la raconter, te permettrait de faire ton chemin dans la vie, c'est sûr. Mais mon temps ne m'appartient pas, tu vois, il déborde sur moi. Je balaye ta chambre. Je lave ton linge. Je récure les toilettes après ton passage. Je fais la cuisine et je mange tes restes. La nuit, je paye dans mon corps la rançon de la fatigue. Voilà un peu ma vie. Ma vie est aussi noire que ma peau. Ma peau est noire. Mes bras sont forts. Mes yeux sont couleur miel. Mes dents sont blanches. Mes mains sont vides. Mon dos est puissant. Mon dos est assez puissant pour porter le fardeau d'une mule. Comment m'appelle-t-on ? On m'appelle dada Zanouba. Est-ce que par hasard je serais venue au monde avec un nom de domestique ?

Je suis née à Kom el Kadi, un village tel qu'il en existe beaucoup dans le delta du Nil. Et maintenant fais bien attention. Imagine que tu te trouves au bord du Nil, le dos tourné au soleil. Tu vois une terre fertile, bénie de Dieu. Eh bien, toute cette terre appar tient au pacha qu'on appelle par-derrière : Sale vieux, Ver de fumier, Chacal, car il ne sait que sucer le sang des paysans. Imagine maintenant que tu prends une route de terre sur la rive droite. Tu arrives à mon village. Tu vois beaucoup de maisons creusées dans la terre, à la façon des termites. La couleur de ces maisons rappelle la boue séchée à quoi s'ajoute la paille dont les toits sont faits. Tu descends une grande rue, une seule grande rue et tu vois une belle mosquée, un bureau de poste, deux ou trois magasins, un café et c'est tout ce que tu vois. Le café est toujours plein de bruits et de querelles. Les hommes vont au café pour battre les cartes et dire du mal de leurs semblables. Voilà un peu nos villages ! La misère y déploie son dais de malveillance et de tristesse. Si la tristesse du fellah était un travail, il ne connaîtrait plus la faim. En disant cela, mon père écartait ses deux bras pour montrer qu'il ne possédait que ça et son courage.

Mon père travaillait un champ de maïs large de mille mètres avant d'atteindre le Nil. S'il récoltait cinquante mesures de maïs, le pacha lui en donnait le dixième. Le tiers si la moisson sortait abondante. Dans tous les cas, il fallait payer les semences. D'une année à l'autre, le sort nous accordait le pain et le gros sel, la gorgée d'eau et les habits troués. Un petit bout de jardin, devant la maison, donnait des tomates et des carottes et tout ce qu'il donnait nous le mangions.

À la maison, nous étions trois enfants. Deux garçons, et moi, la dernière venue. Il y avait aussi mon jeune oncle, le frère de mon père, qui vivait sous notre toit. Mon père avait le cœur plus large que sa maison. Toutes les filles pensent ainsi de leur père, mais en vérité le mien possédait une lumière à lui. Il aimait la musique. Il allait chanter au café en s'accompagnant du oud[1]. À cette époque, nos campagnes étaient occupées par les Anglais. Des soldats campaient sur la rive droite du Nil, en face du village. Les enfants leur faisaient la nique, parfois, en leur chantant : « Le con de ta mère a engendré de la merde, mais je n'y suis pour rien ! » Les soldats riaient parce qu'ils ne comprenaient pas notre langue. Quand ils s'ennuyaient, ils venaient au café boire de l'alcool au nez des musulmans. L'un d'eux pourtant appréciait la vraie musique. Il s'est pris d'admiration pour mon père. Il lui a dit : « Un don pareil c'est comme de l'or entre les doigts. Va faire le musicien au Caire car tu as de l'or entre les doigts. » Les étrangers ne mettent pas de malice dans leurs compliments, mais ils ignorent l'âme du fellah. Les racines du fellah plongent profondément dans sa terre, il redoute de la quitter. « Est-ce que Dieu avait ma musique à l'esprit quand il m'a fait naître dans les limites de Kom el Kadi ? disait mon père. Si je pars faire le jeune homme au Caire, qui nourrira les bouches affamées ? » Quand une corde de l'instrument s'est cassée, mon père ne l'a pas rempla-

1. Instrument à cordes.

cée. Il a fini par troquer son oud contre une paire de harnais. Voilà un peu le fellah. Il détruit le rêve qui met le péril dans son esprit. Il se résigne, et dure ce que dure dans la boucherie, le bœuf qui toute sa vie a tiré la charrue.

Avant la mort de mon père, je n'avais aucune idée de ce que pouvait être la mort. Je ne la craignais pas. Tant que l'enfant ignore qu'il appartient au genre humain, il ne croit pas à la mort. On ne meurt pas tant qu'on est en vie. Je m'éveillais le matin et je regardais le ciel. J'allais prendre un pain de savon et la gargoulette et je descendais jusqu'au Nil. Je me lavais de la tête aux pieds, à fond. Je remplissais la gargoulette. Je revenais à la maison. J'avais déjà allumé le four quand mes frères se levaient. C'étaient des garçons, ils avaient la faveur de ma mère. Ils allaient, ils venaient, moi, je devais rester à la maison pour balayer, laver le linge s'il y en avait à laver et nourrir les poules. Les jours de marché, mes frères partaient acheter des sucreries et s'amuser sur les balançoires en forme de bateau. Ils partaient sans moi et je faisais des tas d'histoires. J'étais têtue déjà et très violente pour une petite fille. Pour me calmer, ma mère m'a fait tatouer une étoile bleue sur le front. Retournez la cruche sur son col, dit le proverbe, et la fille en sortira exactement semblable à sa mère. Lorsque j'ai pris conscience d'appartenir au genre humain, j'ai vu que j'étais faite en noir, comme ma mère. J'aurais tant voulu sortir à l'image de mon père. Il avait la peau blanche, aussi douce qu'un morceau de sucre. Il aurait pu épouser une belle de sa race. Quand je lui demandais pourquoi il avait choisi ma mère, il me répondait : « Je l'aime telle que Dieu l'a faite. » Voilà ce qu'il me répondait. Au village, les visages allaient du plus clair au plus foncé sans préjudice. Il n'y a qu'au Caire que les gens accordent de l'importance à leur couleur. Ceux-là, je leur retourne leurs compliments. Je leur dis : mêle-toi de ton cul ! eh tête de merde ! Je leur dis : monte et descends sans fin la route des sept chemins ! C'est tout le mal que je leur souhaite. Aujourd'hui je m'en fiche, mais à l'époque, quand je suis arrivée au Caire, les méchants me causaient de la peine.

Ma route des sept chemins a commencé à la mort de mon père. Un matin, le facteur s'est présenté chez nous avec une lettre. Ce matin-là, le malheur est entré dans la maison parce que cette lettre personne ne pouvait la lire, ni à l'endroit ni à l'envers. C'est pour ça, à mon avis, qu'on a fini par la perdre. Ou alors, elle est tombée d'elle-même dans le four allumé. Finalement, il était trop tard pour payer à temps les impôts. Lorsque l'employé du fisc est venu nous visiter, mon père l'a reçu à coups de bâton. Il a été conduit en prison. À sa sortie, un grand changement s'était produit en lui. Son cœur s'était brisé en prison et ses yeux ne brillaient plus comme une lampe allumée. Au lieu d'aller travailler, il restait assis devant la porte de la maison et il regardait passer la vie. La veille du jour où il est allé rencontrer son créateur, il a dit à ma mère : « Femme, je me sens un peu fiévreux et pourtant j'ai froid. » Il est allé s'étendre près du four allumé. Au lever du soleil, il était mort.

Ma mère a empli la maison de ses cris. Mon oncle paternel lui a dit : « Pourquoi tant de cris ? Ton mari ne peut plus t'entendre. Je vais m'occuper de toi et tes enfants, je les porterai dans mes yeux. » Cela voulait dire qu'il allait mettre la main sur la maison de son frère ainsi que sur les choses et les êtres qu'elle contenait. Jour plus noir que ma peau ! Cent fois plus noir ! Du jour au lendemain, ce jeunot plus effacé qu'une ombre est devenu pharaon d'Égypte et du Soudan. Sa loi ne connaissait que la force et les brimades. Mes frères tremblaient devant son bâton sans oser se plaindre car le châtiment, dans ce cas, aurait été pire.

Lorsque Pharaon revenait des champs, ma mère et moi devions être là pour le servir. Ma mère lui retirait ses chaussures et moi, je lui lavais les pieds. Il aimait que je lui essuie les doigts de pied l'un après l'autre avec une serviette. Ma petite main lui était plus douce que celle de ma mère. Il avait l'habitude de se réveiller en pleine nuit. Son estomac était tyrannique. Il me réclamait. Je me relevais et je lui préparais un lait chaud. Il m'asseyait sur ses genoux, me caressait et chantonnait comme pour m'endormir. Je fermais les yeux mais je ne dormais pas. Je sentais sa main tâtonner à la découverte de mon corps. J'étais encore une gamine, pas de poitrine, pas de taille. J'étais une gamine dans la graine de ses huit ans. Je restais assise sur les genoux de mon oncle. Sa main bougeait sur moi, j'en éprouvais un petit plaisir. Quelque chose me disait que j'étais coupable d'apprécier ce petit plaisir mais je l'appréciais, c'est un fait. Je l'appréciais parce que si je levais les yeux vers le visage de mon oncle, son visage tout blanc, il me semblait voir mon père. Une ressemblance si troublante a de quoi vous faire perdre la tête.

Une nuit, ma mère s'est réveillée. Elle a vu que j'étais assise sur les genoux de mon oncle. Elle n'a rien dit. Elle a fait la somnambule qui vient étancher sa soif à la gargoulette. Le lendemain, mon oncle était parti au champ, elle m'a cognée la tête sur le sol. Elle m'a dit que j'avais jeté un sortilège au frère de son mari défunt. Elle m'a dit d'aller voir le barbier et de lui emprunter sa pierre à aiguiser. Elle m'a dit de laisser macérer la pierre dans de l'eau d'eucalyptus. Ensuite, je devais boire cette eau pour redevenir propre et pure. J'ai bu l'eau. Je me suis sentie nettoyée comme si, après avoir été recouverte d'une couche de merde, je m'étais baignée dans le Nil. Le sortilège est sorti. Mon oncle paternel ne m'a plus réclamée, ma mère à présent lui chauffait son lait. Comment je l'ai su, ne te regarde pas, Mara. Je fais partie de ces gens qui respectent la vie privée des autres, tu devrais le savoir depuis le temps... Je l'ai su tout de suite, en fait, parce que nous vivions dans deux chambres se faisant face, de part et d'autre de la cuisine. Et, comme dit le proverbe, celui qui ne peut voir avec ses yeux, verra avec ses oreilles.

Six mois, sept peut-être ont passé sur ma tranquillité et j'ai eu mes neuf ans. Ce jour-là, ma mère m'avait cousu une nouvelle robe et elle a couvert mes cheveux d'un joli foulard. En me voyant parée comme une petite fiancée, mon oncle a changé de manières. Il est devenu sombre, amer, comme si ma jolie tournure lui portait offense. Lorsque je lui demandais pourquoi il se montrait si dur envers moi, il me répondait qu'une fille est faite pour être matée, sinon elle finit dans la putasserie. Voilà un peu l'hypocrisie des hommes. En réalité il ne pouvait plus lâcher son vice contre moi, alors il se soulageait en paroles. Salope, effrontée, garce, fille de chienne. Les paroles n'ont pas de consistance, mais les coups c'est une autre affaire. À cette époque, j'ai été plus maltraitée que notre ânesse. Une bête battue à mort ne vous sert plus de rien. Mes frères aînés prenaient ma défense, puis ils m'oubliaient. Je ne rapportais pas à ma mère car elle tenait son beau-frère pour un bon musulman. Il dépliait son tapis cinq fois par jour et, à la fête du Nouvel An, il partait au pèlerinage de Sayeda Zeinab.

Une fois, en revenant du Caire, mon oncle m'a trouvée seule à la maison. Ma mère était chez une voisine et mes frères travaillaient à castrer le maïs. Mon oncle paternel m'a tordu le bras. Il m'a dit : « Maintenant tu vas me cajoler la moustache ou je casse en mille morceaux ce bras-là. » Je lui ai dit : « Fils de pute, je ne te toucherais pas même si tu étais un arbre chargé des fruits du paradis. » J'ai couru chercher le couteau dont on dit qu'il referme la plaie par lui ouverte. Je l'ai levé contre mon oncle paternel. Je l'aurais tué s'il n'avait jeté un sort au couteau. Soudain j'ai senti la lame mollir, elle coulait entre mes doigts comme du beurre fondu. Mon oncle m'a dit : « Te voilà bien avancée maintenant. Soumets-toi sinon je te rendrai hideuse même aux yeux de ta mère. »

Je suis allée au cimetière implorer la protection de mon père. Il ne se manifestait pas alors je l'ai traité de tous les noms. Voilà un peu comment j'étais alors. Prompte à la violence et aux blasphèmes interdits même en pensée. Le mauvais esprit me possédait. J'ai été demander conseil au barbier, celui qui sait. Il m'a dit : « Méfie-toi de ton shaïtan. Chacun de nous est habité par un démon qui nous inspire des visions et des pensées condamnables. » Je lui ai rétorqué : « Mon shaïtan n'est autre que mon oncle, cet être corrompu et vil ! » Le barbier m'a traitée d'effrontée. Il m'a ordonné de ne plus raconter de mensonges à propos d'un homme de devoir et qui le prouvait, jour après jour, en nourrissant les enfants de son frère. Il m'a préparée une de ses potions amères. Le sol l'a bu à ma place et je suis partie en courant. Ma mère l'a appris. Tout s'apprend dans un petit village. Voilà un peu nos villages ! Les gens vous calomnient quoi qu'il arrive ou n'arrive pas.

Ma mère m'a dit qu'il était temps de pratiquer sur moi l'opération grâce à laquelle on tempère les sens. Elle a demandé au barbier de venir à la maison. Il est venu avec son rasoir. Il l'a aiguisé longtemps. J'étais terrifiée. Le bruit du barbier ressemblait à celui produit par le boucher lorsqu'il s'apprête à saigner le mouton du Eïd el Kebir. J'ai voulu m'enfuir. Ma mère a appelé les voisines à la rescousse. Elles m'ont jetée sur une natte, entre la porte et le four à pain. Elles m'ont maintenue au sol. Je pleurais, je suppliais : « Que me voulez-vous, bonnes femmes ? Laissez-moi, par pitié. » Le barbier a passé son doigt sur le tranchant du rasoir et il a dit : « Sage, sage fillette... Crois-moi, tu ne sentiras rien quand j'enlèverai le papier disposé entre les sœurs. » Le papier ? Pour les sœurs, je savais qu'il s'agissait de l'ourlet du sexe, les bonnes femmes l'épilent sur toute sa longueur, mais le papier ? Je n'en avais jamais entendu parler. « Calme-toi au nom du Prophète, disait ma mère, calme-toi et je prendrai ta douleur sur moi. » Mais je ne me calmais pas. Je gigotais tant et si bien que le barbier m'a fichu un coup qui m'a assommée. De la sorte, je n'ai rien senti quand le rasoir a entamé ma chair. Quand je me suis réveillée, j'ai eu l'impression d'un brasier allumé entre mes cuisses. Ma mère me badigeonnait au gros sel pour cautériser la blessure. « Bois un peu d'eau sucrée, a dit ma mère, ça calmera la douleur. » Depuis ce jour, je déteste l'eau sucrée. La douleur était un brasier allumé entre mes cuisses. Ma mère m'a dit qu'on m'avait coupé un simple petit bout de chair laid et sale. Il fallait l'ôter parce que les maris le trouvaient répugnant. C'était notre lot à nous les femmes, Dieu en avait décidé ainsi. Je lui ai répondu que je ne la croyais pas sur ce chapitre. Dieu ne m'aurait pas créée telle que j'étais s'il avait eu le dessein de me modifier ! « Tais-toi, espèce de chienne, a dit ma mère, cette opération est inévitable comme le mariage ou l'enfantement. » Elle m'a emmaillotée dans un linge imbibé d'huile et de teinture d'iode, maintenu par une ceinture nouée autour de mes hanches. Elle m'a placée une jatte à lait entre les jambes afin de m'empêcher de les rapprocher. Autrement, les sœurs se refermeraient sur elles-mêmes et il faudrait les rouvrir. Je suis restée alitée pendant plusieurs jours. Chaque fois que je voulais pisser, la douleur était si forte que je me retenais. La plaie continuait de saigner et ma mère me changeait de culotte deux fois par jour.

Un jour que ma mère se lavait, debout dans la bassine, j'ai vu qu'elle avait le gros ventre. J'étais très étonnée car mon père avait quitté ce monde depuis plus de deux ans. Ma mère a commencé par prétendre qu'un enfant pouvait s'endormir dans le ventre de sa mère pendant deux ans. Comme je criais au mensonge, elle m'a dit : « As-tu remarqué que dans une assemblée, lorsque quelqu'un bâille, tout le monde se met à bâiller ? La même chose m'est arrivée. J'ai été invitée dans une fête de femmes enceintes. Je me suis assise au milieu d'elles et je suis devenue enceinte moi aussi. » L'enfant du bâillement est né six mois plus tard et les caquetages malveillants se sont abattus sur notre maison. L'imam du village a pris mon oncle à part et il lui a dit : « L'eau ne peut pas remonter la pente toute seule. » Mon oncle paternel a fini par épouser ma mère et ils ont continué ce qu'ils avaient si bien commencé.

Tous les dix-huit mois, ma mère accouchait et s'en glorifiait sans pudeur. C'étaient des garçons. Elle en a eu trois en cinq ans et notre fardeau s'est alourdi.

Pour une raison vieille comme le monde, c'est dans les familles les plus pauvres qu'on voit naître le plus d'enfants. Pourquoi ? Parce que les pauvres le sont tel lement qu'ils savent n'avoir rien d'autre à laisser derrière eux après leur mort.

C'est surtout au moment de Cham el Nessim[1] que je me révoltais contre le sort. Les enfants du village revêtaient de nouveaux habits. Ils promenaient par les rues des poupées et des éléphants en sucre et je n'avais que ma salive pour me gâter les dents. Un sentiment de jalousie me remplissait alors et je le retournais contre ma mère. Je lui disais : « Il en est de toi comme des poules pondeuses, des lapines, des champignons qui font éclater le toit de la maison. » Elle en devenait plus méchante encore et haineuse envers moi, sa fille unique. On dit que lorsqu'une mère se remarie, sa tendresse va tout entière aux enfants du second lit. Est-ce la vérité ? Sinon, je prie Dieu de me pardonner de l'avoir conçue dans le ressentiment et les larmes. Sinon, j'aurais commis un péché mortel. Je te souhaite, Mara, de ne jamais détester ta mère quoi qu'elle fasse ou ne fasse pas. L'amour, Mara, est tout bénéfice et je te souhaite sincèrement de n'en jamais manquer. Je te souhaite tout cela brièvement étant donné que je suis occupée et que je n'ai pas le temps.

1. La fête du Printemps.

CHAPITRE III

MARA

Ma mère dit souvent qu'elle ne pourrait pas se passer de Zanouba. Si notre dada nous quittait, soupire-t-elle, eh bien, elle ne pourrait tout simplement plus faire face à la situation. Dada Zanouba elle-même, remarque ma mère, m'aime trop pour songer à s'en aller, après tout ce temps, toute cette bonté que je lui témoigne, n'est-ce pas Zanouba ? Tu ne me quitteras jamais ? Sauf pour aller te marier peut-être, quelle idée saugrenue ! avec un quelconque va-nu-pieds, quel dommage ! il ajouterait sa soif à ta faim, il te battrait ainsi que font toujours les Arabes, n'est-ce pas Zanouba ?

C'est le matin, au réveil, que ma mère assène ces sottises, avec une aimable insistance, comme si elles étaient le fruit d'une longue réflexion. Zanouba, dont le visage semble se pétrifier à force de les entendre ressasser, ne répond ni ne fléchit. Elle pose sur la coiffeuse le plateau du petit déjeuner et va tirer les rideaux. Le jour se fait aveuglant dans la chambre, ouvrant sur un boudoir, où ne se trouve aucun bouquin, sauf une Bible au dos effrangé, aucun journal qui pourrait rendre compte de la réalité du monde. Une main sur la gorge, pour soutenir sa jolie tête éprouvée, ma mère s'adosse à ses oreillers. Et tandis que Zanouba s'affaire, versant le café, beurrant le pain, ma mère, pleine d'humanité, l'invite à se reposer un peu. Elle lui offre une tasse de son café et le compte exact des nausées éprouvées au cours de la nuit. Car chaque matin, ma mère se plaint de tout ce dont peut se plaindre une femme enceinte de sept mois. Zanouba la gronde gentiment : les dames qui se trouvent dans une position intéressante sont sujettes à faire des caprices et d'une manière générale à se laisser aller à de sombres pensées. De telles dames, au cou orné d'un rang de vraies perles, n'ont aucune raison de se chagriner. Mais le chagrin personnel de ma mère concerne une chose beaucoup plus délicate que ses perles. Il y a ce rêve si profond, si enfoui en elle. Elle caresse son ventre à travers l'étoffe de sa chemise de nuit, doucement, lentement comme pour bercer son rêve : « Si seulement c'était un garçon, un tout petit bout de garçon... ! » Zanouba énumère divers moyens d'obtenir à coup sûr un petit bout de garçon ; des recettes à base de têtes de poisson pourri, d'herbes macérées dans le sang d'un coq noir, des dégoûtations encore plus relevées dont la formule ne peut s'énoncer devant... (là un geste rapide dans ma direction), en tout cas, succès garanti ! « Vraiment ? » Ma mère écarquille les yeux et gémit comme une petite fille qu'on voudrait forcer à manger de la cervelle de mouton. Elle affirme vouloir s'en remettre à Dieu, lequel, n'ayant aucun motif sérieux de ressentiment contre les Louria, leur accordera sans doute un héritier du nom. « À la Providence donc et ce sera un garçon et je l'appellerai Édouard comme mon pauvre papa, et Édouard, c'est doux, c'est doudou... » Ma mère bêtifie en tournant dans sa tasse la petite cuillère. Le café est brûlant et elle s'attendrit à la pensée du petit être qui se nourrit de ses entrailles. Un être inouï, tenant tantôt du Messie, tantôt de l'acrobate de cirque. Il multiplie les cabrioles sous la paroi tendue de son ventre, il exécute un renversement dans la région de l'estomac, une pirouette sur son foie, un double saut contre son cœur. Édouard donc, si Édouard il y a, se manifeste de façon si brutale, si douloureuse que moi-même — j'ai toujours détesté les bébés — j'en arrive à compter les jours nous séparant de sa naissance. C'est que ce monstre fait trop souffrir ma mère, il finira par la tuer. Il lui piétine le ventre, lui ballonne les seins, appuie sur sa vessie comme une locomotive prête à l'écraser. « Vite, vite, Zanouba, je n'y tiens plus, je vais faire pipi », claironne-t-elle d'une voix puérile et importante pourtant, comme à avertir d'une affaire d'intérêt mondial.

La voici qui court à la salle de bains, les pieds nus, arqués telles de gracieuses bananes. Elle revient s'asseoir devant sa coiffeuse, les genoux écartés, les jambes lourdement plantées sur une paire de pieds d'une finesse incongrue. Zanouba, qui n'a pas attendu pour l'enrouler dans sa robe de chambre, brosse les boucles brillantes, selon elle, comme le soleil... (En fait, les cheveux de ma mère sont pareils aux miens : queue de vache, un point c'est tout.) Quand par mégarde, la brosse accroche une mèche, ma mère reproche à la bonne d'ajouter ainsi à ses peines, lesquelles consistent à savoir si elle ira cet après-midi chez son amie Lili Toledano, ou disputer la partie de cartes au Sporting Club, à moins qu'elle n'aille enfin essayer des robes appropriées à son état. Affres de l'indécision et nouvelle discussion. Un monologue plutôt. Zanouba ne trouve pas de quoi alimenter ce sujet, sinon par une expression d'amer dédain montrant qu'elle s'en bat l'œil.

J'entrebâille la porte de façon à voir sans être vue. Parfum de jasmin... Ma mère vaporise ses aisselles sous le nez quasiment de Zanouba. Celle-ci, une fesse en équilibre sur l'angle aigu de la coiffeuse, expose le problème qui, en ce moment même, me tient alitée. (J'aurais préféré garder mon secret, mais comme tôt ou tard, le criminel néglige un détail et se trahit...)

« Quoi ! Ses règles ? Elle a eu... »

Ma mère esquisse une grimace incrédule comme si la question n'avait pas de sens ou était discutable du point de vue de la décence.

« Est-ce possible, dada ? Mais quel âge a-t-elle ? Elle n'est pas un peu avancée ? La prématuration alors, jusqu'au bout. Jusqu'au bout, c'est ma chance ! »

Ma mère exhale un long soupir de patience lassée. Elle demande si j'ai beaucoup sali. Les draps, passe encore, mais le matelas ? Je lis sur son visage une expression de répugnance. Le pire est qu'elle tombe juste : je me sens très dégoûtante. Alors un peu plus, un peu moins... ! Arrangeant mes cheveux, ce qui est difficile tant ils se hérissent sur mon crâne, j'entre en trombe.

Ma mère fixe sur moi des yeux stupéfaits. Que va-t-elle faire ? Hurler ? Tirer sur mon peu de cheveux ? Elle me regarde avec une curiosité fascinée, telle une enfant devant un animal peu sympathique, nouvellement débarqué au zoo. Normal. Je ne lui suis pas sympathique. Elle m'aime sans doute — on doit aimer sa fille unique — mais jamais elle ne m'a trouvée sympathique. Je lui demande ce qu'elle pense de ma nouvelle coiffure, elle détourne le regard. Après un court silence, elle s'écrie :

« Qu'est-ce que je suis pour toi ? Ta mère ou une étrangère ? À ta place, je n'aurais pas été réveiller au milieu de la nuit cette pauvre Zanouba. Elle travaille dur, tu sais, et elle n'a pas de sommeil en trop. »

Elle a dit cela en arabe afin que Zanouba, l'entendant, s'émeuve de la sollicitude dont elle est l'objet. Donc, pendant un instant hypocrite, Zanouba me trouve insupportable :

« Les petites filles qui s'appellent Mara n'ont de pitié pour personne. Il faut consoler leur peine, la nôtre n'existe pas. Et leur reconnaissance, madame

Ada, on n'en voit jamais le visage. Enfin, madame, ne la blâme pas trop, elle a eu la peur de sa vie.

— C'est une raison pour manquer l'école ?

— Pour ce que ça t'a servi à toi, l'école...

— Elle m'a servi, parfaitement et beaucoup. L'école m'a inculpé un tas de...

— De fautes, un tas de fautes, c'est tout ! D'abord, on dit inculquer et pas inculper, sauf au tribunal, maman, sauf au tribunal de ta bêtise !

— Tu essayes de faire la savante, en plus ?

— En plus de quoi ?

— En plus de me rendre malade, malade. Voilà ce que tu arrives à faire. Tu ne veux pas essayer de comprendre ce que j'endure à cause de toi ? »

Lentement, ma mère se penche vers son miroir et le reflet de la peine que je lui inflige se lit sur son visage. *Pourquoi moi ? Les autres femmes ont des enfants qui poussent droit dans leur tête. Qu'ai-je fait de mal pour que Dieu m'ait donné celle-là ?* On peut savoir ce que pensent les gens en écoutant attentivement leur silence. *Est-ce vraiment ma fille ? Suis-je vraiment la mère de ce petit être ingrat et malchanceux à qui rien jamais ne réussira dans la vie ?* Avec son visage du matin, elle ressemble à un œuf plus très frais. Je lance une remarque sur le fait que, pas maquillée, elle approche les cent ans. Elle secoue les épaules, pleurniche : « Elle me tue ! Je n'en peux plus, dada. Prends-la, emmène-la, fais-la sortir... Je suis ici chez moi, chez moi, chez moi... ! »

De retour dans ma chambre, je me roule par terre,

je donne des coups de pied, je hurle, je me laisse aller comme un sac qu'on tente de soulever.

ZANOUBA

Calme, ma petite, calme ! Le premier sang d'une fille est toujours mal vu par sa mère. C'est normal. L'une grandit d'un seul coup et l'autre se sent rétrécir dans ses jours. Ce qui s'ajoute à l'une, ce jour-là, s'enlève déjà à l'autre, tu comprends ? Et ce jour-là, la colère et les coups ne sont pas permis. Ce jour-là, ma mère qui n'a engendré qu'une fille et n'a jamais détesté aucune fille autant que moi, a fait ce qu'elle devait faire. Elle m'a dit de retirer ma culotte souillée. J'ai refusé en disant : « Quelles sont ces manières ? Pourquoi veux-tu m'humilier ? » Elle m'a répondu qu'elle voulait m'aider, au contraire, à étoiler mon premier sang. Elle a plongé ma culotte dans un seau d'eau et elle est montée sur la terrasse. Elle a placé le seau à la lumière des étoiles et l'y a laissé toute une nuit. Au matin, avant que le soleil se lève, elle a redescendu le seau dont l'eau avait assez pâli sous le regard des étoiles. Elle est allée ensuite déverser le contenu du seau dans le Nil et, mon enfance étant noyée, je suis devenue femme.

À treize ans, qu'on le veuille ou non, les seins poussent, la taille se creuse, les hanches s'arrondissent.

Quoi qu'on fasse à treize ans, on peut difficilement cacher les avantages de la puberté. Le mari de ma mère a recommencé à me tourner autour. Un jour, il m'a suivie jusqu'au poulailler où j'allais nourrir les poules. Il a soulevé ma robe en disant : « Laisse-toi faire et tu seras la reine de ma maison. » J'ai osé le narguer : « Je serai la reine de ta maison le jour où ma mère en sortira. » Il a levé la main et il m'a frappée plusieurs fois. Il regardait autour de lui pour s'assurer que ma mère ne venait pas à mon aide, auquel cas il l'aurait frappée aussi. Vu que personne ne sait se taire sur le compte des autres, ma mère m'a prise en jalousie. Elle entrait dans sa quarantaine, dans cet âge qu'on appelle justement « l'âge de sel et de fiel ». C'est un fait qu'à l'apparition des rides, la femme devient querelleuse et triste. Son humeur s'explique par la peur d'être rejetée déjà comme une vieille femme. Les hommes préfèrent la chair tendre à déguster ou, comme on dit au village, ils préfèrent couper la queue du jeune poisson. Je n'avais pas encore quatorze ans quand ma mère m'a dit : « Il n'est pas bon que deux poules tournent autour du même coq. Demain, des jeunes gens viendront demander ta main et il dépendra de toi de satisfaire l'un d'eux. » Mon beau-père a pris ma défense : « Ta propre fille et tu la vendrais sans honte, sans cœur, sans pitié ? Par Dieu, si c'était une de tes poules, tu hésiterais davantage... » Ma mère n'a pas répliqué. Elle m'a prise à part. Elle m'a dit : « Puisque c'est comme ça, ôte-toi de mon visage à jamais. » J'ai vanté la bonté de son cœur, la séduction intacte de son visage. Elle est restée sourde. J'ai pris conseil de mes voix intérieures. Une nuit, pendant que la maisonnée dormait, j'ai fait un paquet de mes affaires et je suis partie. J'ai marché avec la lune dans le ciel et le diable à mes trousses. J'ai marché, j'ai marché jusqu'à rencontrer la grande route qui conduit au Caire. Il y avait un arrêt d'autobus. Beaucoup de gens attendaient. Je ne les connaissais pas et par chance ils ne m'ont pas reconnue. Le bus est arrivé. Le chauffeur m'a demandé mon billet. Je n'avais pas d'argent. J'ai dit au chauffeur : « Par Dieu, brave chauffeur, vois-tu une objection à laisser une orpheline s'asseoir à la dernière place de ton bus ? » Le bus a démarré. La route est longue qui mène au Caire et elle comporte beaucoup d'arrêts. Deux policiers sont montés dans le bus. Ils n'étaient pas seuls : mon beau-père les guidait. Il a crié : « La voilà, c'est bien elle ! » Je me suis cachée sous la banquette. J'ai dit : « Que la terre s'ouvre et m'engloutisse si je sors de sous cette banquette. » La police a dit : « Ta gueule, l'effrontée, ou nous allons te l'arranger. Tu vas suivre ton père et avec les pieds pardessus la tête. » La police m'a jetée sur la route. « Te voilà bien avancée maintenant », a dit mon beau-père et il s'est mis à pleurer. Il pleurait tout comme une femme. Je n'avais jamais vu un homme pleurer comme ça pour une fille. Il était fou de moi et il ne voulait pas renoncer à sa folie. Il se frappait violemment la poitrine : « Que je meure si je ne te ramène pas avec moi, mais je te tuerai avant. » Je lui ai rétorqué : « Tue-moi. Après tout on ne meurt qu'une fois et j'en aurai terminé avec mon déshonneur. » Il m'a rouée de coups. Il m'a attaché une corde autour de la taille, je l'ai suivi. Que pouvais-je faire ? Je l'ai suivi et avec les pieds par-dessus la tête.

Tout de suite après, je suis tombée malade. Je passais mes journées au lit, accablée de douleurs dans la tête et le corps. Je ne dormais pas, je ne mangeais pas, je ne pensais plus. Je regardais les mouches et les cafards qui traînaient sur le rebord de la fenêtre.

Un jour, ma mère m'a forcée à me lever. Elle m'a lavée et m'a habillée d'une robe propre et jolie. Deux femmes montées sur une carriole se sont arrêtées devant notre porte. Ma mère les a accueillies aussi bien que si la femme et la sœur du Prophète étaient venues nous rendre visite. Je leur ai présenté une tasse de thé : « Personne ne prépare le thé noir comme ma petite », a dit ma mère. Je suis allée m'asseoir près du four. Les deux femmes avaient pour moi des yeux égrillards. La plus jeune a dit : « Alors la voilà. C'est elle. Quel âge ça lui fait ? » Ma mère a répondu : « Seize ans, seize ans depuis la dernière crue. » Elle a répété « Seize ans » trois fois, le nombre de fois qu'il manquait à cette crue. La vieille femme m'a dit d'approcher. Elle s'est mise à me tripoter les hanches, les seins, les fesses. « À quoi s'accrochera mon fils ? marmonnait-elle. Juste ciel, Madame, ta fille manque de chair autour des os. Et ce teint charbonneux... On dirait un rôti qu'on a oublié de sortir du four ! » Ma mère a répliqué : « Met-on au four une perle ? Regardez bien l'ovale de ce visage, ces grands yeux couleur de miel, ce nez droit, cette bouche large et charnue, ces dents de blanche candeur. » Les deux femmes se sont récriées que l'affaire n'était pas faite. Après leur départ, ma mère a jeté au four une boîte d'allumettes et sept pincées de gros sel. Pour autant, les visiteuses ne sont pas revenues le lendemain.

Un mois plus tard, il nous arriva deux couffins. Le premier contenait de la farine et des fèves soudanaises, le deuxième du thé, du sucre et deux bidons d'huile. Ma mère a crié que ma chance avait tourné, enfin le ciel s'ouvrait devant ma figure. Le prétendant aux mains ruisselantes de générosité exerçait le métier de forgeron. Il vivait avec sa mère et sa sœur déjà âgée, plus de vingt ans. Il vivait dans un village assez éloigné du nôtre et voilà un peu l'ennui ! a soupiré ma mère... Après un silence, elle m'a dit : « Tu sais quoi, ma fille ? Dans ce village, il y a une belle maison de briques rouges avec de la vitre aux fenêtres et une porte peinte en vert pistache, la couleur de la chance ! — Cette maison de la chance sera la tienne », a ajouté ma mère... et j'en ai remercié Dieu.

Le royaume des cieux ne se prend pas par la violence, Mara, au contraire. Les violents perdent là-haut parce que ici-bas même leur mère s'est détournée d'eux. Il n'est pas dans mes habitudes de te donner des conseils. Je me contente de te faire remarquer que des millions de gosses, vivant plus mal que des bêtes, échangeraient volontiers leur sort contre le tien. À quoi sert l'intelligence si elle ne s'accompagne pas d'une once de bon sens ? Va demander pardon à ta mère. Va, cours, vole ! Dis-lui que tu l'aimes et elle t'aimera. Elle t'aimera, j'en suis sûre, de tout son cœur épuisé par tes méchancetés. Va, cours, vole, elle t'attend.

MARA

« Tu te décides enfin à venir me demander pardon ? »

Je demeure silencieuse sur le pas de la porte. Puis, disposée à faire la moitié du chemin, comme dans les romans d'amour qui se terminent bien, je m'approche du lit. Ma mère m'ouvre les bras. Quand elle les referme sur moi, m'enveloppant de son odeur, je reste là sans bouger.

« Je sais que tu passes par un sale moment, Mara, je sais. Mais est-ce que tu n'as pas tendance à trop t'apitoyer sur ton sort ?

— Tu n'as même pas cherché à savoir comment c'est arrivé.

— Je n'ai pas cherché ? Tu es sûre ? Alors c'est l'émotion. Je suis si contente, si fière de ma jolie petite fille. »

La formule attendue — telle qu'aux jours lointains où j'éblouissais mon monde avec ma jupe sagement plissée, mes souliers vernis, le nœud de taffetas noir retenant mes boucles anglaises — tombe distraitement de ses lèvres.

« Maman, est-ce que ça peut rester entre nous ? Je veux dire, tu ne diras pas à papa que... Cette horreur ! Je ne supporterais pas qu'il sache ! Oh non, je ne supporterais pas, tu comprends ?

— Je comprends, ma chérie, c'est un secret entre nous, les femmes. »

Elle écarte les pans de sa robe de chambre, elle dénude son ventre : il est aussi gros que si elle allait mettre au monde des triplés.

« Regarde, Mara, maintenant que je vais avoir un bébé, il faudra que tu changes. Tu n'es plus une enfant, il faudra que tu changes. Oublie que tu ne peux même pas te tenir droite quand on te parle. Oublie les caprices, les colères. Oublie l'égoïsme. C'est très difficile, tu sais, d'attendre un bébé. Tu vas m'aider, Mara, tu vas t'occuper un peu de ta maman, n'est-ce pas ? Doucement, tu me fais mal avec une chose pointue. Comme tes genoux sont sortis maigres, Mara... Des genoux d'Anglaise, ce n'est pas permis. Et ta tête, mon Dieu, c'est permis, une tête pareille ? »

Je sens qu'elle retire le bras passé autour de ma taille et éloigne sa tête qui était, jusqu'ici, contre la mienne. Elle allonge le cou pour s'efforcer de voir, par-dessus mon épaule, la montre à mon poignet.

« Je dois m'habiller. Et toi, si tu allais chez le coiffeur pour réparer l'irréparable ? Je plaisante, chérie, mais regarde-toi quand même... Une vraie tête de guenon chauve, tu ne trouves pas ? »

CHAPITRE IV

MARA

I

Tout est laid dans ce vieux salon de coiffure ; la peinture s'écaille sur les murs, les fauteuils branlent sur leur pied métallique, les sèche-cheveux datent de Mathusalem. Dans ce triste bric-à-brac, seuls deux ou trois tableaux aux murs apportent une gaieté de mauvais aloi avec leurs femmes nues se baignant innocemment au sein de la nature tout en souriant d'un air dépravé, comme au cabaret.

« Zanouba, dis-moi la vérité. Je ressemble vraiment à une guenon chauve ? »

Zanouba se penche sur le fauteuil où je suis rivée, les bras en croix, le cou ceinturé d'une serviette. Elle observe mon visage dans la glace un long moment, puis elle m'assène sur la tête une tape qui signifie : « Ce que tu peux être bête ! »

Je suis bête, c'est vrai. J'ai beau avoir vieilli de dix ans en quelques heures, je suis restée très bête. Je tire la langue à mon image et Zanouba se moque :

« Elle est bien longue ta petite langue. Si elle continue à pousser comme ça, il faudra demander au coiffeur de la raccourcir un peu. Je te laisse une minute, j'ai une course à faire.

— Pas question. Maman a dit que tu dois rester auprès de moi. »

Zanouba se couvre le front de son voile. Il y a sur son visage l'expression froide et absente de quelqu'un qui veut montrer à tous que rien de ce qui peut se dire n'a d'importance. Elle sort en faisant intentionnellement claquer la porte du salon de coiffure. Kostopoulos s'émeut :

« Eh bien, ma petite amie, on s'impatiente ? »

Le coiffeur attitré de maman passe pour un artiste du cheveu (les Grecs sont réputés exceller dans la coiffure et l'épicerie), donc il n'entend pas être bousculé. Pour l'instant il malaxe la tête d'une grosse dame dont la fausse blondeur tourne au vert. Lui aussi, par malheur, est gros et gras, son visage transpire comme une pastèque coupée en deux. Le crâne de la fausse blonde se garnit lentement de rouleaux, on dirait un énorme tournesol piqueté d'aiguilles à tricoter. Un tournesol que le soleil pourrait facilement brûler et le vent, dans un souffle un peu fort, faucher et faire rouler par terre. Aussitôt pensé, j'ai honte de vouloir du mal à une femme qui ne m'a rien fait. Je mouille mon doigt et à toute vitesse je tourne les pages d'un magazine de mode. J'arrive sur une photo de Miranda, les épaules nues dans une robe décolletée jusqu'au nombril.

> *Tous les Égyptiens s'imaginent connaître la célèbre vedette italo-arabe du cinéma et de la chanson. Pourtant il ne paraît pas inutile de donner quelques précisions sur cette artiste au charme vraiment sensationnel. Elle mesure 1,68 m de hauteur, pèse 70 kg, chausse du 36, fait 89 cm de tour de poitrine et 91 de tour de hanches. Ajoutons, au risque de désespérer ses amoureux, que Miranda est l'épouse d'un éminent avocat du barreau cairote. Le sympathique couple attend un premier enfant dont on peut gager déjà qu'il aura la beauté de sa mère et l'in...*

Je ne peux aller plus loin. Miranda m'inspire à présent beaucoup de dégoût et un peu de pitié et la grosse blonde me paraît enceinte à présent et elle aussi m'inspire du dégoût et de la pitié. Je fauche un petit peigne en nacre dont je sais pourtant n'avoir plus l'usage. Kostopoulous n'y a vu que du feu. Il installe sa cliente sous le séchoir en lui assurant qu'elle constitue un morceau de roi et sa grande favorite. Il vient vers moi.

« À nous, ma petite amie ! Oh la la ! c'est atroce ! »

Ses gros yeux me contemplent tristement dans le miroir. Mais il se corrige :

« Oh oh ! ce n'est pas grave ! on va voir comment arranger tout ça... Mon Dieu, c'est la nuque surtout qu'il faut rattraper. En tout cas, tu ne passes pas inaperçue, tu sors de l'ordinaire... »

Séduite par cette suggestion, je souris à mon image, puis très vite, je retombe dans l'incertitude ; la glace me montre un pâté de figure saupoudré de taches de rousseur et, la chaleur aidant, des pommettes couleur de carotte cuite. Un désastre si grand que, somme toute, on ne peut rien y ajouter ni retrancher ! Kostopoulos dansotte de part et d'autre du fauteuil. Il cherche une inspiration artistique. Je me rencogne dans mon fauteuil, en une obscure protestation mentale quand, emprisonnant ma nuque, il me passe la main à rebrousse-poil.

« Comme ça ressemble à quelque chose, dit-il avec une gaieté suppliciante. Comme ça, on peut dire que tu es une véritable beauté. »

Il se fiche de moi ? L'attouchement de sa main me fait autant frémir que s'il enfonçait sa langue dans ma bouche.

« Ne te crispe pas, ma petite amie, c'est l'affaire d'une minute. On va raccourcir ici (il plante son doigt dans mon oreille gauche), effiler là et là en accroche-cœur (il tambourine sur mon front) et rectifier la nuque pour qu'on l'oublie. En pointe ou au carré ?

— ... !

— Alors, nous sommes d'accord ! Au carré, comme un très joli petit soldat ! »

Cette idée me procure une sensation apaisante comme si la coupe dite « au petit soldat » avait réellement le pouvoir d'annuler ce qui me distingue des garçons. Je ferme les yeux. Kostopoulos manie ses ciseaux avec célérité, il fredonne : « Pourquoi n'as-tu pas tué la colombe lorsque tu la tenais dans ta main ? » Cette colombe m'occupe l'esprit un bon moment. En arabe, le mot colombe désigne l'engin qui pendouille entre les jambes des hommes ; mon imagination l'a doté d'une paire d'ailes ouvertes et frémissantes telles qu'on en voit sur les publicités pour la bière Stella, par exemple, ou de chaque côté des casques gaulois... Cette colombe ailée donc, comment comprendre qu'il faille la tuer ? Heureusement, Kostopoulos ne soupçonne pas l'impasse de mes pensées. Il me conduit au bac. Pendant qu'il me lave les cheveux, il me vient des désirs extraordinaires. Pisser debout dans une rue déserte, mesurer la longueur de mon jet, évaluer la distance que le jet aurait à parcourir entre la terre et moi.

Mais il faut se presser de rêver ainsi car, une fois séchée, pomponnée, brillantinée, je retrouve ma tête de petite fille qui n'a rien de viril.

II

À midi et quelques, Zanouba n'est toujours pas revenue. Je l'attends sous l'enseigne : COIFFEUR DIPLÔMÉ DE PREMIÈRE CLASSE ! Des hommes s'agglutinent devant la vitrine où une déesse de la beauté, sur une affiche verte, brandit un tube de shampooing. Quelqu'un lance une réflexion osée sur la nudité de la déesse, les rires fusent autour de moi. On me regarde avec intérêt : on a besoin d'une tête de Turc ! Je cherche désespérément une réplique insultante quand soudain, il se produit quelque chose de nouveau et d'exceptionnel.

Zanouba vient de surgir au coin de la rue Kasr-el-Nil et du rond-point Soliman Pacha. Elle approche, une main retenant son voile — jusqu'ici rien de spécial —, mais comme elle se dandine bizarrement, je remarque qu'elle accorde son pas à celui d'un bonhomme. Ils marchent sans se presser, ils semblent bien se connaître. Le bonhomme dit des mots que je ne peux entendre, bien sûr, et elle lui prête l'oreille, avec intérêt, me semble-t-il. J'en suis d'autant plus étonnée que d'ordinaire Zanouba insulte quiconque ose l'aborder dans la rue. Cette fois, et bien qu'elle soit encore à dix mètres du porche sous lequel je me tiens, je note que sa démarche, son expression et même les lignes de son corps ont changé. L'apparence du bonhomme ne me plaît pas non plus. Il a la carrure d'une armoire qui aurait appris à marcher. Ses bras se balancent comme deux gigots de mouton. Sa mine a quelque chose de farouche qui excite ma curiosité. J'aimerais l'examiner de près et savoir qui il est. Un sicaire ? Le mot découvert récemment me fait penser à ce trafiquant de haschisch, bien-aimé du peuple auquel il redistribue une partie de ses richesses, et dont les exploits sont suivis dans les journaux d'un avis de recherche. Mais que peut-il y avoir de commun entre un repris de justice et la bonne des Louria ? Et d'abord, que lui confie-t-il de si hilarant ? Elle se dandine en riant. Le rire creuse des rides affreuses dans son visage. Quand ils me dépassent sans me voir — je suis allongée quasiment sous le porche —, j'entends les bracelets tinter aux poignets de Zanouba. Son voile a glissé, son sourire est le sourire d'une femme qui veut plaire. Ils se dirigent vers la rue Hoda Charaoui, ma rue ! Je les suis en tâchant de me fondre avec les murs. Ils entrent dans mon immeuble — quoi ! elle le ramène chez moi ? Ils saluent le portier — un œil d'aigle celui-là qui laisse entrer n'importe qui ! Ils prennent l'escalier de service. L'obscurité les enveloppe. Toutefois, au dos avantageux du bonhomme, je devine qu'il appartient à l'univers ignoble des séducteurs et, pour une raison mystérieuse, je me mets à le haïr.

III

Pour en avoir le cœur net, je n'aurais qu'à prendre l'ascenseur. Mais je ne peux pas. Revoir Zanouba, après le coup qu'elle m'a porté, est au-dessus de mes forces. Je dois calculer, combiner. Je dois réfléchir au moyen de la confondre en finesse, sans l'humilier ni la fâcher définitivement contre moi.

L'air est immobile, oppressant.

Comme un grand bol fêlé, le rond-point Soliman Pacha entrechoque le bruit des voitures, des fiacres et les cris des marchands de journaux. Un nabot aux yeux à fleur de tête pousse devant lui une cuisine ambulante. Il vante l'excellence de ses nouilles au sucre et à la cannelle. « Goûtez-moi ce nectar ! » rétorque le vendeur de jus de réglisse. Je me sens défaillir, j'ai faim. Je n'ai jamais éprouvé une envie aussi forte de manger. Je comprends maintenant pourquoi tant de romans précisent qu'on peut tuer pour un morceau de pain. Je compte mes sous. Il me reste de quoi acheter une platée de nouilles sucrées ou un bouquin que je n'aurais pas encore lu.

La librairie « Occasions et Nouveautés » se trouve au bas de la rue Kasr-el-Nil. Mais là, en travers de la porte, une pancarte signale les heures d'ouverture. Dans un peu plus d'une heure. Voyant ma contrariété, un monsieur m'aborde : « Vous aimez les livres, mademoiselle ? Moi aussi, à votre âge, j'étais tenté de lire n'importe quoi. Quel âge avez-vous, ma petite ? » dit le monsieur. Je me mets à étudier la devanture dont je connais chaque détail : l'enseigne aux lettres d'or, une éraflure dans le coin gauche de la vitre, les occasions empilées à la diable tandis que les nouveautés ont droit au présentoir. Le monsieur vient s'interposer entre moi et la vitrine. Ce mouvement me paraît une incorrection. Il y a assez de place sur le trottoir.

« Croyez-moi, mademoiselle, il n'y a rien dans cet étalage de valable. »

Son rire méprisant englobe tout l'étalage. Même les nouveautés ?... C'est agaçant. Quand il ajoute : « J'ai dans ma poche une chose bien plus intéressante, voulez-vous la voir ? », je comprends enfin à qui j'ai affaire. Zanouba m'a suffisamment mise en garde contre les racoleurs de petites filles pour que je m'en fasse une idée précise. C'est simple : une voix haletante, un œil qui regarde par en dessous, un imperméable généralement entrouvert sur la braguette défaite et un journal, n'importe lequel, placé en éventail devant l'engin nommé « colombe ». Là-dessus, cependant, je n'arrive pas à me faire une opinion. Le monsieur ne brandit aucun journal. Il ne porte pas d'imperméable, mais un chapeau et des lunettes tombant bas sur un nez dont le bout effilé remue quand il parle. Le nez de Pinocchio... À ce nez de menteur, je réalise que le monde est plein de mensonges et de saletés.

« Attendez, attendez, dit le monsieur, où courez-vous comme ça ? »

Le monde est sale.

Je cours sans m'arrêter jusqu'à la place de l'Opéra. Je m'arrête un instant à la limite des beaux quartiers, puis je m'enfonce dans la ville arabe. Je marche la tête haute, les pieds pleins de cloques, personne ne me prête attention. J'erre dans des ruelles au sol plissé, boueux, aux odeurs qu'il faut prendre en patience. Voilà ce qu'il faut faire quand on ne sait pas quoi faire de soi. Les rues sont sales, la vie aussi, une fois par mois à partir d'un certain âge. J'observe les gosses qui pataugent dans les caniveaux, les chats furtifs, les mendiants qui présentent sur leurs paupières un écran de mouches rarement dérangées. Les visages luisent de sueur, de crasse et de supplications proférées. Une main aux doigts aveugles palpe le tour de ma cheville. Je pivote, je hurle, je m'enfuis. Deux femmes, assises devant leur porte, s'épouillent au pétrole gras. Un homme cogne obstinément sur un âne très entêté. De l'homme ou de son âne, lequel est le plus entêté ? C'est l'âne. On dirait un jouet un peu stupide, incapable de résister à la brutalité d'un enfant. L'homme supplie : « Avance, Dieu te protège », et ses poings s'abattent sur le crâne dur comme pour le forer et en extirper la cervelle. Je passe sans m'arrêter. Personne d'ailleurs ne s'arrête. Ce genre de scène appartient à la banalité du monde, à sa saleté. Les gens sont habitués. Serais-je en train de m'y habituer moi aussi ? Autrefois, je me faisais beaucoup de soucis à cause de tous les chiens errants, les chats faméliques, les oiseaux qu'on met en cage, les moutons qu'on mène à l'abattoir, les moustiques qu'on écrase, les petites fleurs qui souffrent peut-être d'être cueillies. Là, rien ! Mon cœur s'est endurci, pourtant il me fait mal. Subitement l'idée que ma compassion pour l'âne est feinte, donc sale elle aussi, me traverse. À l'intérieur de moi, je suis sale.

IV

Zanouba ne répond pas à ma batterie de questions. Ce refus de me fournir les explications auxquelles je pense avoir droit me met hors de moi. Elle s'en fiche, toute à son monde de labeur et d'honnêteté. La sueur coule sur la peau sombre de son front où le tatouage en forme d'étoile luit comme une lampe allumée. Les yeux clos sur ses rêves, elle épluche des artichauts. Je ne connais personne capable d'aller aussi rapidement au cœur dur des artichauts. Une odeur d'herbe, avant qu'elle ne soit brûlée par le soleil, s'élève des feuilles charnues et violacées, pareilles aux paumes de Zanouba. Ça donne envie de passer la main dessus, de s'allonger, de pleurer. D'un revers du bras, je fais table nette. Je piétine les feuilles d'artichaut éparpillées sur le carrelage. Zanouba se dresse et, sans un regard pour moi, elle va éponger mes saletés. Elle aiguise un long couteau. Coudes sur la table, je la regarde faire. Elle s'apprête à tuer un poulet. Elle a été le chercher sur le palier devant la cuisine, il piaillait comme un damné au moment où elle l'a extirpé du cageot. Maintenant il s'apaise, mais son œil rond, levé vers le couteau de Zanouba, contient toute la détresse du monde.

J'ouvre le tiroir de la table. Je prends un couteau pointu. J'enfonce la pointe dans le bois de la table. Il y a là un trou qui demande à s'agrandir. La table branle. La main de Zanouba quand elle saigne un poulet, sa main ne faiblit jamais. Elle lui arrache les plumes, elle lui ouvre le ventre. Elle extirpe le foie, le cœur, elle réduit en charpie les entrailles. Quant le poulet est entièrement déchiqueté, je plante la pointe du couteau au creux de ma paume. Sans mal aucun, j'obtiens une petite goutte de sang.

« Tu veux faire sortir le shaïtan qui est en toi ? dit

Zanouba en me regardant enfin. Tu veux que je t'aide ? »

Elle pose la main sur le fil de la lame, mais je resserre la pression sur le manche et je le garde.

« Dans un village voisin du mien, une noce battait son plein, avec des tambourins, des chants, des danses et des coups de feu tirés en l'air, en signe d'allégresse. C'était la coutume autrefois, aujourd'hui elle n'a plus cours. Donc au beau milieu de la noce, une balle plus maligne que les autres a réussi à atteindre son but. La noce s'est transformée en funérailles, sans qu'on sache comment. On n'a jamais su qui en avait après le père du marié, mais c'est un fait, le père du marié a été tué.

— Elle est bonne celle-là ! Elle est excellente ! C'est moi qui veux te tuer ? Et toi alors ? Tu ne m'as pas abandonnée peut-être ? Où étais-tu passée ? Avec qui parlais-tu ? Je t'ai vue traîner avec un sale type, je t'ai vue !

— Écoute-moi bien, Mara, même si tu m'avais vue faire la danse du ventre en pleine rue, cela ne te regarderait pas ! Celui ou celle qui viendra me dicter ma conduite n'est pas encore né. Je lui crache au visage. Tu m'as comprise ? Tu m'as bien comprise ?

— Bon, si tu le prends sur ce ton, alors je sais ce qu'il me reste à faire. Je dirai à maman que tu as ramené à la maison ton amant. Un voleur, un voyou laid au possible, avec du poil jusqu'aux yeux !

— Poils au fond de ta glotte, puissent-ils t'étouffer ! »

Zanouba me prédit encore deux ou trois calamités,

mais sans beaucoup de conviction. Ma menace fait son chemin en elle. Se calmant soudain, elle retrouve la mémoire du petit bout de conversation sans importance échangé avec... Elle cherche le nom... Chamrouk, un dénommé Chamrouk... Mais je le connais, voyons ! J'ai dû le croiser maintes fois dans l'escalier. Un grand gaillard à la peau blanche comme du lait et il travaille pour les sœurs Aghion, les voisines du troisième étage.

« Tu mens ! Il n'y a pas de Chamrouk chez les sœurs Aghion ! Leur bonne s'appelle Om'Ali.

— S'appelait. Dieu ait son âme. Il y a un Chamrouk depuis trois semaines, depuis que la vieille Aghion ne peut plus quitter son lit. Et ce n'est pas l'autre vieille qui pourrait la porter aux cabinets. Ce Chamrouk est un gaillard ! Tu l'as vu cent fois dans l'escalier. Mais voit-on les domestiques ?

— Tu vas te marier avec lui ?

— Ni avec lui ni avec personne !

— Pourquoi ? Il ne te plaît pas ?

— Il me plaît, je lui plais et là-dessus bonsoir, chacun chez soi !

— Pourquoi ?

— J'ai passé ma vie à fuir les hommes, surtout ceux de sa sorte.

— Qu'est-ce qu'elle a sa sorte ?

— La couleur est une grosse pomme de discorde et jamais je ne me mélangerais avec un Blanc. Imaginons qu'un jour l'envie me vienne de fréquenter Chamrouk. Imaginons. Il me plaît, je lui plais telle que Dieu m'a faite. Nous nous marions. Un jour l'amour s'éteint, il finit toujours par s'éteindre, voilà pourquoi on le compare au feu. La fatalité s'en mêle. Chamrouk tombe malade, ou il dégringole l'escalier, ou il passe sous une voiture. Fini, sa jambe se casse. Ses forces l'abandonnent. Il ne peut plus trimballer la vieille madame Aghion. L'autre le met à la porte. Le voici infirme, démuni, sans travail, sans argent. Il cherche la raison de tant de calamités, c'est humain. Il ne trouve pas, bien sûr, c'est encore plus humain. Alors un jour, il me regarde comme s'il me voyait pour la première fois. Il me dit : “Femme ! Ta peau est plus noire que l'enfer, je ne m'en étais jamais aperçu. Aurais-tu conclu ma ruine avec le diable ?” Ces mots me blessent mortellement. Je l'insulte, il me frappe, la querelle s'achève dans un bain de sang. C'est ce que tu me souhaites ? »

Un sursaut d'impatience secoue mes épaules et Zanouba change de sujet. Elle parle longtemps, et avec beaucoup de sentiment, des hallucinations dont sont frappées les filles à l'époque de leur puberté. C'est fâcheux. Mes visions sont quelque chose de très offensant pour une personne dont la vie entière s'est passée à fuir les hommes. « À leur faire la buse ! » comme on dit dans son village !

« À mon tour Mara, de te poser une question. Comment peux-tu te raconter autant d'histoires ? Serais-tu en train de perdre la raison ? Méfie-toi, Mara. Prendre le faux pour du vrai vous mène tout droit à l'hôpital Coca-Cola, chez les fous. »

Et si elle disait vrai ? Songeant au nombre de fois où mon imagination m'a joué des tours, je me laisse aller tout entière à la joie de savoir que Zanouba ne m'a pas trompée. Pour obtenir le pardon de mes offenses, je lui offre le joli peigne en nacre dérobé à Kostopoulos. Elle le prend, le tourne entre ses mains telle une aumône insignifiante. Elle ôte son fichu. De ses cheveux noirs et brillants émanent une odeur sucrée et l'arôme du café qu'elle boit à longueur de temps. Elle plante le peigne au sommet de sa tête. Elle se déhanche et, dans un geste théâtral, se mire dans le cul d'une casserole de cuivre : « Est-ce que je ne suis pas belle ainsi. Qu'est-ce que les actrices de cinéma ont de plus que moi ? » Elle me regarde par-dessus son épaule avec l'expression coquette et audacieuse dont, quelques heures plus tôt, elle a gratifié le boy des sœurs Aghion. Son manège modifie les traits de son visage. Il en devient commun son visage, il ne possède plus ce quelque chose de pur, de rassurant, qui la distinguait des autres femmes.

CHAPITRE V

ZANOUBA

La vérité est que les hommes ne sont rien pour moi, je les déteste. Je déteste leur engeance pire que le loup. L'homme en vérité est un chien livré à ses instincts. L'homme dont la verge se dresse cherchera à assouvir ses instincts par n'importe quel moyen. Mentir, violer, tuer parfois, et ensuite se rajuster en marmonnant : « Fille de pute » ou « Maudit soit le cul de ta mère ». Mais là-dessus je serai pudique, je n'aime pas proférer des saletés au-dessus de ton âge.

La grande majorité des filles rêvent que leur futur mari ressemblera à leur père. Ce rêve, je l'ai fait tout le temps de mes fiançailles avec le forgeron. Je brûlais d'envie de le rencontrer en vrai. Cela ne se pratiquait pas au village. Au Caire, les promis peuvent échanger des photos, ils peuvent faire un numéro sur le cadran et connaître, de plus, le son de leur voix. Un jour, ma mère, qui était sortie, est revenue couverte de la poussière d'un long chemin. Elle revenait de chez le forgeron. Elle l'avait vu, elle lui avait parlé. Un homme assez bien de sa personne, avec la peau claire et les yeux un peu tristes. Sa première femme était morte en couches et il se sentait disposé à dépenser beaucoup d'argent pour une vierge qui lui donnerait des enfants. C'est une jolie fille bien serviable, lui avait dit ma mère, promets-moi de ne pas la brusquer le premier jour. Il avait promis sur le Coran. Un mari patient et doux... Une maison de briques peintes en vert pistache... Comment tout cela ne m'aurait pas tourné la tête ? Autre chose me plaisait en lui : son prénom. Il portait le même prénom que mon père, exactement le même. Ce prénom s'échappait de mes lèvres comme une musique de fête. Je regardais vers Dieu et je lui disais : « Tu as fauché le nom de mon père pour planter ce même nom dans mon cœur, sois-en remercié ! » Mon beau-père se moquait de moi : « Ne pas voir plus loin qu'un prénom ! Sais-tu qu'on l'appelle aussi "moitié d'homme" ? » Ça voulait dire que le forgeron avait dépassé la trentaine et vécu déjà la moitié de sa vie. À la bonne heure ! J'aurais épousé le patriarche Abraham pourvu qu'il m'emmène loin de mon enfance.

À un mois de mon mariage, mon beau-père m'a dit : « Sors de ma maison, je ne te dois rien, ce qu'il te faut, va le demander à ta moitié d'homme. » Il pensait contrarier ainsi mon destin. Qui voudrait d'une jeune fille que son beau-père a mise dehors ? La crainte d'être chassée stimulait en moi la ruse. Chaque jour, j'enjôlais mon beau-père : « Au nom du Prophète compatissant, garde-moi encore dix jours, neuf, huit... » Un jour, il m'a attendue sur le chemin de la fontaine. « N'aie pas peur, ma fille, je voulais simplement te dire quelques mots. » Il m'a serrée dans ses bras et devant mon refus la colère l'a pris. Il m'a mordue comme un chien enragé. Ses dents m'ont tailladé le nez, le sang coulait sur mon visage : « Te voilà devenue laide, tu ne plairas plus à personne ! » me dit-il, et il s'est sauvé. Voilà un peu l'amour des hommes ! Ils peuvent vous défigurer non par excès de haine, mais par excès d'amour. Une femme qui travaillait au champ voisin m'a entendue pleurer. Elle m'a ramenée chez elle et m'a fait un gros pansement au nez. Je suis revenue à la maison avec ce pansement de malheur. Mais Dieu m'avait dans l'esprit, car à la veille de mon mariage le pansement est tombé de lui-même. Et le lendemain mon nez ne portait aucune trace de cicatrice.

Ce jour-là, ma mère est venue m'éveiller à l'aube. Nous étions seules. Elle avait renvoyé les hommes de la maison afin de me laver et de me préparer selon la coutume. Elle m'a déshabillée en disant : « Ce soir, tu te rapprocheras des étoiles pour la première fois et tu verras le monde avec des yeux différents. » En disant cela, elle tremblait, car l'idée de me perdre la chagrinait. Sa tête lui disait qu'elle devait me quitter, mais son cœur refusait d'obéir. J'ai mêlé ma tristesse à la sienne car c'était ma mère, bien qu'elle soit cruelle et puis j'avais vécu treize ans à ses côtés. Elle m'a lavé les cheveux, elle m'a épilé les aisselles et les cuisses en me chantant « D'entre mon sourcil et ma prunelle, un pigeon blanc s'est envolé. » Lorsque j'ai été nette de tout poil autour du sexe, elle m'a remis un petit sachet contenant du sang de poulet. Elle m'a montré comment placer le sachet dans mon orifice, adroitement et secrètement au moment voulu. Dans le feu des embrassades, c'est-à-dire, juste avant la défloration. Grâce à quoi mon honneur serait sauf et mon mari content. J'ai pris le sachet de sang de poulet, il était encore tiède. Je l'ai pris parce que chez nous les choses se passent autrement que chez vous. Essaie de comprendre. Chez les Arabes, la virginité de la mariée est une question de vie ou de mort. Son mari peut la tuer sur l'heure, sinon ses parents s'en chargent. Au village, tout le monde parlait de la fille estropiée qui, chaque jour, suppliait son père d'achever sa besogne. Voilà un peu nos villages. L'honneur perdu sert d'aliment au meurtre des filles ! Moi je voulais vivre. Je voulais vivre dans une maison de briques rouges peintes en vert pistache. Je voulais vivre près d'un homme qui m'aimerait avec son cœur. Alors j'ai mis de mon côté la ruse et la tromperie. J'ai serré le sachet de sang entre mon ventre et ma culotte. J'étais naïve. Je ne savais pas de quel prix se payent la ruse et la tromperie. Un prix aussi noir que ma peau, encore plus noir que ma peau. Une voisine est arrivée avec une bassine pleine de henné. Ma mère et la voisine m'ont teint les mains et les pieds. Elles m'ont habillée d'une belle robe blanche et elles m'ont enveloppée dans un grand drap noir. Plus personne, à part mon futur mari, ne devait voir mon visage.

Une charrette pleine de chaises s'est arrêtée devant notre maison. Chaque chaise avait un coussin brodé et les harnais du cheval étaient tissés de fleurs et de fruits en papier. Tout cela pour moi ? Je me suis assise au milieu des fleurs. Ma mère a pris place auprès de moi, suivie de mes frères, du plus petit au plus grand. Il ne manquait plus que mon beau-père. Il traînait la patte, le fils de pute, sachant qu'un retard causerait des embarras à la noce. Au moment de grimper dans la charrette, il a été pris de convulsions. Il s'est renversé dans la poussière, l'écume montait à ses lèvres. « Tu peux creuser ta tombe avec tes dents, lui a crié ma mère, la noce se fera quand même. » La charrette est partie sans lui. En me retournant, je l'ai vu tournoyer comme un singe cherchant le giron de sa mère et, pensant le voir pour la dernière fois, j'en ai remercié Dieu.

Il fallait deux bonnes heures pour atteindre le village où m'attendait le forgeron. M'y ferait-il la vie douce ou amère ? Deux heures durant, je me suis répété : il sera tout pour toi, ton père, ta mère, ton frère, ton mari, ton ami. La charrette a traversé un village tout pareil au nôtre, sauf qu'il s'y trouvait une deuxième mosquée au bout de la grande rue. Plus loin, à l'écart de toute habitation s'élevait la maison de briques rouges peintes en vert pistache. Dans le jardin s'alignaient deux rangées de bancs distantes d'au moins dix mètres. Les femmes étaient assises d'un côté, de l'autre les hommes. Lequel d'entre eux m'était destiné ? Je n'osais pas regarder dans sa direction, alors il est venu me saluer. J'ai à peine eu le temps d'emplir mes yeux de sa figure pâle que déjà sa mère l'avait renvoyé à sa place. Elle s'est tournée vers ma mère : « Mais où est donc le père de la belle ? Il ne nous fera pas l'honneur de sa présence ? » Ma mère a répondu : « Voici ses frères du plus petit au plus grand. Son beau-père nous rejoindra en même temps que le *mazoum*[1]. » La vieille a continué à se plaindre : « Un retard pareil ! enfin Dieu est grand ! » Elle était, par défaut, le contraire de son fils. Sèche, maigre comme un jour sans pain. Elle s'est radoucie quand je lui ai donné mille compliments de sa mine : pour être applaudi, il faut applaudir les autres ! Je me suis mise dans la compagnie des parentes et des voisines. Celles-ci, au moins, ne me marchandaient pas l'hospitalité. Je croulais sous leurs baisers, leurs vœux de bonheur et leurs cadeaux. Que des cadeaux magnifiques ! Du linge fin, des ustensiles de cuisine, des dons en argent, un tapis tissé dans la soie. Heureuse Zanouba, je me suis dit, ton mariage se présente à la perfection. C'est pour toi, je me suis dit, qu'on joue de la musique et qu'on récite de la poésie. Un poème disait, je m'en souviens encore car ma mémoire est fidèle, il disait :

Mon bel amoureux est chamarré d'or.
Il habite le plus beau des palais.

1. Fonctionnaire qui dresse l'acte de mariage.

Sa mère l'y a enfermé
car elle ne veut pas qu'il m'aime.
Mais un jour il s'est évadé
avec ses beaux atours et son épée.
Sans peur il est venu jusqu'à moi.
Il m'a baisée sur la joue
et m'a remis la boîte des dragées.
Neuf mois ont passé,
j'ai conservé les dragées
et l'empreinte de son baiser sur ma joue.

Je voyais en esprit les beaux atours, l'épée et le baiser. Mais je ne comprenais pas pourquoi l'amoureuse n'avait pas mangé les dragées. On mangeait de l'oie rôtie, on buvait du thé noir, du sirop de karkadé[1] et de la limonade. On récitait des versets du Coran, on jouait de la musique. Une chanson poussait l'autre. Certaines à ne pas mettre dans les oreilles des fillettes. Des histoires de cordon à couper, d'oiseau envolé, de baignades dans le costume d'Adam et Ève. Je rougissais car, sous mon voile, je conservais mes bonnes manières. Une heure a passé, une deuxième et toujours pas de mazoum. Je commençais à trouver le temps long. Il me tardait de poser mon pouce au bas du contrat de mariage. Et surtout, comme j'avais bu beaucoup de limonade, il me tardait d'être seule pour pisser un peu. Cette envie devenait pressante entre

1. Fleur d'hibiscus.

mon ventre et ma culotte, là où j'avais serré le sachet du sang de poulet. S'y trouvait-il encore ? Je ne le sentais pas. Les parentes et les voisines du marié se chuchotaient des étonnements. A-t-on jamais vu une cérémonie aller aussi lentement à son terme ? Où donc est passé le père de la belle ? Et le mazoum, Dieu l'assiste, aurait-il perdu ses papiers en route ? Il y a eu des cris et soudain le mazoum est arrivé avec le *omdey*[1]. Mon beau-père marchait à côté d'eux. Ils sont allés se mêler aux hommes. Le omdey leur a tenu un discours, l'air contrarié. Un telle contrariété pouvait dire une chose, et une chose seulement : mon beau-père avait lâché sa langue sur moi. Il m'avait déshonorée et je n'étais plus bonne pour le forgeron. Voilà ce que j'ai cru, à tort, car en me trahissant, mon beau-père se serait trahi lui-même. Depuis quand le boucher affine-t-il sa lame sur sa propre gorge ? Je le voyais, le fils de pute, faire des gestes comme s'il saisissait un couteau pour poignarder quiconque l'empêcherait de me ramener à la maison. Un gamin est venu nous expliquer de quoi les hommes discutaient sans parvenir à prendre une décision. Ils discutaient de la loi du mariage et de l'âge de la mariée. La loi, représentée par le omdey, ne trouvait pas son compte dans les treize ans de la mariée. À ces mots, mon cœur m'a dit que tout était fini. Les femmes prétendaient encore que l'affaire s'arrangerait dès qu'on aurait graissé la patte du omdey. Ma mère me soufflait : « Garde

1. Le maire.

confiance, un mari doit protection à sa femme et alors son propre père ne peut plus rien contre elle »... Mais mon cœur me le disait : tout était fini. Le mazoum et le omdey ont pris congé de la compagnie. Les invités ont repris leurs cadeaux. Le linge, le tapis, les casseroles ont disparu, les dons en argent se sont évanouis. Ma mère s'est mise à pleurer ainsi qu'on fait aux enterrements. Elle s'est frappé la poitrine, s'est arraché des touffes de cheveux. Je lui ai reproché de se prendre, elle, en grande pitié de la honte qui m'avait élue. Elle a couru vers le forgeron pour le supplier de me garder quand même. Mais il lui a tourné le dos. Quand il est passé devant moi, ses yeux de lâche étaient baissés. Pas un regard, pas le plus petit mot de sympathie. Après son passage, j'ai relevé mon voile et j'ai craché sur la trace de ses pas. La mère du forgeron m'a vue. Elle m'a crié : « Ramasse ton crachat, espèce de petite garce », et j'ai répondu : « Mon crachat, je ne le ramasserais pas même s'il se changeait en goutte de diamant. » « Voilà un peu les gens de votre espèce barbare ! a dit la vieille. Mon fils est le premier fautif, il aurait dû choisir une femme blanche ! » Me voyant mortellement blessée, la sœur du forgeron est venue me consoler : « Tu es trop jeune pour le mariage et moi je suis trop vieille ! Mais ne t'en fais pas, mon frère t'aime déjà et il attendra bien trois ou quatre années ! » J'ai répondu ceci : « Rends à celui qui t'aime son amour et son bonheur deviendra le tien, mais rends à celui qui te méprise son mépris et oublie son existence. » J'ai remis mon voile et je suis remontée dans la charrette.

Le cheval allait au milieu des gens massés de chaque côté de la grande rue. La rumeur du scandale nous a accompagnés jusqu'à la sortie du village. La route m'a paru plus longue qu'à l'aller. Elle était défoncée. Un cahot m'a pressée contre quelque chose de pointu. Une douleur s'est libérée contre mon ventre et j'ai vu une tache rouge s'élargir sur ma belle robe blanche. Le sang du poulet avait crevé le sachet et ma robe était perdue.

La nuit se fermait déjà quand nous sommes revenus à la maison. Notre porte était souillée. Je ne sais quel salopard ou un petit enfant avait fait ses besoins tout frais juste devant notre porte. Mon oncle est entré dans une grande fureur. « Qui a osé chier devant ma porte ? hurlait-il à la cantonade, son nom que je l'efface de ce monde ! » Les voisins accourus pour se divertir un peu n'osaient plus rien dire. « Qu'est-ce que c'est que ça ? » hurlait ma mère et j'ai répondu : « Eh bien, tu vois, c'est de la merde. » Ma mère a pris mes oreilles entre ses doigts, elle a tiré dessus à les arracher. « Aujourd'hui, passe encore, mais la prochaine fois tu ramasseras la merde avec ta bouche. » Elle est allée se coucher sans manger et peu après elle est tombée malade.

Jour après jour, elle perdait ses forces. Ses jambes refusaient de la porter. Elle tombait par terre, elle s'agitait, la bouche tordue et agrandie jusqu'aux oreilles ! Puis elle redevenait calme. Mon oncle disait :

« C'est la maladie du diable. » Moi je ne voulais pas y croire. Un soir ma mère m'a demandé d'allumer le four, car elle avait froid. Je suis allée chercher du charbon. En revenant, j'ai entendu un drôle de cri et d'un seul coup la frayeur m'a plaquée au mur. Ma mère tournait sur elle-même, en riant comme une sorcière. Elle riait d'une façon vraiment démoniaque et elle puait. Elle s'était pissé dessus afin de sentir couler un peu de chaud. J'ai fait du feu. Elle en a retiré des braises et elle les a mangées. J'ai entendu des craquements au fond de sa gorge. J'ai vu des flammes aussi comme si le feu avait pris dans sa bouche. Elle est retombée en arrière et elle n'a plus bougé. Je lui ai ouvert la bouche pour voir si les braises se trouvaient encore dedans. Rien ! Elle avait tout avalé. Et aucune trace de brûlure ni sur ses doigts ni dans sa bouche ! Le lendemain, le barbier est venu la voir. Lui non plus n'a pas trouvé trace des brûlures, mais elle avait de plus en plus froid. Un mois après, elle était morte.

MARA

Lorsque Zanouba me raconte son histoire, je peux regarder son visage pendant des heures, comme on lit un roman. Je suis très touchée par ce qu'elle me dévoile de ses souffrances tout au long de son enfance. Son histoire me semble totalement liée à la mienne.

Toutes deux, nous avons appris à ne compter que sur nous-mêmes, à ne pas faire confiance aux adultes, et nos demandes d'amour ont toujours été rejetées. Toutes deux, nous sommes une, une à nous-mêmes pour toujours.

CHAPITRE VI

MARA

Ma vie qui n'était encore que solitaire et misérable est devenue un enfer. Je n'ose plus courir, je marche avec gêne comme si une membrane visqueuse, reliant étroitement mes jambes se trouvait à la place de la serviette hygiénique. J'en change le plus souvent possible, mes culottes demeurent impures. L'odeur qui s'en dégage doit irriter les narines de la terre entière, mais il paraît que j'exagère un peu. Zanouba a beau dire, je ne m'habitue pas. Je n'arrive plus à dormir dans mon lit, par exemple, de peur de le souiller. Le matin, je me réveille par terre, entre une couverture et des oreillers disposés à même le plancher. Je me lève aussi raide et endolorie que si on m'avait battue et, pour ne rien arranger, je dois me laver, m'habiller et aller au lycée.

De tous les endroits au monde, c'est le dernier où j'ai envie de me trouver. Je redouble ma sixième.

Madame Garnier, la maîtresse dont j'ai usé la patience l'année dernière, m'a prise en grippe. Sa lèvre s'orne d'une grosse verrue d'où sortent trois longs poils noirs qui frémissent quand elle me parle. À personne d'autre que moi, elle ne pose de questions aussi perfides : « D'où te vient ta bêtise congénitale ? Ton air buté ? Tes insolences ? Ta paresse innée ? Tes bulletins nuls partout, sauf en rédaction ? » Est-ce que je sais moi !... De trop aimer lire peut-être et de n'aimer que ça ! Pour m'intéresser, madame Garnier m'interdit l'accès à la bibliothèque de la classe. Pendant la distribution, elle énumère des titres nouveaux, affolants : « *L'Étoile mystérieuse* dans la collection Nelson, hein, ça vient d'arriver ! » Elle balade sous mon nez l'odeur exquise du livre tout neuf. Sa voix naturellement méprisante, car elle est française, s'enrobe de mansuétude : « La semaine prochaine, promis, si tu as bien travaillé ! » Compte là-dessus ! La classe m'assomme. Le temps s'y endort. Lorsque madame Garnier prononce mon nom, le son de sa voix me parvient de très loin. Je vois toute chose comme à travers une paroi vitrée. La longue table juchée sur l'estrade, les bancs craquelés, les rangées de filles dont les petits pieds touchent à peine le plancher. Leurs cheveux sont tressés de blancs rubans. Leurs tabliers font du creux sur leur poitrine. Pourquoi me pousse-t-il des seins ? Je me sens différente de tout le monde et mon cœur me fait mal.

À bien y réfléchir, il n'y a même pas une semaine de passée, mais à la maison aussi, tout me semble différent. L'air s'est comme troublé, on a disposé autrement les meubles ou remplacé les rideaux... Les fleurs pourrissent dans les vases, elles dégagent des odeurs suspectes.

La chaleur ondoie à travers l'appartement, les époux Louria barbotent dans cette mer tranquille en apparence, sans rien changer à leur manière d'être. C'est comme s'ils ne comprenaient pas ce qui m'arrive ou que le comprenant, ils ne faisaient aucun cas de ce qu'ils ont compris. Cet aveuglement, si peu digne de parents, offre le mérite de la franchise. Je tomberais raide morte à leurs pieds, ils remarqueraient : « Tant de chichis pour une coupe de cheveux ratée ? » Parfois, je surprends dans le regard de ma mère des lueurs attendries. Ma tête de petit garçon lui permet d'imaginer les traits qu'aura un jour son poupon. Et mon père comment me voit-il à présent ? Comment réagit un homme à l'annonce que sa fille est sale ? Car mon père sait, ma mère a violé sa promesse, j'en suis persuadée. Sinon pourquoi mettrait-il tant de soin à paraître égal à lui-même ? Donc, il sait. Donc, il me juge. Cette idée me rend folle d'angoisse. Je me creuse la tête afin de comprendre pourquoi les hommes sont exemptés de la faute que j'ai commise, qui se répétera tous les mois... Il y a là une terrible injustice.

Je n'arrive pas à l'admettre. Si seulement j'étais un peu moins laide. Je déteste mon visage. On dirait un pauvre serpent qui perd ses peaux l'une après l'autre. Mon visage, quand je le rencontre dans un miroir, me paraît affreusement nu. Pourquoi couvre-t-on ses bras, ses jambes, son derrière en laissant à découvert la partie la plus obscène de sa personne ? Le don d'invisibilité, voilà le rêve ! J'ai pris l'habitude aux repas de tenir un mouchoir devant ma bouche. Je ne mange presque rien en présence de mes parents, mais sortie de table, je file en douce à la cuisine. Je me prépare des monceaux de nourritures bizarres. Des mélanges de cornichons et de chocolat, des concombres arrosés de miel, du pain trempé dans l'huile de sésame. Je rapporte dans ma chambre de quoi soutenir un siège de plusieurs jours. Là, allongée sur mon lit, un bouquin en main, je me goinfre à en avoir le cœur soulevé. Bien fait pour moi ! Bientôt, je serai encore plus ignoble, si c'est possible, avec des bourrelets sur la poitrine, des genoux obèses et, lorsque mes pieds ne pourront plus supporter une telle masse de graisse, je n'irai plus à l'école.

ZANOUBA

Une marmite pleine de vapeur comprimée, voilà ce que tu es. Au moindre choc, tu exploses. Je te regarde et je te dis : juste ciel, petite, qu'est-ce qui te passe par la tête ? Tu as un cerveau pourtant et il est rempli de connaissances. Tu ne connais pas ta chance. Moi, si j'avais eu la possibilité d'aller tous les jours à l'école, je ne reprocherais pas à la vie d'être injuste avec moi.

Regarde mes mains. Quelle différence entre mes mains qui ne connaissent que la poussière et tes ongles bien propres qui n'ont qu'à tourner les pages des livres ? Si j'avais pu apprendre à lire, ma vie aurait été différente. La vie change du tout au tout quand on s'affranchit de l'ignorance. On devient réfléchi, prudent, instruit quant au choix d'un bon métier. Et tu veux que je te dise : je serais certainement devenue une grande savante. La fille d'une de mes patronnes me l'a dit plusieurs fois : « Zanouba tu pourrais devenir quelqu'un parce que tu es très intelligente. » Une petite aimable, on s'entendait bien. Elle a voulu m'apprendre à lire dans ses livres. Sa mère s'y est opposé à cause de la perte de temps. Si tu te mets à lire, Zanouba, à écrire et que sais-je encore qui va s'occuper des enfants, de la maison ? Qui va préparer le repas pour mon mari quand il rentre fatigué ? Une feignante celle-là ! L'air qu'elle respirait, même l'air il fallait le lui bouillir ! Un jour je la rencontre qui bat des cils dans la rue et minaude avec un mari qui n'est pas le sien. Je ne fais rien sur le moment. Plus tard, je lui dis : « Quel que soit mon sort à l'avenir, je ne peux pas vivre dans la même maison qu'une putain. » La peur lui ôte toute arrogance, elle me supplie d'accepter le double de mon salaire, contre son secret, s'entend. Je réponds que la mauvaise conduite nuit à l'harmonie et au bonheur d'une maison. Et c'est la vérité. Tu te comportes mal en ce moment, plus mal encore que d'habitude. Tu insultes ta mère, tu contraries ton père et tu cherches à te blesser toi-même par tous les moyens. Est-ce parce que tu manques de pain, que tu as froid, que tu n'as pas d'amour dans la maison de ton père ? Non. Rien ne te manque dans la maison de ton père. Je te regarde et je te dis : « Juste ciel ! petite, de quoi as-tu si peur ? » Tu as réellement peur, je le sais, mais de quoi ? Il n'y a rien d'effrayant ni d'humiliant à grandir un peu dans son corps. La tête ne suit pas, voilà ton problème. Ta tête fait la folle, elle invente des dangers qui n'existent pas. Un danger visible serait une voiture qui foncerait sur vous. Un mari qui lèverait son poing fermé. Un enfant malade sur le point de rendre le dernier souffle. Un patron qui menacerait de vous jeter dehors. Quand on appelle au secours dans ces moments-là, personne ne vous prend pour une folle. Mais comment secourir une détresse invisible ? Dieu seul le pourrait. Je ne suis pas Dieu ! Je ne suis qu'une pauvre femme, domestique dans une maison de riches. Voilà pourquoi, me tournant vers Dieu, je lui dis : « Exerce ta miséricorde sur cette petite, moi je suis à bout d'arguments. »

CHAPITRE VII

MARA

Depuis que ma maladie du mois s'est arrêtée, depuis vendredi dernier, je pense qu'elle ne reviendra jamais. Il n'est pas interdit d'espérer, quand même ! Si seulement cette canaille de Zanouba ne passait son temps à me répéter : « Crois-tu être assez gentille pour que Dieu accomplisse un miracle en ta faveur ? Attends ! Attends un peu le mois prochain. » Je compte et je recompte les jours avec une angoisse presque surnaturelle.

Nous sommes le 18 octobre 1956, la date a une extrême importance. Il flotte dans l'air un sentiment de catastrophe imminente. Il y aura la guerre ? La radio expose les graves événements que le pays traverse. Les journaux consacrent leurs gros titres au canal de Suez, cela augmente les tirages. Mon père tourne les pages de son journal pour arriver plus vite à la rubrique des échecs. Ma mère s'endort en écoutant la radio. Ils sont comme ça, les Louria, ils ne s'intéressent qu'à leurs petites affaires personnelles. À chaque période de tension et d'incertitude, quand une crise s'annonce, ils feignent de ne pas s'en apercevoir. Si je les pousse dans leur retranchement, ils me jouent une comédie digne d'un enfant de trois ans : rien n'arrivera, tout s'arrangera. Si j'insiste, ils me font taire : la politique n'est pas un sujet de conversation, à table, quand on ne s'est pas lavé les mains. Leurs visages se font durs. Auraient-ils peur ? Jamais ils ne me laissent voir leur peur mais leurs visages se font durs, ils sont la peur elle-même. Quand ils s'enferment dans leur chambre, après le repas du soir, je colle mon œil à la serrure. Je vois ma mère assise devant sa coiffeuse, la robe relevée à hauteur des cuisses découvre ses jarretières. Elle retire ses bas l'un après l'autre, lentement et elle soupire. Mon père tombe à ses genoux : « Là, là... Ça va passer. Là, là. C'est fini. » Il l'embrasse comme si elle était couverte de bobos sur tout le corps. Ces baisers me dépriment. Je me promets de ne plus jamais espionner mes parents et l'instant d'après, je rêve d'une glace sans tain derrière laquelle je pourrais contempler longuement les secrets de leur intimité. Comme ils sont laids quand ils s'embrassent ! De quelles contorsions puériles ils accompagnent leurs mots d'amour ! Et de quel secours est leur amour pour conjurer la peur que je sens grandir en eux ?

Il flotte dans l'air un sentiment de catastrophe imminente, de destruction totale et moi, comme on enfonce un clou, je deviens de plus en plus méchante. À la première remarque, je me venge atrocement. Je plante des couteaux dans les portes, je barbouille les murs avec de la cervelle de mouton, j'arrache mes vêtements, je me roule par terre, j'insulte la vie, je couvre de boue mes parents et je les pousse dans un trou d'égout. Ma mère, pour qui je représente l'insupportable en ce monde, cherche à se débarrasser de moi. Elle exhorte son mari à m'inscrire dans l'un de ces internats où l'on redresse le caractère et les bulletins scolaires. Mon père écoute la litanie de mes méfaits, par habitude, mais ne s'attarde pas. Bien vite, il s'en retourne à sa boutique où, sirotant de minuscules tasses de café et fumant des cigarettes anglaises, il pourra fuir le désordre de son foyer. Nessim Louria est un irresponsable comme la plupart des hommes, des Orientaux surtout. L'Oriental estime suffisant de nourrir ses enfants. Leur éducation incombe, selon lui, à la femme, car sur ce sujet pénible elle en sait beaucoup plus long que n'importe qui. La femme, de son côté, considérant la tâche assommante et indigne d'elle, s'en libère auprès des domestiques. Et voilà le résultat : je suis tantôt un fardeau, tantôt une balle de ping-pong que se renvoient mes parents, si on peut appeler ça des parents.

Ma mère est morte à la veille du Ramadan. La crue du Nil était rouge, à cette époque il y avait encore deux crues par an, les paysans ne craignaient pas la sécheresse. De quoi ma mère est morte ? On ne le saura jamais. Mon beau-père allait répétant partout que c'était l'œuvre du diable. Pareille accusation est très grave, car selon la religion, ceux qui meurent ainsi perdent le paradis pour toujours. De plus, la malédiction de la mère retombe sur sa fille, le malheur la suit où qu'elle aille. Et avec ça que le forgeron m'avait dédaignée ! Les bonnes âmes feignaient de me prendre en pitié : « Patiente Zanouba ! Si Dieu a pour toi quelque chose de bon, Il te le donnera. » Pour une personne compatissante, il y en a dix qui chercheront à vous diminuer. Ces personnes, je les regardais droit dans les yeux pour bien montrer que leur attitude n'entamait pas ma fierté.

D'où me venait ma fierté, je l'ignore. Une affaire de caractère probablement, le mien me procure la force qui manque parfois aux gens heureux. J'étais fière, très fière, mais depuis la mort de ma mère, une angoisse tissait secrètement la trame de ma vie. Je n'avais personne sur qui m'appuyer. Mes frères aînés avaient quitté la maison depuis longtemps, c'étaient des hommes et il ne me restait plus que mon beau-père.

Ce loup à visage humain, ce fils de pute dénaturé était maintenant mon tuteur. J'étais sa fille aux yeux de la loi et il pouvait en toute impunité user de moi comme il avait usé de ma mère. Quand il essayait de m'approcher, je lui disais : « Regarde les étoiles ! Elles sont plus proches de toi que je ne le serai jamais. » Il me disait : « Adam a été placé sur terre avant Ève, parce qu'il était le plus fort. » Il me flanquait des rossées et je m'écartais pour laisser passer le temps. Je prenais mon mal en patience, c'est-à-dire, à cause de mon bon cœur. À cause de mes petits frères. Trois marmots, trois pleurards incapables de se suffire à eux-mêmes, le dernier surtout, un amour qui mouillait encore sa culotte. Pouvais-je leur tourner le dos ? Ah, non ! ils étaient ma responsabilité ! J'ai décidé alors de me sacrifier et pas d'un cœur léger, tu me connais, Mara, tu me connais. J'ai décidé de devenir la mère de ces pauvres orphelins et mon propre deuil en a été redoublé.

Cette mère si cruelle qui avait vécu à mes côtés arrivait encore à me faire souffrir. Je revoyais sa bouche agrandie jusqu'aux oreilles, son cou tout gonflé, ses yeux fixes, et ce qu'ils regardaient, je l'ignorais. Son souvenir me faisait souffrir, mais dans ce souvenir, la colère l'emportait sur le chagrin. À la vérité, je pensais parfois, moi aussi, qu'un démon s'était emparé de son corps. Sa fin affreuse était la punition de sa chétive fidélité à mon père. Était-ce parce que je lui en voulais d'être morte ? L'orphelin est un torrent d'amour blessé. Un soir, en allant me coucher, j'ai fait un rêve. La maison brûlait. Je me trouvais à l'intérieur des flammes. J'essayais d'ouvrir la porte quand j'ai entendu un chien aboyer. Ce chien, d'un seul coup, est devenu une femme qui avait le visage de ma mère. J'aurais volontiers entamé une discussion avec elle, mais le feu commençait à me chauffer les pieds. J'ai cogné contre la porte en criant : « Aide-moi, ma mère, donne-moi la clef, c'est toi qui donnes tout à la maison. » Ma mère avait plusieurs clefs. Elle me les a présentées en disant : « Choisis bien, surtout ne te trompe pas de clef. » J'en ai pris une, au hasard, elle était légère comme le temps parfois, quand il passe heureusement. En me réveillant, j'ai cherché à savoir pourquoi ma mère morte m'avait arrachée à la mort ? Cela voulait dire, peut-être, qu'elle voulait que je vive. Cette clef qu'elle m'avait donnée était, peut-être, celle du temps à venir. Un temps heureux, j'en avais eu la preuve en main. Un temps où la porte s'ouvrirait devant ma figure, où je serais libre et c'est ce qui est arrivé.

La crue du Nil était rouge à la veille du Ramadan. Dix jours plus tard, la pluie se mit au milieu de la fête. Une bonne pluie est signe que Dieu bénit les croyants, sauf que cette pluie-là était spéciale. Elle tombait fort et sans répit, le ciel lui-même n'en pouvait plus. Un vrai déluge, Mara, pareil à celui que Noé, notre père, a connu. Et de la même façon que Noé offrait des sacrifices pour apaiser Dieu, notre imam éleva sa voix contre le déluge. Rien à faire. La pluie tombait, la crue montait, le fleuve ne pouvait plus la contenir. Il est sorti de son lit et le village a été inondé. La terre et l'eau ne faisaient plus qu'un. Nos maisons ressemblaient au ventre d'une barque qui prend l'eau. Nos bêtes poussaient des cris rendus humains par la faim. Nos gens n'avaient plus de quoi rompre le jeûne du Ramadan. Ceux qui s'étaient gardé des provisions pour l'année entière se retrouvèrent eux aussi à la diète. L'eau, même l'eau qui nous entourait de partout, vint à manquer. Les puits étaient pleins de cadavres de petits animaux. Quand enfin les eaux se sont retirées, les rats sont arrivés. Des rats d'une espèce velue, sans exemple au Caire. On ne pouvait pas les réduire. On les chassait par la porte, ils revenaient s'introduire par la fenêtre. Et avec ça que nos maisons étaient trempées, nous devions dormir sur la terrasse.

Et c'est là qu'un matin, juste au lever du jour, j'ai vu jaillir des éclairs en même temps qu'éclatait une pétarade. On aurait dit des coups de fusil tirés en l'air. J'ai réveillé mon beau-père, il s'est fâché : « Folle comme ta mère, le bruit est dans ta tête ! » Nous sommes descendus, avec les petits, voir ce qui se passait. Les gens sortaient des maisons et chacun demandait à l'autre : « Grand Dieu, quelqu'un est-il mort ce matin ? » Certains soupçonnaient un tremblement de terre. D'autres prétendaient que les Anglais venaient nous enrôler de force dans leur armée. Les plus sots croyaient à une heureuse occasion, la naissance d'un enfant mâle, par exemple, ou bien une noce, qui justifierait les coups de fusil tirés en l'air. Mais l'occasion n'était pas heureuse, la suite l'a prouvé. Quelque chose de pire que les Anglais nous arrivait : le choléra ! Des soldats étaient en train de coller des affiches tout autour de la mosquée. Un officier, muni d'un haut-parleur, a traduit pour ceux qui ne savaient pas lire, la façon dont le choléra s'étendait : à une vitesse incroyable. Il nous a conseillé de croire malgré tout en la miséricorde de Dieu et d'obéir aux ordres. Chaque famille devait rassembler ses affaires et sa marmaille et se préparer à partir.

Ce seul mot : « partir » a suscité comme un incendie dans le village. Les gens se sont mis à courir, à arracher les affiches, à maudire les soldats qui les avaient collées. Les femmes incitaient les hommes à la rébellion. L'émeute s'est installée quand des camions militaires sont venus se ranger devant la mosquée. Mon beau-père a joué de son bâton à droite, à gauche, contre les soldats. Un coup de crosse lui a fracassé la tête. Il s'est écroulé et, à ma grande joie, j'ai vu son sang se répandre dans la poussière. Sa vie, malheureusement, ne l'avait pas quitté et bien qu'à moitié mort, il criait encore. Je lui ai conseillé de se soumettre : « Satan a bien réussi, lui, à chasser Adam du paradis ? » Il m'a rétorqué ceci : « Ne te réjouis pas trop vite. Où que ce soit, je ferai en sorte que ton avenir soit identique à ton passé. »

CHAPITRE VIII

MARA

Aujourd'hui, j'ai envie de tuer quelqu'un.

Madame Garnier nous a donné un sujet inepte à traiter : « Imaginez, mes petites, l'offensive inopinée du général Hiver », et maintenant elle siège sur son estrade. Elle siège avec un doigt levé, menaçant, il devient jaune sous le soleil qui inonde les fenêtres.

Le général Hiver, je vous demande un peu !

Je déchaîne autour de moi une tempête effroyable. Le vent siffle en soulevant des tourbillons de neige. Une bourrasque blanche se rue sur l'estrade. Madame Garnier grelotte, le nez rouge et les oreilles gelées. Elle se change en bloc de glace. La neige à présent recouvre le tableau noir et les pupitres. Les filles sont absolument terrifiées à l'idée d'être ensevelies, mais elles n'ont nulle part où aller. La porte est murée. Les fenêtres s'obscurcissent. Les filles essaient, pour mieux voir, de nettoyer les vitres, avec des gestes arrondis, elles ne voient que le général Hiver, leur respiration produit toujours la même buée, elles n'ont plus rien à manger, elles meurent de froid, on ne les retrouve qu'au printemps, et je n'ai plus personne à tuer.

Madame Garnier me roule des yeux aussi méfiants que ceux d'Othello. Elle fait, en me regardant, de petits signes de croix sur sa bouche, la grosse verrue, d'où sortent trois longs poils, frémit atrocement.

J'ouvre mon cahier. Je dessine un cadre sur toute la largeur de la page blanche. Je souligne le cadre d'un second filet noir. Je prends une longue inspiration du ventre et ma main se met à écrire :

Monsieur Nessim Louria et Madame, née Dayan, ont la douleur de vous faire part du décès de leur fils :

ÉDOUARD LOURIA

Un ange a été enlevé prématurément à l'affection de ses parents et de sa sœur Myriam (Mara pour les intimes) alors qu'il n'avait pas encore un mois.
Priez pour l'enfant pareil à une étoile filante.
La cérémonie religieuse aura lieu le...

La cloche sonne la récréation de dix heures. Je referme mon cahier, je descends dans la cour. Il fait un peu moins chaud à l'ombre des mûriers. L'eau qui coule de la fontaine est tiède à boire. Dans la vasque, vogue une voile faite d'un buvard percé d'un porte-plume que le jet du robinet chavire. Dans la brume du ciel, flotte le petit visage de mon frère Édouard, il devient plus blanc que la craie et s'efface d'un seul coup.

Je n'y pense plus en regagnant la classe. Madame Garnier me guettait puisque me voyant apparaître dans le corridor, elle fait un pas en avant.

« Ça va, mon petit enfant ? Ça va bien, tu en es sûre ? »

Pendant une seconde ou deux, je ne comprends pas ce qu'elle me veut. Elle a l'air triste et aimable au possible. Elle me prend la main avec emportement.

« Je regrette d'avoir été un peu dure avec toi, ces temps-ci. Je ne savais pas. C'est triste. Mais pourquoi n'as-tu rien dit ? »

Alors, étonnée moi-même de mon étourderie, je me souviens du cahier laissé bien ouvert sur mon pupitre, je ne me le reprocherai jamais assez.

« Comment est-ce arrivé, Mara ? Un accident. Un problème à la naissance ? Est-ce que tu peux en parler ? »

Je fais non, non de la tête, les mots s'étouffent dans ma gorge. La main confiante autour de mon poing fermé accentue sa pression. Si confiante qu'un rien de remords et beaucoup d'appréhension me tirent une petite larme.

« Pleure, mon petit enfant, pleure ! Laisse-toi aller, ça fait du bien de se laisser aller. Tu n'as pas d'autre frère, je crois ? Dis-moi, depuis quand est-il mort ? »

Les poils de sa verrue, vus de près, frémissent, pareils aux pattes d'une mouche terrassée par la chaleur. J'agite quelques doigts de ma main restée libre.

« Trois jours ? Non ? Trois mois alors ? Tant que ça, Mara ? »

Madame Garnier a un geste de surprise et, je crois bien, de surprise douloureuse. Je m'efforce de rassembler mes esprits, afin de démentir au plus tôt le quiproquo dont je pressens les graves conséquences. Ce n'est pas facile. Elle m'embrouille aussi avec sa façon de me malaxer les doigts comme si j'étais de ces enfants frappés par le malheur et dont on se demande s'ils s'en remettront jamais.

« Tu te sens coupable de la mort de ton frère, Mara, c'est ça ? Pourquoi as-tu recopié dans ton cahier le faire-part mortuaire ? »

Franchement, je ne peux le dire. Et même si je pouvais, je n'utiliserais pas un mot pareil. « Mortuaire » est trop énorme pour un si petit bout de papier, non ?

« Dis-moi, Mara, tu fais ça souvent ? »

Un silence et cette question plus effrayante encore :

« Est-ce que tes parents sont au courant de tes manies, de ta petite occupation, je veux dire... »

Puis d'un ton sans réplique :

« Il faut voir un médecin. Ne t'inquiète pas. Je vais écrire à tes parents.

— Vous allez écrire à mes parents ? » je dis, et c'est tout, je regagne ma place.

Pour protester, il m'aurait fallu un peu de temps. Avec un rien de temps, j'aurais pu trouver une explication plausible à mes mensonges. Un mensonge, un petit mensonge de plus et le monde se serait remis à tourner... !

Le reste de la matinée est plutôt morose. Avec mes cheveux en brosse, mon dos arrondi au-dessus du pupitre, je dois ressembler à un hérisson en boule. Une goutte de sueur tremble entre mes sourcils rapprochés. Une deuxième goutte va rouler derrière la première, une troisième, et ainsi de suite sans cesse, sans échappatoire possible.

Un peu avant quinze heures, le planton vient dire quelque chose à madame Garnier et elle descend de son estrade.

« Mara, monsieur le Proviseur t'attend. Courage, ma petite enfant. Silence ! vous autres ! Notre amie Mara traverse une grande épreuve. »

Pour se rendre au bureau du proviseur, il faut longer le préau, passer devant le gymnase, contourner les toilettes des garçons d'où s'échappe la fumée de plusieurs cigarettes, gagner le dernier bâtiment au fond de la cour, en grimper les cinq étages à la volée de plus en plus étroite, ce qui ne va pas sans difficulté pour une élève en proie à l'épouvante. Le bureau du proviseur se situe à une altitude sévère comme par un fait exprès, afin qu'on y accède le cœur battant et le repentir aux lèvres.

La porte est capitonnée de cuir. Elle s'entrouvre sur la tête du proviseur : « Ah, c'est la petite Louria ? Une minute, mon enfant », et se referme aussitôt.

Dans le corridor il y a une banquette. Je dois me

lever de temps en temps parce qu'un balayeur balaye. Son balai est la seule chose digne d'intérêt dans le corridor. À force d'en suivre le remue-ménage, l'œil se fatigue, les paupières clignotent, on ne pense plus à rien. Et quand par hasard on trouve par terre un clou rouillé, on le ramasse : « D'où peut bien provenir ce clou ? » Le balayeur répond qu'il l'ignore. Il regarde ses chaussures. Il a un trou à sa semelle. « D'où peut bien venir ce trou ? » Le balayeur répond qu'un trou à la semelle vaut mieux que pas de semelle du tout et qu'il ne faut pas s'inquiéter, monsieur le Proviseur n'est pas plus méchant que sa fonction ne l'exige. Dans ces conditions, on pense qu'on a assez perdu de temps. On se met debout et d'un pas ferme, on reprend l'escalier.

En sortant du lycée, je m'arrête pour observer le vaste portail avec l'attention particulière de ceux qui s'en vont pour toujours, qui ne reviendront jamais.

ZANOUBA

Les camions militaires nous ont transportés longtemps, très longtemps à travers la campagne. Nous sommes arrivés devant un camp immense, planté de tentes kaki et entouré de fils barbelés. Nous sommes entrés là, derrière les barbelés, sans rouspéter, la fatigue avait fait de nous des êtres inertes. Les soldats nous ont dit que nous allions vivre un certain temps dans ce camp qui s'appelait « Quarantaine » à cause de la contagion. J'ignore si oui ou non le choléra l'habitait, en tout cas quiconque tentait d'en franchir les barbelés était aussitôt battu à mort. Aussi peu de gens essayaient de fuir. Pour aller où ? L'être humain s'habitue à la prison. Dès lors qu'on lui assure le manger et le boire, il tire patience de sa captivité. Le plus difficile était d'occuper le temps car il n'y avait rien à faire. Prendre son tour au point d'eau et devant l'endroit où se faisait le manger et fini, on recommençait. L'oisiveté pèse au paysan. Il n'a pas l'habitude de ne pas se rendre utile. Son champ lui manque. Il erre autour de sa tente comme une poussière que rien ne vient balayer. Son jugement s'affole. Il sème des graines devant sa tente, au milieu des cailloux. La graine ne peut lever ? Tant pis ! Il l'arrose quand même. Voilà un peu la grandeur du paysan. Il espère, quelle idée folle ! et son espérance est comme la rosée qui ranime la plante flétrie.

J'ai trouvé à m'occuper auprès des infirmiers du camp. J'aidais, par-ci par là, à faire un pansement, à réduire une toux, une diarrhée, à assister un accouchement difficile. Rien que des maladies ordinaires. Le choléra ne faisait pas connaître sa terreur. Les uns s'en réjouissaient, d'autres se demandaient avec angoisse comment se garder d'une maladie dont on ignore la figure. La crainte du choléra occupait nos rêves, le matin nous n'y pensions plus. D'autres soucis nous torturaient. Quand allions-nous rentrer au village ?

Dans quel état allions-nous retrouver nos maisons, nos champs, nos bêtes ? Comment racheter tout ce que nous avions perdu ? La piastre, nous avions oublié sa forme, avait-elle encore un trou au milieu ? Ce genre de questions est une pierre qu'on lance en l'air en attendant que Dieu vous la renvoie.

Un mois avait passé avec toutes ses nuits quand les gens ont commencé à devenir irritables. Car à vivre tassés ainsi, entre l'oignon et la pelure, ils perdaient leurs bonnes manières. Ils s'insultaient, par exemple, pour le tour au point d'eau. Pour une lessive qui dégouttait sur la tente voisine. Pour s'être marché sur le pied, par mégarde. Et ainsi de suite. Un mot de travers et fini : la bagarre faisait rage ! le scheik, un vieil homme aveugle, tentait de réconcilier les ennemis : « Le Coran appelle les Arabes à s'unir ! Pourquoi polluer l'air de vos querelles ? Les frères qui s'insultent oublient que l'Anglais est notre seul ennemi. » Le pauvre homme avait beau répandre sa salive, l'Anglais nous importait moins qu'un tel qui avait roué de coups son voisin, ou qu'une telle qui avait volé à sa commère un gobelet de lait. Je me souviens d'une affaire où, de nuit noire, un individu s'était introduit sous la tente d'une bonne femme. Celle-ci, réveillée en sursaut, lui avait flanqué en pleine poitrine un coup qui nous a fait bien rire, par la suite, bien rire car l'individu en question était une pauvre vieille, aveugle par-dessus le marché.

Un bon moyen de comprendre la vie est d'écouter les bonnes femmes parler de leurs hommes. L'une dit ne pas pouvoir s'endormir si, tel un serpent, elle ne s'enroule autour de son homme. L'autre répond ne pas supporter, même en pensée, la douleur pénétrante du membre viril. L'une proteste, le sexe est la chose la plus délicieuse du monde, carrément un autre monde. L'autre crache son dégoût devant ce comportement de chienne en chaleur. La chienne alors en rajoute sur la façon spéciale dont son homme décharge son fusil, son canon, ses couilles. Voilà un peu les femmes avec leur grossièreté ! Je ne leur posais pas de questions. Je les écoutais. À un moment l'une ou l'autre s'adressait à moi : « Au nom du prophète, Zanouba, ne te marie jamais ! » Je prenais le conseil, je gardais mon secret. Je me demandais si le forgeron avait été victime de l'inondation. Si chassé de sa belle maison, il se retrouvait à dormir bas, sous la tente. La curiosité me poussait à le chercher, la fierté m'en empêchait. Le bâtard m'avait dédaignée, il ne méritait pas d'occuper une seule de mes pensées. S'il avait été un homme, et je considérais qu'il n'en était pas un, il aurait déjà essayé de se rabibocher avec moi.

Mon beau-père ? J'allais y venir justement. Mon beau-père, à cette époque, se comportait comme un beau-père justement. Il ne me harcelait plus, c'est-à-dire, il gardait ses distances. La peur du scandale sans doute, car d'une tente à l'autre, la nuit, on s'entendait rêver. En tout cas, il me fichait la paix et moi, de mon côté, je faisais comme s'il n'existait pas. Du reste, c'est à peine si je le voyais. Une occupation l'appelait du matin au soir à l'autre bout du camp, une autre belle peut-être. J'en avais comme un pressentiment. J'en ai eu la certitude un jour, quand une commère m'a dit : « Méfie-toi. Une veuve a jeté son dévolu sur ton beau-père. S'il l'épouse, elle et ses deux enfants, tu leur serviras de bonne ! »

J'ai voulu en avoir le cœur net. En suivant mon beau-père, j'ai vu qu'il se rendait à l'autre bout du camp. Il est entré sous une tente, pour n'en sortir qu'après deux heures de temps. Sous cette tente se trouvait une femme du nom de Karima[1]. Sa figure m'a paru généreuse et douce en effet, sauf qu'elle portait sur elle une grande tristesse. Pauvre Karima ! L'histoire de sa vie était plus noire que ma peau, encore plus noire ! Elle avait épousé un maçon et eu de lui deux garçons. Ils étaient très pauvres et travaillaient beaucoup afin de se construire une maison. Pendant qu'il montait les murs, Karima lui apportait les pierres. Un jour le maçon s'était noyé en allant chercher une poule tombée dans le puits. « Si tu savais ma sœur comme c'est triste, me dit-elle, d'être comme ça assise sous une tente dont aucun mari ne repousse la toile. » Elle m'a demandé quel genre d'homme était mon beau-père. En la rencontrant, il lui avait dit : « Tu vois, je suis seul moi aussi, avec trois garçons et une fille du premier lit de ma femme... J'éprouve de l'attirance pour toi. Pourquoi ne pas nous marier ? Je te porterai. J'ai une petite maison, tu feras ce que tu pourras et je ferai le reste. » Elle l'avait écouté, mais

1. Karima signifie généreuse.

d'une oreille méfiante. « Un homme jure toujours, je t'aime, je t'adore, je te donnerai le ciel et tout ce qu'il contient. Des promesses ! Oubliées dès qu'il a pris son plaisir ! » Elle avait beau faire la prude, sa voix la trahissait. Ses cils frémissaient tandis qu'elle me questionnait. Ce beau-père que j'avais, était-il honnête, sobre, digne de confiance ? Pouvais-je répondre qu'il ne valait pas la bouse de vache dont elle chauffait son four ? J'ai invité Karima à nous rendre visite. Ainsi ses enfants et les nôtres feraient connaissance. Elle est venue sous notre tente et mon oncle en a été le premier étonné. Il m'a dit : « Ça ne te fait donc aucune peine ? Écoute, tout cela c'est du badinage, il n'y a rien de sérieux entre cette femme et moi. » Je l'ai laissé s'enferrer dans ses mensonges. J'avais vu ses dents longues et blanches briller d'un éclat avide. J'avais vu rougir les joues de Karima et frémir ses cils. J'avais vu, et cela seul m'importait, les manières délicates et tendres dont elle entourait mes petits frères. Cela seul m'importait.

Lorsque la quarantaine a pris fin, au bout de trois mois, des camions sont venus se ranger devant le camp. Comme je ne me dépêchais pas de ramasser nos affaires, mon beau-père s'est énervé : « Tiens-toi prête, espèce de traînarde, tu ne vois pas qu'on nous attend ? » J'ai répondu : « Va devant avec les petits, je pisse un brin et je vous rejoins. » Il a emmené les enfants vers la sortie du camp et j'ai laissé s'écarter le temps. Les camions se sont remplis, les uns après les autres, dans la lenteur et beaucoup de bruit, puis ils sont partis. Quand la poussière les a dérobés à ma vue, je me suis glissée sous les barbelés. J'ai regardé devant, derrière, personne ne me suivait. J'ai pris la route opposée à celle de notre village, exactement opposée.

MARA

Le problème avec Zanouba (une personne intelligente pourtant) est que son esprit avance parfois à la vitesse d'une tortue. Elle n'arrive pas à comprendre en quoi consiste un faire-part de mort. D'un côté, elle ne sait pas lire, de l'autre, la mort ne s'imprime pas dans son village où les pleureuses professionnelles se chargent de l'ébruiter.

« Arrête de me casser les oreilles, je ne suis pas sourde. S'il y a quelqu'un à blâmer dans cette affaire, ça ne peut être que toi Mara ! Tu me rappelles une histoire, qui est arrivée dans mon village. L'histoire véridique d'un monstre qui... »

Rien ne me déplaît autant chez Zanouba (la personne que j'aime le plus au monde pourtant) que cette propension à illustrer mes mauvais penchants au moyen d'histoires vraies — elle les invente à mon avis — plus effrayantes les unes que les autres.

« ... Alors le monstre a demandé qu'on le ramène chez lui pour montrer l'endroit où il avait caché le corps. Il est allé droit au puits, il a dit : "C'est là", et il s'est jeté dedans la tête la première. Quand on l'a remonté, il était mort et dans le puits il y avait... »

Quand elle en a fini, l'insolente, je me sens coupable et vaincue ! Positivement vaincue. Je suis stupéfaite de l'emprise que cette femme de modeste condition et de savoir limité exerce sur moi. Quelque chose de désagréable s'est mis à bouger dans ma tête. Je me rends compte alors d'une évidence : les histoires de Zanouba sont, entre ses mains, des armes avec lesquelles elle peut me frapper, me blesser quand elle veut. Elle peut tout se permettre avec moi. J'accepterais ses coups, ses reproches les plus violents pourvu qu'ils s'accompagnent d'une affection que je ne mérite pas, sans doute.

« Bon, d'accord, j'ai mal agi. Très mal même. Mais je n'ai voulu la mort de personne, parole d'honneur ! J'ai poussé les choses un peu loin peut-être, mais dans mon imagination seulement. Comme dans un roman, tu vois ? Écrire n'est pas tuer tout de même ! Ça marche ?

— Ça ne marche pas ! Tu es une criminelle. Est-ce que tu as mangé au moins ? Allons dans la cuisine. »

Zanouba fait chauffer du lait dans une casserole. Ses sourcils froncés méditent. Ses lèvres épaisses semblent murmurer des versets du Coran. Quand elle se penche vers la chaise où je me tiens, toute petite, ses seins frottent mon front. Je mets les bras autour de son ventre serré dans un tablier rayé. Je souffle, je soupire :

« Je suis normale. Dis-le, dis-le, Zanouba, que je suis complètement normale. »

Elle me repousse.

« Une idée pareille, ce n'est pas normal. Une idée pareille ne peut pas germer d'elle-même dans la tête d'une petite fille. Tu devrais te méfier de ton shaïtan.

— C'est qui celui-là ?

— C'est un esprit diabolique qui te pousse à faire des choses que de toi-même tu ne ferais pas. C'est lui qui t'a soufflé de tuer le frère dans le ventre de la mère. Bientôt il te dictera de tuer aussi la mère. Comme ça, tu n'auras plus de frère, tu n'auras plus de mère, tu n'auras plus personne à tourmenter. Je voudrais savoir une dernière chose : es-tu un être humain ?

— Ah, c'est intelligent ! Quoi d'autre ? Un chat, une souris, une table, le lait qui bout dans la casserole ?

— Quand le chat tue la souris, il ne commet pas de faute parce qu'il ne peut pas se sentir coupable, il n'a pas de conscience. L'être humain, lui...

— J'ai compris. Tu veux que ma conscience se sente terriblement coupable, bon voilà, elle se sent.

— Trop tard. Mange ton goûter maintenant ! Mange pour prendre des forces avant les coups. Mon Dieu ! quand tes parents sauront ! Tu seras battue et ne compte pas sur moi pour arrêter leur main. Tu sais quoi ? Dans mon village, il y avait...

— Ah non, pas ton village, Zanouba, par pitié !

Ton village me sort par les trous de nez, si tu vois ce que je veux dire.

— Je vois. Je vois aussi une larme couler dessus.

— Une petite larme qui ne veut strictement rien dire.

— Non. Elle ne dit pas si tu pleures par repentir ou par peur du châtiment. Alors tu te repens ? Dans la chaude sincérité de ton cœur ? Et il faudrait te croire ! Bon, bois ton lait. Mange une rosquette au cumin, tu ne vas plus jamais manger ? »

Je mange toutes les rosquettes. Je me sens mal, c'est vrai, mais j'ai mon gros appétit. Je mange aussi des cornichons, du miel et du lait caillé. Par la lucarne ouverte très haut dans la cuisine, arrivent les moucherons du crépuscule et les miaulements des chats affamés. Zanouba mâchouille un chewing-gum à la menthe. Mon parfum préféré. Voyant que je l'observe, elle fait un geste que je n'oublierai jamais. Elle étire la pâte entre ses lèvres et m'en offre la moitié. Je veux recracher cette chose mouillée d'une salive qui n'est pas la mienne, mais cette chose sent la menthe et l'amour partagé, alors je la garde.

« Tu vas m'aider, Zanouba, n'est-ce pas que tu vas m'aider maintenant ?

— Je ne sais pas. Dis comment, après on verra.

— Nous sommes vendredi, ça marche ?

— Ça marche !

— Madame Garnier ne quitte pas l'école avant cinq heures. Elle écrit la lettre, elle se couche. Le lendemain, on est samedi, elle la met à la poste. Ça marche ?

— Ça marche.

— La lettre arrive mardi. Ça marche ? Il est neuf heures du matin. Papa est parti travailler. Maman est dans sa chambre. Le facteur sonne à la porte, tu lui ouvres. Il te donne la lettre, tu la prends, tu la mets dans ta poche, ça marche ?

— Non. Le facteur apporte plusieurs lettres. Comment je fais pour reconnaître la tienne ? Je ne sais pas lire, ça marche ? Ta mère appelle depuis sa chambre : "C'est le courrier, Zanouba ? apporte !" J'apporte les lettres à ta mère. Elle ouvre une première lettre, deux, trois et voilà qu'elle arrive à la tienne. Elle l'ouvre, elle la lit, elle crie, elle t'insulte, elle pleure, elle s'évanouit, ça marche ?

— Avant de s'évanouir, elle me chasse de la maison et tu pars avec moi ! »

Je pique un fou rire, Zanouba aussi, nous ne pouvons plus nous arrêter. Ce n'est pas raisonnable. Le temps ne passe pas uniquement pour nous faire rire. Ma mère ne tardera plus à revenir à la maison et pour peu qu'au bout du téléphone — car la sonnerie retentit depuis dix bonnes secondes — se trouve madame Garnier... Car le téléphone existe, comment n'y ai-je pas pensé plus tôt ? Mon cœur fait un tel bond de terreur que je crois qu'il va éclater, sur place, dans un instant... Autant en finir, alors, et tout de suite.

« Bonne idée, dit Zanouba. Je te recommande le balcon du salon, allons que je te l'ouvre. Voilà un peu les petites filles gâtées. Ou elles tuent le monde ou c'est le monde qui les tue. Si j'ai un conseil à te donner, Mara, c'est d'avouer ta faute avant qu'on te la fasse avouer. Va voir ton père, va le voir de suite. Dis-lui le chaud regret de ton cœur repentant, il te pardonnera. Après, tu lui demanderas de ne rien dire à ta mère, voilà le plus important.

— Qu'elle ne sache rien, jamais, tu as raison. Bon, alors je m'en vais, ça marche ! Je file au Mousky et... Mais avec quel argent ? L'argent pour le tram, je le prends où ?

— Tu ne le prends pas. Tu te mets contre la portière. Dès que tu vois le contrôleur, tu sautes. Tu attends le tram suivant. Il s'arrête, tu grimpes dedans et fini, tu voyages comme font les pauvres gens. »

ZANOUBA

Le Caire se trouvait à une bonne semaine de marche. Chemin faisant, les gens me prenaient en pitié. Ils m'offraient qui un verre de son eau, qui un morceau de son pain. Je buvais avec les uns, je mangeais avec les autres, je ne leur disais pas merci. C'était à eux de se montrer reconnaissants. Je leur avais permis de prouver leur bon cœur, de gagner une place au paradis. Voilà pourquoi lorsqu'il reçoit une offrande, le musulman dit rarement merci. Les autobus auxquels je faisais signe m'emmenaient sur une petite longueur. Chose étonnante : plus j'approchais du Caire, moins les bus acceptaient de me prendre à l'œil. Je n'avais plus de jambes quand une charrette s'est arrêtée. Une charrette remplie de carottes et de navets terreux, tels qu'il en poussait chez nous avant l'inondation. Le conducteur, un garçon dont les joues ne connaissaient pas encore le feu du rasoir, s'appelait Moustapha. Un maigriot à l'humeur rieuse, très effronté. Il m'a fait un tas de phrases à double sens. C'était un garçon de la ville. Ses instincts de citadin montaient par-dessus son jeune âge. Il me disait : « Donne-moi un baiser, ma belle, longue vie, à tes parents ! Allons-nous rester frère et sœur durant tout le voyage ? » Il me disait : « Ma datte est mûre, ma belle, touche pour voir comment elle fleurit. » J'étais stupéfaite. C'était la première fois de ma vie que j'entendais un moutard me tenir ce genre de propos. Des premières fois, plus surprenantes encore, m'attendaient au Caire. Moustapha devait être fatigué car ses mains restaient à leur place, sur la bride du cheval. La nuit commençait à tomber quand brusquement le cheval est devenu fou. Il a fait une ruade et, au risque de nous renverser, il a stoppé au beau milieu de la route...Une chose alors a klaxonné derrière nous, puis elle nous a dépassé. Une chose étrange, inconnue de moi. On aurait dit une maison montée sur roues, une maison roulante dont on aurait ôté le toit pour ne garder que les quatre murs et le plancher. Les murs étaient faits en verre de sorte qu'on voyait clairement le mobilier qui, malgré les cahots, tenait droit sur le plancher. Il y avait des chaises dorées, une armoire, une table, un miroir doré, un lit aux ornements de cuivre et, attaché aux barreaux du lit, un chapeau garni de petites ampoules électriques. Une buée d'or planait au-dessus comme un éclair dans le ciel. Un mirage ? Les choses les plus désirées défilaient juste devant mes yeux émerveillés, je n'avais jamais vu de mirage. « Mirage toi-même, a rigolé le moutard, c'est un camion qui fait de la réclame pour les meubles Hamzoui et voilà tout ! » Il riait du rire de celui qui sait. La crédulité des gens de la campagne n'a pas de bornes, il n'empêche, j'étais émerveillée. Les choses les plus désirées défilaient devant mes yeux heureux, une buée d'or planait autour, je la voyais s'étendre jusqu'au Caire. Quelle ville est-ce là ? je pensais, la nuit y est plus lumineuse que le plus brillant des jours...

MARA

I

Le tram ne va pas au-delà du rond-point du Mousky. Au-delà, les rues se font étroites et négligées. Le bric-à-brac qui encombre les bazars s'étale jusqu'au milieu de la chaussée. Des babouches, des plateaux de cuivre, des chameaux bourrés de crin, des bracelets de verre, des étuis à cigarettes en tôle de boîte à sardines. Des lampadaires et des armoires dont les portes grincent. Des tailleurs, des orfèvres, des marchands de volailles. Aux crocs des boucheries s'alignent les quartiers de bœufs, de veaux et de moutons vidés de leur sang et marqués de versets du Coran. Les enfants disputent aux chiens les viscères et les os jetés à la poubelle. Les chiens épient les enfants, les chats épient les chiens, les rats épient les chats et tous lorgnent, parmi les ordures, vers la trique du policier qui chasse devant lui. Un coup par-ci, des injures par-là et autant de rires. Les pauvres aiment à rire. La misère leur est si pesante que la tristesse ne peut que leur sembler un fardeau supplémentaire. Leurs maisons ont à l'extérieur une banquette où les femmes aiment s'asseoir. Leurs voiles sentent l'oignon frit et la transpiration. Elles les entrouvrent aux heures chaudes et, du plat de la main, elles se frappent la poitrine comme si elles dévoilaient l'issue de leur cœur. Quand passe un inconnu, elles s'emmitouflent jusqu'à ce qu'il disparaisse de leur vue. Les maisons se cachent, elles aussi, sous des voûtes ombragées. Le soleil, le vif soleil d'Égypte, n'est pas assez malin pour s'y frayer un chemin. Le vent, c'est différent, il amène du Mokattam d'épais nuages de sable.

À cette heure — cinq heures et quart —, la fournaise cuit encore, mais je ne la sens pas. Il y a dans mon esprit un tel remue-ménage que la chaleur est bien le cadet de mes soucis. Le seul désagrément dont j'ai conscience est cette vilaine histoire dont l'aveu, dans un instant, me vaudra une paire de claques bien appliquée. Les coups, passe encore, mais à l'idée que dans un instant, mon père me dira : Qu'as-tu fait de ton frère Abel ?, je ralentis l'allure. Il me faut gagner du temps et réfléchir un peu. Je peux encore rebrousser chemin et expliquer à Zanouba que je n'ai pas trouvé mon père. Cela s'appelle comment déjà ? Reculer pour mieux sauter. Tôt ou tard, le jugement sera rendu et il n'y a pas moyen de le changer, en aucune façon.

Mon père n'est pas d'une approche facile, bien qu'il soit un homme extraordinairement bon, gentil et même beau. Primo : il craint que sa bonté passe pour une faiblesse de caractère et il s'efforce de la dissimuler sous des dehors sévères. Secundo : il traîne dans son cerveau des pensées profondes au regard desquelles les affaires du monde visible paraissent insignifiantes et mesquines. Tertio : quand on lui réclame un minimum d'attention, il vous regarde, vous sourit, vous appelle « ma petite chérie », mais soudain il n'est plus là. Son visage prend une expression d'intense rêverie. Je rêve dit son regard tourné à l'intérieur de lui-même, je rêve de vies surprenantes et merveilleuses, surtout ne me dérangez pas.

Dans les livres, ce genre de tempérament révèle une nature idéale ; mon père serait peut-être devenu un écrivain, un artiste, un explorateur, si son métier ne l'avait pas confiné entre les quatre murs de sa boutique. Il ne manifeste aucun don particulier, sauf au jeu des échecs où, sans me vanter, il se montre imbattable. Je ne tiens pas de lui ma passion pour la lecture. Il ne lit pas, ou alors des dépliants de réclames pharmaceutiques et *The British Chess Magazine*, une revue consacrée aux échecs. Dans les livres, oui, la nature du rêveur est une petite étincelle divine, dans la vie elle fait de vous un très mauvais pharmacien.

Mon grand-père a été le premier à ouvrir au Mousky une pharmacie moderne et à faire venir ses médicaments de Paris. À cette époque, cela représentait une innovation. Les apothicaires du Mousky délivraient encore leurs poudres de perlimpinpin dans de misérables cornets en papier. Du vivant de mon grand-père, la « Grande Pharmacie Louria et Fils » jouissait d'une bonne réputation. Mon père n'y assumait aucune responsabilité puisqu'il n'était que l'un des cinq employés du patron et accessoirement son unique héritier. À la disparition de mon grand-père — j'avais six ans — son fils lui succéda avec un visage aussi contracté de douleur que si le mort lui avait marché sur les pieds. On a toujours le sentiment d'une contrainte quand on va sur les brisées d'un père autoritaire et plutôt sceptique, il faut le dire, quant aux capacités de son successeur. Je n'ai pas beaucoup aimé le père de mon père. Rien qu'à entendre le mot « grand-père » j'éprouve la même sensation que le jour de l'enterrement, quand on m'a obligée à embrasser sa longue figure. Mais il avait vu juste. Des douze années moins deux semaines de ma vie, j'en ai passé six à voir mon père congédier un employé après l'autre. Mademoiselle Roxane Naphtali lui sert à présent de laborantine, de vendeuse, de coursière à l'occasion. C'est que sans devenir un pauvre, mon père a cessé d'être riche.

Ici, un détail noble : monsieur Nessim Louria se distingue absolument de ses voisins, les commerçants aux grosses fesses de travers dans des caleçons longs aux gilets tachés, aux nez bourgeonnants, aux mains pareilles à des hameçons qui, toujours, ramènent une proie plus ou moins consentante. À la pharmacie « Louria et Fils », le patron reste assis derrière son comptoir. Il sirote un café, il fume une cigarette anglaise, il rêve à la venue providentielle d'un client qui connaîtrait le jeu des échecs. Et ce dernier se faisant rare, par économie de santé ou défiance envers une officine déserte le plus clair du temps, il va déplier son échiquier dans l'arrière-salle du café Moschini, au bas de la rue du Mousky.

Mademoiselle Roxane se tient sur le pas de la pharmacie, sous l'enseigne dont le néon grésille comme un poumon rongé par le cancer, et semble chercher quelqu'un des yeux.

« Que te faut-il, mon petit ami ? » me dit-elle distraitement.

Je ris, ravie de sa méprise et elle me touche la nuque avec un doigt puis avec tous les doigts les uns après les autres.

« Ah c'est toi, mon chou ? Je n'avais pas reconnu tes oreilles. On ne voit qu'elles pourtant ! Qu'as-tu fait de tes belles frisettes ? Enfin, tu es libre, chacun de nous est libre à présent ! »

Le son de la voix de mademoiselle Roxane dit qu'elle n'est pas dupe de tout cela. À vrai dire, le son de sa voix laisse toujours entendre qu'elle en sait sur le compte des gens plus qu'eux-mêmes. C'est une brune éclatante de vigueur, un rien poilue autour des lèvres (je ne sais pas pourquoi, mais les Grecques ne s'épilent pas davantage les jambes). Ses sourcils font une ligne noire, menaçante au-dessus de ses yeux très clairs. Quand elle sourit, son visage devient un peu joli. Mais la plupart du temps, mademoiselle Roxane donne l'impression d'être en colère. Après quoi ? Son boulot, la chaleur, sa vie ? Papa dit souvent que son employée a la tête trop proche du bonnet. Une brave fille pourtant, ajoute-t-il, le cœur qui bat dans sa poitrine est dévoué !

« Tu cherches ton père ici ? Quelle drôle d'idée ! C'est bien le dernier endroit où tu le trouveras », me dit-elle en tirant nerveusement sur sa cigarette. (Au Mousky, elle est la seule femme qui fume sans trêve, la cigarette au bec tandis qu'elle déchiffre une ordonnance, ne la retirant que lorsque la cendre est si longue qu'on ne comprend pas comment elle tient encore au mégot.) « Il n'est pas là, ton père. Pourquoi se donnerait-il la peine d'être là ? Est-ce qu'il a besoin de travailler, lui, pour gagner sa vie ? Est-ce qu'il sait ce que veut dire travailler ? Tenir son commerce avec courage et loyauté ?

— D'abord, je ne vois pas ce que la loyauté vient

foutre ici. Mais qu'est-ce qui vous prend, mademoiselle Roxane, papa a été méchant avec vous ?

— Méchant lui ? Même l'énergie de la méchanceté lui manque.

— Mais pourquoi êtes-vous fâchée ? Vous avez quelque chose à vous faire pardonner ? »

Elle s'efface pour me laisser passer.

« Entre, entre un peu, mon chou, et regarde autour de toi. C'est une pharmacie ça ou l'antre de Capharnaüm ? »

Elle allume une cigarette, pousse un soupir et, m'observant du coin de l'œil, elle dit :

« Comprends-moi bien, petit chou, ton père est... Enfin, j'en ai assez, assez de la vie qu'il me fait endurer. C'est une vie ça ? Regarde-moi. Quel âge me donnes-tu ?

— Je ne sais pas. Cinquante ans !

— J'ai trente-deux ans, merci du compliment ! J'ai trente-deux ans ! J'ai un âge où beaucoup de femmes ont déjà de grands enfants. Comment va la belle madame Louria ? Santé éternelle, tu lui diras de ma part, elle est bénie entre toutes les femmes. J'ai trente-deux ans et je suis issue d'une bonne famille. J'appartiens à la classe instruite. J'ai fait des études. Je gagne ma vie, pour le moment, je ne dépends de personne. L'indépendance est mon dada et la liberté qui va avec. Pour quel résultat ? Tu peux me dire pour quel résultat ?

— ... !

— D'un certain point de vue, je ne suis pas la plus laide à regarder, n'est-ce pas ?

— Sûrement pas. Mais excusez-moi, mademoiselle Roxane, je vous laisse. Il faut absolument que je parle à papa. Il est chez Moschini ?

— D'un certain point de vue, je suis une personne posée, aimable, travailleuse, agréable à regarder. De l'autre, que suis-je exactement ? Que suis-je... Un trésor d'amour malmené !

— Un quoi ? »

Elle tire une cigarette de son paquet et, sauvagement, la coince entre ses lèvres ombrées d'un fin duvet.

« Un trésor d'amour malmené... ! Et alors ? Tu penses que je suis à plaindre. Mais tu te trompes. Je n'ai besoin de personne. Les idéalistes sont des solitaires. Fini. Tu peux t'en aller à présent. Va voir ton père et dis-lui que Roxane Naphtali n'est pas une esclave. Fini. Dis-lui que je ne viendrai pas travailler demain...

— Je lui dirai. Mais demain c'est samedi.

— Et dimanche pareillement... Dimanche, il y a la grève générale en faveur des peuples opprimés. Tu diras à ton père que Roxane n'a à perdre que ses chaînes. Tu lui diras ?

— Parole d'honneur. »

Dans la rue où il fait noir, mademoiselle Roxane plaque un gros baiser sur ma joue et soudain, de toute son âme de femme idéaliste et solitaire, elle éclate en sanglots.

II

L'arrière-salle du café Moschini est bondée, surchauffée et sent le parquet frais lavé. Les murs sont couverts de grands miroirs au tain verdâtre qui, d'un visage en bonne santé, renvoient une image maladive. Des hommes, rien que des hommes, à l'air grave, aux gestes lents se tiennent dans un silence de coton. À les voir si sages, si ralentis, on se représente des êtres pas complètement achevés, des fœtus retardant le moment de quitter les chaudes entrailles de leur mère.

« Comment c'est toi ? » Le front de mon père se plisse de contrariété. « Que veux-tu ? »

Le temps de donner ma réponse et il a oublié sa question. Sa bouche rejette une nonchalante fumée bleue. Sa main qui tient un pion revient lentement vers l'échiquier. Et tout aussi lentement, il saisit un verre de thé à moitié vide qui fait penser à un aquarium où flotterait un cadavre de citron. « Tu veux boire quelque chose ?... une limonade ?... Un Sinalco ?... C'est ma fille, une petite peste », précise-t-il comme si son partenaire ne le savait pas déjà. Le zabet Aboul Nour marmonne dans sa moustache qu'au contraire, la petite Mara illumine l'arrière-salle du café Moschini, la ville, le monde entier. Après quoi l'un et l'autre me font sentir qu'il faut s'asseoir et se taire ou se taire et partir. Je me laisse tomber sur la banquette, à côté de la veste militaire et des souliers bien cirés, dont le zabet Aboul Nour s'est débarrassé ainsi que de ses chaussettes. Visiblement il prend plaisir à frotter ses orteils roses de gros bébé sur le parquet lavé de frais et s'est déchaussé exprès. Pour cette raison peut-être, je n'arrive pas à le détester tout à fait.

L'officier de police Aboul Nour est l'un de ces personnages énigmatiques et dangereux qu'on qualifie de filous, de corrompus, de sales flics, dans ces conversations qui tournent court ou s'achèvent dans un murmure dès que mes parents s'aperçoivent que je prête l'oreille. La méfiance paralyse leur langue, la peur leur serre la gorge comme si le zabet Aboul Nour, dont le métier consiste à arrêter les criminels de naissance et les conspirateurs armés jusqu'aux dents, détenait des informations susceptibles de nous nuire. Lesquelles ? À ma connaissance, mon père ne s'occupant pas de politique n'a jamais eu de problèmes avec la police. Cet officier-là pourtant, il l'entoure de prévenances. Il l'accueille à sa table, sous le grand miroir au tain verdâtre, lui offre à boire, ne quitte pas des yeux ses lèvres et s'il voit d'après les premières phrases que ce sera une histoire drôle, il s'esclaffe bien avant la chute et longtemps après. Je ne m'explique pas non plus un fait bizarre. Le zabet Aboul Nour, joueur invétéré mais médiocre, l'emporte régulièrement sur mon champion de père. Régulièrement, il réussit à empocher la somme, assez conséquente, misée par un adversaire très supérieur à lui. La comédie se déroule de la façon suivante : au début de la partie, le zabet Aboul Nour se concentre pour soutenir une défense surhumaine — c'est la vérité —, il en transpire d'effroi et d'excitation ; de son côté, mon père qui s'arrange pour perdre, mais pas trop vite, feint d'être bientôt débordé par la puissance stratégique d'un grand maître. Sa main flanche et l'erreur que n'aurait pas commise un gosse de six ans se produit à la stupéfaction générale. « Échec et mat ? Ça alors ! » Et tandis que le zabet Aboul Nour tortille ses orteils en sueur, mon père met l'argent du pari sur la table. Il y a une accolade. Le vaincu vacille sous la dose d'amour massive du vainqueur, une de ses joues se marque d'une tache rouge comme si on l'avait giflée.

Et maintenant, il remonte la rue du Mousky, tenant par le bras son maître chanteur, son ami pourtant ; entre eux plane la chaude satisfaction d'une partie âprement disputée et moi qui ne comprends goutte à leur dame adoubée, leur fou emprisonné, leur tour roquée, moi qui enrage de ne pouvoir placer un mot, je dois aller derrière, toute seule, jusqu'au moment où se quittant enfin, ils se donneront la poignée de main scellant la corruption de l'un et la lâcheté de l'autre.

Quand c'est fait, mon père se souvient à regret de mon existence. Il me demande sévèrement la raison de mon irruption chez Moschini à l'heure où normalement je devrais être à réviser mes leçons. Je pique une de ces colères qui me viennent lorsqu'on me parle de haut.

« Et toi, tu peux me dire ce que tu fabriques avec ce type ? Qu'est-ce qui vous lie ? Qu'as-tu de commun avec ce criminel ? Un secret, une faute ? Pourquoi lui fais-tu des mamours ? C'est un salaud, je le sais, tu le payes parce qu'il te fait chanter. Je le sais, je le sais, je le sais.

— Tu ne sais rien. Tu ne peux pas comprendre. J'ai besoin de lui voilà tout et maintenant boucle-la ! Qui es-tu toi pour donner des leçons à ton père ? Qui ? Une petite merde d'un mètre cinquante.

— Cinquante-quatre.

— Cent fois je t'ai dit de ne pas parler de ce que tu ne peux pas comprendre. Cent fois, je t'ai interdit de te mêler à la conversation des grandes personnes. C'est assommant à la fin de venir me relancer à tout bout de champ !

— D'abord, je ne suis pas venue te relancer. Ce sont les amoureuses qui relancent et moi, si tu t'en souviens encore, je ne suis que ta fille, malheureusement. J'ai besoin de temps en temps de te parler mais toi tu n'es jamais là. Même quand tu es là, tu n'es pas là. »

Il s'arrête de marcher. Il me considère d'un air stupéfait. Il prend dans sa poche une boîte de pastilles à la menthe et me la glisse gauchement dans la main.

« Je suis là. Je t'écoute, ma petite chérie, je t'écoute. Pardonne-moi. Qu'avais-tu de si urgent à me dire ? »

C'est l'instant ou jamais. Je cherche des mots qui diraient le mal dans toute sa laideur, le mal que j'ai commis rien qu'en le pensant. Mais ces mots qui diraient la vérité, je ne sais pas où les prendre. À douze ans moins quatre semaines, je ne sais pas du tout comment m'y prendre avec la vérité.

« Qu'est-ce qui ne va pas ? dit mon père. Qu'as-tu encore fait ? »

Rien. Seulement deux yeux de bête traquée.

Nous arrivons en vue de la pharmacie. Et comme mademoiselle Roxane se tient sur le pas du seuil — elle semble attendre dans une angoisse croissante qu'un événement se produise dans la rue —, je rapporte à mon père le message dont elle m'a chargée.

« Une grève générale ? D'où par où ? Une grève pour m'emmerder encore plus ! Je vais lui dire ce que j'en pense moi de sa grève ! »

Il le fait aussitôt, à même la rue, au milieu des passants. Mademoiselle Roxane reste fermement plantée sous l'enseigne, à souffrir le martyre, cela se voit. Quand il en a terminé : « Vous pouvez prendre votre dimanche, Roxane, et tous les jours de votre année », elle se penche vers moi. Et comme si mon père n'existait plus, n'avait même jamais existé sur cette terre, elle fixe sur moi ses yeux remplis de rage.

« Mon chou, me dit-elle de sa voix forte, mon chou, je te plains d'avoir pour père un homme totalement indifférent et égoïste. Quand un homme se met l'égoïsme en tête, il n'y a plus qu'à lever les bras au ciel et à s'en aller. »

Sur ce, elle se recule et repousse la porte violemment derrière elle. Un tel emportement ! Et au risque de faire voler en éclats la porte vitrée ! Je suis stupéfaite de la liberté de ton d'une simple employée, et plus encore de ce sentiment d'impunité dont elle semble assurée quoi qu'elle fasse ou dise. Mon père ne paraît pas plus étonné que ça ! Il a porté deux doigts sur ses lèvres, par précaution, pour ne pas rire aux éclats. Derrière la vitrine, mademoiselle Roxane fait des moulinets avec ses bras. Elle crie quelque chose que je ne peux comprendre.

« Qu'est-ce qu'elle raconte, papa ? Qu'est-ce qui se passe entre vous ? Vous avez un secret ensemble ?

— Un secret, c'est-à-dire un amour secret ? Oui, c'est une idée qui m'est venue sur mes vieux jours. La maîtresse pour faire bonne mesure avec le maître chanteur... ! Pourquoi pas ? Tout est possible ! avoue-t-il en essayant de donner à sa voix une inflexion détachée et moqueuse. Chacun de nous a ses petits secrets, chacun de nous a droit à sa vie personnelle. Toi aussi, tu as une vie personnelle, non ? »

Une vie personnelle, moi ? Que veut-il dire ? Ma maladie du mois ? La poussée irrégulière de mes seins ? Cette métamorphose qui fait de mon corps une chose étrangère à ma personne ? Cela s'appelle ainsi : une vie personnelle ? Cela, au total, compose une douleur insupportable, mais je la supporte en silence car m'en plaindre ne ferait qu'ajouter la honte à la souffrance.

« Allez-vous vous décider enfin ? Ce que j'ai à vous dire ne peut plus attendre. »

Mademoiselle Roxane est réapparue sur le pas de la pharmacie. Elle brandit un objet qui ressemble à une soupière renversée. Soudain, sans rapport aucun, je pense au « trésor d'amour maltraité » ou « malmené », enfin l'expression typique d'une femme avec son amour ! Et tout s'éclaire. Mon père plaît aux femmes. Sa beauté odieuse les séduit toutes et à chacune il fait les choses qui normalement ne devraient être faites qu'à une seule. Il me dégoûte. Il me dégoûte tellement que si, à ce moment précis, Roxane lui jetait à la tête sa soupière renversée, eh bien, j'applaudirais des deux mains.

CHAPITRE IX

ZANOUBA

Il n'y a pas besoin d'aller à l'école pour savoir que l'éléphant peut être saisi de terreur à la vue d'une simple souris. Pourquoi ? Parce qu'il a trop d'imagination. Son imagination veut que la souris lui paraisse énorme quand elle est minuscule. Serais-tu un éléphant pour ne pas distinguer le vrai du faux ? Ton père est un homme respectable. Sa conduite dément tous les mensonges que tu débites sur son compte. Voilà un peu où tu trouves ton amusement ! Dans les mensonges, dans l'illusion. C'est aisé à comprendre parce que l'illusion est belle ! Mon Dieu, qu'elle est belle ! L'illusion est l'unique réalité bienfaisante du pauvre ! Et aussi longtemps qu'elle m'a bercée dans ce Caire trompeur, ma peine quotidienne était supportable.

Moustapha, le moutard rencontré sur la route, m'avait conseillé d'aller à la gare centrale. C'est là que va le bas peuple quand il est encore plus bas. Je courais les rues, affamée la plupart du temps et je revenais dormir sous un hangar ou dans un wagon oublié sur son rail. Au bout de plusieurs jours, une brave femme m'a prise sous son aile. C'était une marchande de douceurs à la sauvette, une personnalité forte, à la différence de la plupart de nos sœurs. Cette marchande-là, il fallait voir son assurance contre la police, les chapardeurs et les plaisantins. C'est qu'elle avait la peau noire, aussi noire que la mienne. La couleur est un facteur important de sympathie. Elle me disait : « Tiens, petite, tu n'as pas ta maman et il n'y a personne pour te donner des gâteries. » J'ai vécu sous sa protection durant un mois, puis je suis tombée malade. La diarrhée je crois, à cause de l'eau pourrie de la gare centrale. La marchande de douceurs m'a emmenée dans un hôpital réputé au Daher pour soigner les pauvres gens. Elle m'a laissée là et, chose qui m'a beaucoup peinée, elle n'est jamais revenue prendre de mes nouvelles. Plus tard j'ai découvert que cette femme était morte pour avoir bu l'eau d'un robinet fermé depuis trop longtemps. Entre-temps, ma chance avait tourné. Un jour que je refaisais mon lit, à l'hôpital, quelqu'un m'a attrapée par-derrière. C'était le Chef de la Propreté. J'ai levé sur lui ma pantoufle, il s'est excusé : « Ma blouse a pris une tache de café. Saurais-tu la laver ? » Sur mon œil et ma tête ! J'ai fait bouillir la blouse dans la potasse et le savon. En lavage, je suis de première force comme tu sais. Avant même que sa blouse soit sèche, le Chef de la Propreté m'avait proposé un travail. J'ai baisé ses mains.

C'était ma première place, tu comprends, j'en tirais autant de joie que de fierté. Le travail est le seul moyen de ne pas dépendre du désir ou du rejet des hommes. L'hôpital portait le beau nom de « Serayet el Rahma[1] » mais les gens du Daher l'appelaient : hôpital Coca-Cola. À cause de l'eau tiède à peine teintée de thé que les malades y boivent en guise de médicament. Voilà un peu nos hôpitaux ! Ils recueillent les miséreux pour ne pas avoir à les soigner ! Je faisais le ménage au pavillon des femmes à l'esprit dérangé. Des oubliées du monde. Leurs mères et leurs maris les pleuraient comme des mortes. Elles ne recevaient pas de visites, elles n'avaient même pas le droit de franchir la porte du pavillon. À l'intérieur l'humidité et la puanteur vous saisissaient. Une vraie étable de campagne ! Les malheureuses restaient à se gratter, assises sur un matelas en loques. Elles mangeaient un morceau de pain noirci et une poignée de lentilles assaisonnées de mouches et de cafards. Elles buvaient leur eau tiède à peine teintée de thé. Depuis ce temps, je déteste le thé. Grâce à Dieu, j'étais jeune et énergique, je l'ai toujours été. J'étais infatigable. Je courais d'une salle à l'autre pour les nettoyer et le Chef de la Propreté me donnait en exemple : « Cette Zanouba est infatigable. Elle, au moins, ne vole pas son salaire. » Un homme avec un gros estomac, il m'offrait souvent

1. En arabe : Palais de la Miséricorde.

une tranche de pastèque ou bien une pièce trouée[1]. Un premier salaire est de ces choses qui ne s'oublient pas. Je recevais la moitié d'une livre par mois, une seule moitié. Mais à cette époque il y avait beaucoup de piastres dans la moitié d'une livre. Et avec ça que j'étais logée et nourrie sur place, je pouvais me payer de jolis caprices. Une robe, un foulard, du café amer, une paire de boucles d'oreilles et des bracelets de verre. Ils étaient jolis, ils allaient bien avec ma peau sombre. Un bracelet coûtait cinq piastres, dix fois moins qu'aujourd'hui.

Le vendredi était mon jour de lumineuse liberté. Moustapha l'effronté venait m'attendre et nous sortions ensemble. Nous ne sortions pas dans le sens où le font les fiancés, c'est-à-dire en recherchant un endroit spécial. Non, nous allions acheter du maïs grillé, des graines de tournesol qu'on grignote en se promenant au bord du Nil. Parfois nous allions voir au Rio de Bab-el-Luk trois films pour le prix d'un seul. De ce temps-là date mon penchant pour le cinéma. Abdel Halim Hafez avait ma préférence car il était natif d'un village proche du mien. J'aimais tout en lui. Sa beauté, la blancheur de sa peau, son jeu et surtout ses chansons d'amour brûlant et désespéré. Et voilà pour l'amour ! Les hommes m'avaient échaudée, je les gardais à distance. J'étais très méprisante. Dans ce genre de situation je suis toujours très méprisante. Je peux désirer ardemment quelqu'un tout en lui lais-

1. Cinq millièmes de piastre.

sant croire qu'il m'est indifférent. Je ne fléchis pas, même s'il m'en coûte parfois. Car je suis une femme et dans mes veines brûle cette question : « Qui donc me donnera son amour, sa passion ou même sa sympathie ? » Les mois passaient, personne ne chantait ma beauté. Personne, sauf le moutard. Il m'asticotait à ce sujet et je le rembarrais proprement : « Gringalet ! Le bras qui pend entre tes jambes est trop court pour faire de toi un homme ! » Ainsi tout le monde savait que je conservais mes bonnes manières. Sérieuse et indépendante, tout le monde le savait.

Les malades me considéraient avec envie : « Tu vas, tu viens librement, Zanouba ! Tu ne connais pas ta chance ! Aide-nous par pitié, nous ne sommes pas folles, aide-nous à sortir d'ici. » Toutes criaient la même chose. « Je ne suis pas folle. » Elles disaient qu'on les avait regardées avec des yeux d'envie, le mauvais œil était la cause de leur mal. Elles disaient que les infirmiers exerçaient sur elles des violences physiques et même sexuelles. Elles étaient frappées et aussitôt après violées sur le bord de leur lit. Je ne sais pas si c'était la vérité. Cela se passait la nuit pendant que je dormais à l'autre bout du couloir. Je dormais sous l'escalier, dans une niche, si on en prend soin, ça peut devenir pas mal. Une chose m'étonnait quand même, au sujet des viols. Presque toutes ces femmes racontaient la même histoire. Les vieilles, les jeunes, les rondes, les sacs d'os, les galeuses, toutes racontaient la même histoire. Avec des mots de compétition parfois comme si elles cherchaient à se souffler la vedette :

« Oh ! la la ! mes sœurs, le mien m'en a foutu une sacrée, cette nuit, j'en garde encore les marques poisseuses. » C'est possible après tout. Aux hommes tout est bon pour moucher la morve de leur pine. D'un autre côté, ces pauvres insensées pouvaient bien être le jouet d'un désir secret. Le désir se changeait en cauchemar, le cauchemar en péché, le péché en blasphème. L'une d'elle prétendait avoir été violée non par un homme, mais par un dieu à visage humain. Elle en était terrifiée. À l'aube, lorsque la prière retentissait, elle s'aspergeait d'eau. Ce qu'on doit faire après un rapport physique. Elle passait la journée à s'accuser d'être une vicieuse. Elle pleurait, elle se maudissait, elle implorait Dieu de purifier son âme. Quand elle suppliait le médecin de soulager sa souffrance avec un calmant, il ne l'écoutait même pas. L'homme drapé dans sa science n'a pas d'oreille pour les fous. Ils appartiennent, selon lui, à une engeance animale et c'est tout !

Une nuit, une malade est venue me prévenir que Samia avait des convulsions effrayantes. Samia était une femme bien sage d'habitude et très propre, elle n'aurait pas remis une robe tachée. Elle allait sur sa quarantaine, jamais mariée car elle craignait l'approche d'un homme. En arrivant près d'elle, j'ai vu la façon bizarre dont elle tenait sa jambe gauche. Elle la tenait toute raide et à une hauteur incroyable : presque au-dessus de sa tête. Que Dieu nous protège ! J'ai demandé aux autres malades de m'aider à remettre la jambe à sa place. Rien à faire. Nous avions beau tirer dessus : un morceau de bois mort. Et avec ça que les convulsions la tordaient de tous côtés, je ne savais plus que faire. Mes larmes se sont mises à couler car je voyais la maladie du diable. Je revoyais ma mère lorsque j'ai entendu, comme venant de loin, une petite voix grêle. Pourtant c'était Samia qui parlait, mais d'une petite voix extraordinaire. Elle disait : « Allah ! Allah ! Allah ! » Au même moment, j'ai entendu qu'on frappait au carreau de la fenêtre. Deux coups très nets, puis deux autres, et ainsi pendant une minute. Personne pourtant ne se trouvait derrière la fenêtre. La peur m'a saisie. Je tenais Samia par les bras pour l'obliger à se calmer quand de la même voix grêle, elle m'a crié : « Ne me touche pas, ma sœur, tu es impure. » J'ai dit : « Pas plus impure que toi, en voilà des façons ! Qui donc es-tu pour me juger ? » Elle m'a répondu : « Je suis Sayeda Zeinab, je reviens de La Mecque. » Pour ne pas l'énerver davantage, j'ai fait semblant de la croire. « Tu es notre sainte Sayeda Zeinab, oui ! Éclaire-moi, s'il te plaît. Pourquoi suis-je impure à tes yeux ? » Elle m'a dit : « Tu le sais aussi bien que moi », et c'était vrai. Je n'y pensais plus, mais la veille au soir, j'avais eu mes règles. J'ai encore entendu trois fois « Allah », trois coups à la fenêtre, puis plus rien. J'ai regardé Samia. Elle avait ramené sa jambe sur le lit et le calme qui descendait sur son visage était comme une lumière. Je lui ai dit : « Tu es devenue raisonnable maintenant ? » Elle m'a répondu : « Grâce à Dieu maintenant j'ai la raison dans le sang », et elle s'est endormie. C'est une chose incompréhensible et bien troublante que je n'aurais pas crue si je ne l'avais vue moi-même.

Des histoires comme celle-ci apprennent le secret de la grâce divine pour les humains. Je me disais : Dieu est bon, Zanouba, et Il t'aime ! Dieu, dans sa bonté, aime les faibles, car il n'y a pas plus faible que le fou. Voilà ce que je me disais avec ces mots qui guérissent en vous la tristesse et l'injustice de la vie.

CHAPITRE X

MARA

Le samedi est un jour pénible entre tous. Mes parents m'interdisent de vivre normalement et c'est tout juste s'ils me laissent choisir entre le café au lait et le chocolat du petit déjeuner. Leur religion qui ne les tracasse guère le reste de la semaine — on ne mange pas casher chez les Louria — se réveille brusquement le samedi. À peine levé, il faut s'habiller pour paraître à la grande synagogue.

L'endroit n'a rien d'intéressant à offrir. La fraîcheur produite par de grands ventilateurs console un peu de s'y trouver. Il y a des colonnes avec du marbre fendu, des bancs à haut dossier pour les places chères, des chaises au fond pour les places bon marché, des balustrades aux balcons, du velours dans la galerie des femmes. Au parterre, il règne une austérité scolaire, un peu comme à l'occasion des matinées théâtrales au lycée, sauf qu'ici la pièce ne comporte pas d'entracte.

Le judaïsme est une religion sinistre. Je n'ai pas envie de pleurer ni de demander pardon. Mon père dodeline de la kippa rêvant sans doute d'une nouvelle et foudroyante ouverture aux échecs. Ma mère, que son état rend importante, trône au premier rang de la galerie, pressée contre la balustrade où se soutient son ventre de sept mois et demi. Cette galerie, vers laquelle le rabbin lève la tête de temps à autre pour, d'un signe courroucé, rétablir le silence, tient à la fois de la vitrine d'un bijoutier et de la basse-cour. C'est à qui exhibera le plus de brillances à vingt-quatre carats, de lèvres grassement fardées, d'ongles abusivement vernis. On dirait qu'elles ont trempé leurs doigts dans le sang et que leur bouche est un morceau de viande crue. Il en sort des caquètements de dindes. Quelque chose comme « glou glou... glou... », interrompu de soupirs fervents, d'amen à contretemps, des raclements de pieds et de fortes secousses au plancher quand, à certains passages du Livre, toutes ces dames se mettent debout.

« Arrête-toi de rire, dit ma mère, tu es bizarre vraiment ! La religion n'est pas un sujet de plaisanterie.

— Celui qui se moque de sa religion ira en enfer, je sais.

— Tu es assommante. Je t'explique les choses comme elles sont et toi tu fais l'enfant ! Quand tu seras grande, tu changeras de religion, si tu veux, mais tais-toi à présent.

— Tais-toi la première. Moi je parle doucement et

toi, tu t'emportes comme un dindon. Glou, glou, glou...

— Mais qu'est-ce qu'elle a ta fille ? On ne dirait pas un être humain, remarque Lili Toledano, l'amie intime de ma mère.

— Comment on ne dirait pas ? On dirait quoi alors ? Elle t'a fait quelque chose ma fille ?

— Rien voyons, je cherchais un mot comme un autre. Mes propres enfants ne me sont pas plus chers.

— Tu as des garçons, toi, Lili, c'est ta chance. Une fille mon Dieu, tu ne peux pas savoir. Et tu sais quoi ? Elle se croit un peu grande parce qu'elle a eu ses périodes. Les premières, tu peux imaginer ?

— Je peux ! dit tante Lili d'une voix stridente, les miennes ne sont pas qu'un souvenir tout de même ! Puis d'un ton conciliant : C'est l'âge de la caser... Pourquoi ne pas la marier à quelqu'un de brave ?

— La marier en socquettes ? Chez les Toledano peut-être on marie comme ça. Je n'ai pas assez de soucis pour qu'en plus tu me sortes des énormités ? Si tu savais les soucis par où je passe en ce moment...

— Je sais, chérie, je sais, je passe par les mêmes.

— Les mêmes ? Ah, ne me fais pas rire ! Les mêmes... Est-ce que tu as chez toi une grande imbécile qui ne respecte personne, qui ne craint même pas son père, le pauvre ! Il aura la grève, demain à la pharmacie. Cette Roxane est une calamité ambulante.

— Elle est catholique ?

— Non, pourquoi ?

— Le dimanche, hein, le jour de la messe !...

Enfin, un jour c'est vite passé. Nessim se reposera un peu plus, si c'est possible.

— Il travaille le moins possible, tu insinues, c'est ça ? Il a des comptes à te rendre peut-être ? Le père, après la fille, c'est normal...

— Ne t'énerve pas, Ada, ton mari a de l'esprit, du cœur, qu'est-ce qu'on peut demander de plus ? Un fils de sexe mâle, prions Dieu !

— Prions, prions, prions. Et glou, et glou, et glou...

— Mais qu'est-ce qu'elle fait ta fille, Ada ? reprend tante Lili. Regarde-la, on dirait une possédée, tu ne trouves pas ?

— Écoute, Lili, écoute une bonne fois pour toutes. De possédée, il n'y a pas... Chez les Louria il n'y a pas jamais eu de possédés.

— Chut, chut, allez-vous vous taire ? Chut... C'est péché à la fin. »

Une dévote richement vêtue s'impatiente, ses joues se colorent de rougeurs fébriles. Ma mère admettant, avec une gaieté maligne, que le lieu ne se prête pas aux parlotes, met sa main en éventail devant sa bouche :

« Approche, Lili, penche-toi que cette antipathique ne m'entende pas ! Alors tu trouves qu'elle est spéciale ? Je ne sais pas. Enfin, peut-être. Elle pense un peu trop, je crois. Elle pense tout le temps, même en dormant. Elle ne dort pas. Elle brûle l'électricité avec ses livres, son seul amour. Quand je viens l'embrasser, elle me repousse, elle n'aime personne d'autre que ses livres.

— Impossible. Une fille aime ses père et mère. Qu'est-ce qu'il y a de plus cher au monde ?

— Rien, il n'y a rien pour elle. Rien ni personne. Dieu lui a enlevé les sentiments, que Sa volonté soit faite, mais est-ce de ma faute ? Tu me croiras ou non, Lili, mais l'autre jour... »

Et ainsi de suite jusqu'à la fin de l'office.

Le parvis de la synagogue est couvert de soleil et de mendiants. Le rabbin parle à un groupe d'hommes parmi lesquels se trouve mon père. Un sermon apparemment, seul le rabbin s'exprime. Son visage, dont le long nez barre la joue gauche, est agité d'un tremblement nerveux. Mon père secoue la tête, avec sa désinvolture habituelle, mais il ne perd pas un mot du long discours. Je m'approche en douce. Le rabbin apostrophe mon père : « Nessim, tu te découvriras des frères là où tu croyais être seul. » D'un air hautain qui ne lui va pas du tout, mon père remet son chapeau. Il serre des mains autour de lui et s'en va. Le rabbin, cassé en deux par le courroux, lui court après : « Nessim, Nessim... Ce qui est courbé ne peut se redresser et le déficit ne peut venir en compte. »

Mon père distribue sa monnaie aux mendiants, tandis que la voix du rabbin enfle et décroît tour à tour.

« Qu'est ce qu'il voulait ? demande ma mère, un nouveau don pour la Goutte de lait ?

— Mais non, la Goutte de lait est du ressort du Consistoire.

— Alors de quoi parlait-il ?

— Rien de spécial. De la situation en général... »

Ma mère insiste. À mon grand étonnement, j'apprends que la grève générale, prévue pour paralyser le pays tout un dimanche, a un but étranger au pays. Il s'agit de protester contre l'enlèvement de je ne sais plus quel homme politique, un Algérien que les Français ont pris en grippe. « D'où par où l'Algérie ? » proteste ma mère et mon père en convient : « L'Algérie, voilà le moindre de nos soucis, allons déjeuner. »

Le repas du midi n'est pas prêt.

« Excusez-moi, dit Zanouba avec un sourire tout blanc, l'électricité a été coupée dans tout le quartier. »

Nous devons attendre qu'elle mette le couvert et pour finir, nous mangeons des salades, du riz froid et du fromage blanc. Mon père en conçoit de l'humeur :

« Je vais être en retard à la partie. Cette bonne n'en fait jamais d'autres. Elle se paye notre tête. Dis-moi, Ada, il lui faut l'électricité pour faire marcher le gaz ?

— Tu pourrais cuisiner dans l'obscurité, toi ? Si tu prends la bonne pour une centrale électrique, alors très bien, renvoie-la ! Sinon ne sois pas injuste. Elle est bonne travailleuse, cette fille, et on ne peut plus honnête par les temps qui courent. »

Cette phrase que j'ai entendue plusieurs fois cette semaine, sur les lèvres de personnes n'ayant pas la moindre idée des temps qui courent, me blesse profondément. Peut-on être plus méprisant ? C'est que je l'aime moi « cette bonne travailleuse » dont on parle, en sa présence, avec des termes réservés aux bêtes de somme. Zanouba ignore le français, mais son intuition — encore un sens que nous avons en commun

— s'est réveillée. Elle nous lance des regards en biais. Sa moue montre le dédain que lui inspirent les personnages grossiers au milieu desquels le destin l'a jetée. Elle passe derrière la chaise où est assise ma mère, s'arrête un instant l'air sournois, comme si elle voulait se rapprocher et lui donner une grande claque dans le dos.

ZANOUBA

Je travaillais depuis cinq années à l'hôpital Coca-Cola quand, un jour, j'ai été renvoyée comme une incapable. Cinq années entières ! Rien à redire contre ma conduite, parfaite, personne ne disait rien d'ailleurs, et un jour, les reproches, la honte, la porte ! Tout ça à cause d'une faute qui m'était tombée dessus, par hasard, comme une visite qu'on n'attendrait pas.

Il arrivait qu'on nous expédie de la prison des femmes une malade portant des fers aux pieds. J'ai été chargée de surveiller l'une d'elle de très près, car c'était une experte en évasion. Un vrai courant d'air. Elle avait trouvé le moyen d'épouser la même année trois hommes différents. Chacun la prenait bien pour sa femme. Elle s'absentait, disant qu'elle allait revoir sa famille qui l'aidait sans doute dans ses mensonges. Une fois, deux fois. La troisième, elle emportait tout le bien de la maison et le mari se retrouvait avec ses yeux pour pleurer. Une vraie diablesse. Et même pas jolie avec ça. Elle avait la peau claire, pas sombre comme la mienne, mais c'était tout. On ne peut savoir ce qui chez la femme éveille le désir de l'homme. Moi-même, je cédais à ses quatre volontés car j'avais pitié du carcan qui lui meurtrissait les chevilles. Après tout, elle n'avait jamais tué personne et les hommes qu'elle avait bernés n'étaient ni mon père ni mon frère. Bref, je la traitais avec bonté et elle en a profité. Elle voulait tout le temps aller aux toilettes et je devais, par devoir, l'accompagner. Un jour qu'elle semblait pressée, je l'ai conduite aux toilettes. Elle y est entrée les pieds enchaînés en criant : « Trop tard, ma sœur, trop tard je me suis chié dessus ! » J'ai attendu patiemment derrière la porte qu'elle répare les dégâts. J'ai attendu cinq minutes, pas plus. Après quoi, j'ai frappé à la porte. « Sors de là, ma sœur, sors avant que je me fâche ! » Pas de réponse. Je me suis fâchée. J'ai appelé le Chef de la Propreté. Il a défoncé la porte. Deux barreaux de la fenêtre étaient tordus. La diablesse avait sauté de là et avec ses fers aux pieds. Il n'en restait qu'un peu de chaux tombée du rebord de la fenêtre, là où ses fers avaient frotté. La faute m'est retombée dessus. J'ai eu beau protester de mon innocence, la merde tout de même n'était pas sous ma responsabilité, rien à faire ! À la porte, comme une incapable ! Je suis partie la tête haute. D'abord, le tour de la diablesse me réjouissait, elle faisait partie des gens rebelles et invincibles, je lui conservais mon admiration. Ensuite, l'hôpital Coca-Cola commençait à me sortir par les yeux. Le jour, passe encore, je balayais entre les lits, je lavais les couloirs, je donnais à manger aux malades, mais le soir c'était à mourir. Ces souffrances, ces cris, cette pitié. Je me sentais déprimée, mes idées se dispersaient, j'avais l'impression qu'elles ne trouveraient plus jamais le chemin de ma tête.

J'ai rassemblé mes affaires et j'ai été réclamer le salaire du mois entamé. Dix jours m'ont été payés à quoi s'est ajoutée une tristesse de printemps. On était au printemps, je ne savais où aller et le Chef de la Propreté m'a dit : « J'ai une sœur qui se retrouve seule dans son appartement du Daher. Son mari vient de la répudier pour cause de stérilité, alors la dépression la guette. Tu pourrais t'en occuper et je viendrais te rendre visite. » J'ai répondu : « Dieu te bénisse, peux-tu me donner l'adresse de ta sœur ? » Je suis allée la voir et je suis devenue son esclave.

Cette femme n'était pas méchante, mais les gens lui avaient trop fait sentir qu'elle n'était qu'une noix creuse. Elle détestait sa vie et quiconque essayait de l'empêcher d'y mettre un terme. Je devais surveiller les couteaux et la tenir enfermée dans sa chambre. Mais elle parvenait à s'échapper. Elle se précipitait dans les rues en quête d'une chose introuvable, perdue et impossible à retrouver. Je la ramenais avec douceur, elle me récompensait avec des paroles méprisantes. Un jour, elle m'a regardée d'une drôle de façon. Elle m'a demandé ce que j'avais dans le ventre. J'ai plaisanté que n'étant pas mariée, je ne pouvais avoir qu'un serpent dans le ventre. Elle a rétorqué : « Un drôle de serpent qui fera bientôt “ouin, ouin”. » Elle a prétendu avoir vu le portier soulever sous l'escalier le capot de ma voiture. Ce qui voulait dire : soulever ma robe et écarter mes jambes. Je lui ai ri au nez : le portier n'y était pour rien. C'était son propre frère, le Chef de la Propreté, qui me faisait l'amour toutes les nuits, depuis six bons mois. À ces mots, elle est devenue folle de rage. Elle m'a giflée, griffée, flanquée par terre, en me traitant de menteuse, de putain, de voleuse d'homme ! Une injure ne collait pas avec l'autre. Voleuse, un peu peut-être, c'était un homme marié, mais menteuse sûrement pas. Elle me cherchait ? Je lui ai déballé toute la vérité. Comment je dormais comme une enfant quand tout à coup je sentais un poids se coucher sur moi ! Comment la douleur me réveillait lorsqu'un membre vigoureux me pénétrait ! Comment une main posée sur ma bouche me réduisait au silence : « Tu n'as pas honte de crier comme ça en plein milieu de la nuit ? Que va croire ta patronne ? » Comment, revenant la nuit suivante, il me voulait de la même façon ! Comment au bout de quelque temps, j'arrivais à m'habituer à lui ! Arrivée là, j'ai ajouté, pour le plaisir d'énerver la noix creuse : « Maintenant mon âme est suspendue à celle de ton frère et aussi longtemps que nous serons tous deux de ce monde, personne ne pourra nous séparer. » Elle m'a jetée dehors et avec les pieds par-dessus la tête ! En descendant l'escalier, je l'ai entendue crier au vol et à l'assassinat. Elle hurlait après son argent, son linge de table, un collier, puisse-t-il l'étrangler, toutes ces choses bien tentantes et en effet, je regrettais de n'avoir rien emporté. L'idée ne m'avait même pas effleurée. Comme quoi l'exemple de la diablesse ne m'avait pas profité.

Celle-là, je l'ai revue par hasard quelques années plus tard, dans la rue Champollion. La soie prospérait sur ses hanches, l'or brillait à ses oreilles. Elle tenait par la main un petit garçon de neuf ans. Je me suis mise à blaguer avec lui : « Par Dieu, mon joli, tu es aussi élégant qu'un fils de roi, est-ce que cette grande dame est ta mère ? » Elle a gonflé son plumage : « Comment, c'est toi, ma brave Zanouba ! Tu travailles toujours à l'hôpital Coca-Cola ? Moi, j'habite à Sakanini une belle maison. Tu y seras la bienvenue à n'importe quelle heure ! » Je l'ai remerciée, qu'avais-je à faire de ses heures ? et j'ai repris mon chemin. Je travaillais alors au bout de la rue Champollion, dans une maison de gens âgés. Des juifs en fait, tout ce qu'il y a de mieux parmi les juifs ! Des gens au caractère calme et doux qui me faisaient asseoir à table durant qu'ils mangeaient. Le Coran précise qu'on peut s'asseoir à la table du juif, car à la différence du chrétien, le juif ne mange pas de cet animal dont le nom suffit à souiller la bouche. Mais ceci est une histoire que je te raconterai plus tard, quand j'aurai le temps, quand je serai moins occupée.

MARA

I

Notre cuisine n'a pas d'office, on y entre de plain-pied. Je vois, tournant le dos à la porte, un homme assis à l'endroit que j'occupe habituellement. Un homme installé devant une tasse de café fumante. Zanouba se tient à l'autre bout de la table, elle a les yeux agrandis et pleins de lumière. À ma vue, elle se trouble et bredouille horriblement. Chamrouk, car c'est lui, se retourne et ébauche un clin d'œil comme s'il me connaissait de longue date.

Fixer les plus minces détails, ne rien oublier ! La blouse ouverte sur un tricot de flanelle. Le bouton qui manque à la blouse, le troisième en partant du bas. Le pantalon bien plaqué aux cuisses. Les jambes. Musclées. Les souliers. Noirs. Soigneusement lacés, un peu usés. La main. Large sur la table. Les doigts aux bouts carrés. Les oreilles. Le nez. Les sourcils, le front. Les couleurs fortes sur les joues. La moustache virile. Les lèvres gourmandes. Trop, pour ne pas, d'une manière ou d'une autre, tenter les femmes.

« Entre, me dit Zanouba, celui-là c'est Chamrouk, il ne mord pas. Il travaille chez les dames du troisième étage, il est venu en voisin, juste pour me souhaiter le bonjour.

— Avec ta permission, mademoiselle Mara, juste pour faire un brin de conversation et boire un petit café. »

Chamrouk se dresse lourdement, un bœuf qui aurait appris la station debout. Je fais semblant de ne pas voir sa main tendue. Aucun geste ! Tout mouvement serait dangereux. Le ciel pris dans le cadre de la fenêtre est voilé. Sur le bord, au-dessus des toits en terrasse, glisse lentement la raie sale de la brume de chaleur. Chamrouk retourne s'asseoir. Il étire ses longues jambes, saisit sa tasse, boit, la repose. Un homme en pleine santé, bien nourri, nullement gêné, le salaud, d'être surpris en flagrant délit de flirtage.

« Tu venais chercher quelque chose, Mara, ma chérie ? Dis-le alors, si tu as besoin de quelque chose ! »

Ne rien oublier, fixer tous les détails. L'air repu de l'intrus, les yeux pleins de lumière de sa bonne amie, le battement rancunier du sang dans mes tempes.

« Tu n'as pas vu le bouquin que je lisais ? Je ne sais plus où je l'ai fourré.

— Qui le saura alors ? Je suis occupée comme tu vois. Si tu allais chercher dans ta chambre ? »

II

Une odeur d'eau de Cologne flotte à l'étage des sœurs Aghion. Leur palier mériterait un bon coup de balai. Je colle mon visage contre la porte vitrée, à mi-hauteur, dans un entrelacs de fer forgé, bien poussiéreux également. « Qui est là ? fait une voix inquiète, c'est toi, Chamrouk ? » La porte tourne sur ses gonds et madame Aghion, la moins vieille des deux sœurs, paraît étonnée de me voir.

« En quel honneur ? s'émerveille-t-elle, jamais tu ne viens me visiter. Tu veux entrer une minute, j'ai des rosquettes au sésame ! »

Je proteste pour la forme. Puis, avec le sentiment agréable de me savoir rusée, je confesse que les rosquettes au sésame sont ma gourmandise préférée, après le caca chinois[1].

L'appartement des sœurs Aghion est semblable au nôtre : six pièces et une cuisine, desservies par un long corridor. La chambre de la malade se trouve, je suppose, à l'extrémité du corridor, on verra ça plus tard. Le salon s'encombre d'un tas de vieilleries. Un canapé mélancolique, des chaises en trop grand nombre, des rideaux décolorés par le soleil. Du plafond tombe un lustre encastré dans une couronne de métal rouillé. Il y a bien quelques livres sur un rayonnage... Ils datent du siècle dernier, du temps où madame Aghion se donnait ardemment la nuit à son mari. Ce mari mort bien avant ma naissance, et dont la photo trône sur le buffet, est coiffé d'un tarbouche, et je remarque sa moustache en forme de croc. Les baisers, sous le frottement de cette terrible moustache devaient provo-

1. Bâton de réglisse jaune.

quer des démangeaisons, de l'urticaire peut-être. Quoi qu'il en soit, l'air sent la maladie, l'eau de Cologne et le renfermé.

« C'est le remugle ? je demande à plusieurs reprises, car la sonorité du mot m'enchante. Le remugle ! Comment pouvez-vous vivre dans un remugle pareil ?

— Comment on peut vivre dans un remue... ? On ne peut pas. On vieillit, on grossit, on se laisse aller. Un jour chasse l'autre et il n'y a plus que les soucis. Je me demande où est passé Chamrouk. Ça ne fait rien, tu vas te régaler. Des rosquettes pareilles, ça n'existe pas ! »

Madame Aghion prend dans le buffet un paquet de manufacture. Elle dispose les rosquettes sur une assiette.

« C'est vrai, je dis la bouche pleine, c'est presque aussi bon que fait à la maison.

— Ne te prive pas, alors. Mange tout, pour me faire plaisir ! Mais dis-moi, d'où par où l'idée de me rendre visite ? Ton bon petit cœur ou tes parents ?

— Mes parents, vous savez, ils ne pensent pas beaucoup aux autres. Votre boy, si vous le cherchez, il est chez nous ! Ça fait trois heures qu'il discute avec notre Zanouba.

— Ensemble ils discutent ? Depuis trois heures ! ne me dis pas !

— Je vous assure.

— Trois heures !... Qu'est-ce qu'ils peuvent trouver à se dire ?

— Je m'en fiche. De toute façon, Zanouba ne dit jamais rien d'intéressant.

— Tania non plus, la pauvre, mais ce n'est pas de sa faute.

— Votre sœur ne va pas fort, hein, c'est triste ce genre de maladie. J'espère qu'elle va s'en sortir, ça arrive quelquefois. C'est quoi sa maladie exactement ? Ça vous embête d'en parler, je comprends. Plus on en parle, plus ça existe. Et ce Chamrouk, il est tellement fort. On dirait un charretier. Vous l'avez engagé pour ça. Pour sa force ! Il doit bien s'occuper de votre sœur, la pauvre. Il s'occupe bien d'elle au moins ?

— À merveille. Il l'a ressuscitée on dirait ! Il est dévoué, tu ne peux pas imaginer, même son jour de congé, il ne le prend pas. Tu veux autre chose à manger ? Qu'est-ce que je pourrais te donner à manger ?

— Rien, vraiment, rien ! Même son jour de congé ! C'est bizarre ça ! Il n'a personne à voir peut-être, pas de famille, pas de petite amie ?

— À ma connaissance... Mais qu'est-ce que ça peut te faire, à la fin ? Dis-moi — elle me touche la manche du doigt —, dis-moi, la curiosité de Zanouba brûle ? C'est elle qui t'envoie aux nouvelles ? Si elle t'entreprend question intentions, propositions, mariage, dis-lui non, Chamrouk n'en veut pas. Il n'a besoin de rien, ni femme, ni enfants, ni fréquentation, maudite soit-elle ! »

Elle s'excite étrangement ! Du bec, des ongles, elle le défend son Chamrouk ! Son chéri ? J'ai lu un roman de Colette, les ravages du désir à l'heure de la tisane au coin du feu. Pareil pour la vieille Aghion, tout pareil, sauf qu'elle n'a pas de cheminée française. Des chaises en trop grand nombre, personne ne vient plus s'y asseoir. La photo du mort embaumé à l'odeur de maladie. La sœur aux jambes paralysées. Et soudain débarque un homme sans infirmité visible. Robuste, bien bâti, attirant comme le péché. Et il passe et repasse sous votre nez. Alors le penchant fatal. La chute. La saleté. Les femmes avec leur amour. Madame Aghion ! Je n'en crois pas mes yeux. Une femme avec des bras fripés dépassant d'une robe de chambre démodée... ! Une poitrine si affaissée qu'elle l'empêche de se tenir droite... ! Des cheveux gris... Un sourire aux dents toutes gâtées. Des dents que l'autre barbouille de sa salive. Leur affaire après tout, et à la réflexion, elle ne me dérange pas, au contraire !

« Peut-être qu'ils se fréquentent un peu, madame Aghion, mais d'après moi, Zanouba est trop fière pour aller avec un domestique.

— Avec qui alors ? Le fils du roi ?

— Il n'y a plus de roi, madame Aghion, vous le savez bien !

— Des gens pires, c'est vrai ! Il est passé le beau temps, dit-elle après un silence. Il est passé !... Quel pays mortel ! Mortel ! Les diables sont à la danse ! Dieu merci, dans trois semaines c'est l'hiver et l'hiver je le passe toujours à Beyrouth. Tu ne veux pas goûter ma confiture à la noix de coco ? Avec les rosquettes qui restent...

— Alors vous partez ! Et tout le monde part avec

vous ? Je veux dire, votre boy, il vous accompagne bien sûr, c'est forcé ?

— Comment ça, forcé ?

— Par les soins constants à Tania, quoi ! sa malade !

— Bien sûr, elle ne pourrait pas s'en passer. Moi non plus d'ailleurs. Quand il est là je me repose sur lui, tu ne peux pas savoir ! Je me repose de tout quand il est là !

— C'est bien, c'est très bien. Je vous envie, vous ne pouvez pas savoir comme je vous envie, madame Aghion.

— De quoi, ma petite chérie, ma jolie, ma merveille ! Qu'est-ce que tu pourrais bien avoir à m'envier ?

— Le Liban, les cèdres, l'hiver, ça doit être quelque chose ! »

Avec la pensée agréable que, Dieu merci, j'ai trouvé une alliée en la personne de la vieille voisine, je lui souhaite bon voyage et là-dessus, s'ouvre la porte du salon. Chamrouk apparaît et aussitôt l'atmosphère se charge d'électricité.

CHAPITRE XI

ZANOUBA

Tes questions m'offensent et je ne m'abaisserai pas à te répondre. J'ai passé ma vie à fuir les hommes, à leur faire la buse, comme on dit dans mon village. Ils me chantent leur petite chanson ? Je me bouche les oreilles. Ils me suivent ? Je leur montre la largeur de mes épaules. Ils me caressent ? Je reste froide comme le museau d'un chien. Chaque fois que le Chef de la Propreté m'approchait, tandis que sa sœur dormait de l'autre côté du mur, son gros estomac me dégoûtait. Je pensais à mon beau-père faisant violence à ma jeunesse. Est-ce qu'une femme peut se laisser aller après un souvenir pareil ? Le Chef de la Propreté me traitait de bécasse qui ne sait pas ce qui est bon. Je ne savais pas encore que cette affaire procure du plaisir parfois, quand la musique ne va trop vite. Le Chef de la Propreté ne me caressait pas. Il allait droit à la région où je ne l'appelais pas. Sa verge éveillait en moi la répulsion et la terreur des germes féconds. L'eau froide et le savon noir sont la seule défense contre les menaces de grossesse, mais je craignais, si je me lavais, de réveiller ma patronne. J'introduisais en moi un linge imbibé d'alcool et, m'en remettant à Dieu, je priais pour que la brûlure produise l'effet escompté. Mais Dieu ne m'avait pas à l'esprit puisque la noix creuse a fini par me jeter à la rue.

La ronde de mes problèmes sans fin a recommencé. J'étais seule au monde, je n'avais que moi à interroger, consulter, juger. Avec ça que la noix creuse clamait partout que j'étais une voleuse, toutes les portes du quartier m'étaient fermées. J'ai réfléchi et une ambition est née. J'avais entendu parler de ces femmes, riches de leur seul courage, qui empruntent de quoi monter un petit commerce. Je suis allée voir le Chef de la Propreté. Je lui ai fait valoir le tort enduré par sa faute. Il m'a avancé une petite somme d'argent contre la promesse de revenir le voir souvent. La promesse extorquée n'engage que l'extorqueur et Le Caire est assez grand pour s'y perdre. Il y avait à Gamalieh, très loin du Daher, un loueur de machines à coudre. J'ai loué la plus petite de ses machines et j'ai cherché un bout de trottoir dans la rue des couturiers. Le policier en charge de ce trottoir m'a placée contre une taxe de cinq piastres par jour. J'ai vite appris à tailler des sederi[1] dans un tissu brillant, je suis capable de mes mains, ça s'est su dans tout le quartier. Les autres cou-

1. Le gilet rayé que l'on porte par-dessus la gallabieh.

turiers crevaient de jalousie, je leur souhaitais aussi bien de monter au ciel et d'en redescendre. L'un deux pourtant, un salopard, me laissa une blessure permanente. Il racontait partout qu'on pouvait m'acheter au même prix qu'un sederi et je rétorquais que sa mère se vendait pour beaucoup moins. Quand une jeune fille parle à un homme qui n'est pas de ses parents, elle doit se faire encore plus homme que lui. Une fois que j'étais penchée sur ma machine, le dos tourné au salopard, il a mis son bras autour de mon cou et il a serré. Je me suis libérée et avec la machine je lui ai fracassé la tête. Il hurlait de douleur, il n'arrivait pas à croire qu'une fille puisse le laisser pour mort. Je commençais à me débrouiller aussi bien que n'importe quel homme. Je gagnais mon pain, je mettais des piastres de côté, j'allais dans les endroits où on s'amuse. Au cinéma, dans les magasins avec leurs belles vitrines. Tout ce que les vitrines contenaient était à portée de mes rêves. Je me voyais riche soudain et parée comme une reine. Soudain, je m'en retournais au village, les mains pleines de cadeaux. Je distribuais les cadeaux aux enfants du village. Les culterreux qui m'avaient humiliée me faisaient les yeux doux. Le village me suppliait d'épouser le meilleur de ses fils. Je disais non, toujours non. Je disais, avec courage et sincérité, qu'il n'est pas de meilleur bien que la liberté.

Un jour, une fille qui travaillait à l'hôpital s'est arrêtée sur mon bout de trottoir. Et c'est là que le Chef de la Propreté m'a retrouvée. Il a murmuré à mon oreille : « Je t'ai cherchée comme un fou ! Je t'ai cherchée à en perdre le sommeil et ses rêves. » J'ai répondu : « Plutôt mourir que de m'allonger une seule seconde contre ton gros estomac. » Il a répliqué avec violence. J'ai retiré une de mes pantoufles et je lui ai flanqué une terrible dérouillée. Le policier nous a séparés en lui donnant raison. Aux yeux de la police, une femme n'a pas le droit de lever la main sur un homme, même si c'est pour défendre son honneur. J'ai dû rendre la machine à coudre et tâcher de me faire oublier. Un jour, ce même policier m'a surprise dans la rue en train de ramasser des mégots. Je recueillais les restes de tabac pour fabriquer de nouvelles cigarettes que je vendais ensuite à la pièce. Le policier m'a accusée de me livrer à la mendicité. Il a fouillé ma poche, j'avais un billet de cinq livres tout neuf et quelques piastres usées. Le policier a fait l'étonné : « Petite malheureuse, serais-tu de mèche avec les voleurs ? » Il a gardé mon argent et je me suis retrouvée en prison avec les vagabondes, les putains, les femmes qui se livrent au trafic de la drogue. J'ai vécu trois jours en sympathie avec les souffrances d'une prisonnière marquée au visage d'une vilaine blessure. Elle avait épousé un homme dans l'espoir d'être heureuse avec lui et il avait flétri sa jeunesse. Il l'avait obligée à se vendre puis, la trentaine venant, il avait voulu la défigurer. Et c'est pour cette raison que retournant le rasoir contre lui, elle l'avait égorgé. Mais devant son corps tout ensanglanté, elle avait poussé des cris atroces qui avaient attiré les voisins. Ils ne l'avaient plus lâchée. Je lui ai demandé combien de temps on la garderait encore et elle m'a dit : « Pour toujours j'espère, que puis-je espérer d'autre ? » Elle disait cela d'une voix apaisée et aussitôt après elle tombait dans un sommeil profond. Je n'ai jamais vu dormir aussi longtemps, aussi bien qu'en prison. Le sommeil, en prison, est comme une baguette de magicien qui donne l'illusion de se changer en oiseau. Et c'est ce qui m'est arrivé, mais en vrai, quand j'ai été libérée le troisième jour.

Le policier, ce salaud qui m'avait calomniée, attendait ma sortie. Il m'a présenté ses excuses : « Je me suis trompé sur ton compte et je suis prêt à réparer. » Il m'a proposé de s'occuper de moi. Il connaissait un endroit où les jolies filles comme moi ramassaient de l'or sous leur oreiller. Un bordel ? Plutôt le bagne à perpétuité ! J'ai accepté la proposition en songeant que je pourrais toujours me jeter dans le Nil. Je l'aurais fait si Dieu ne m'avait pas arrachée aux griffes de ce policier. Et voici comment. À l'instant où il m'obligeait à le suivre, un terrible accident s'est produit entre deux voitures. Il y avait un mort. Les gens se sont attroupés autour du mort et j'en ai profité pour m'enfuir.

Après avoir couru les rues, affamée la plupart du temps et couchant à la froide étoile, j'ai trouvé une place dans une famille de commerçants de Sakakini. Le père était touché par les souffrances que j'avais connues. Il savait que je n'étais pas portée à parler d'amour ou d'autres sottises du même genre et il se montrait respectueux. C'était un homme mesuré, tant par sa religion que par sa nature. Il portait au revers de son col une petite médaille spéciale. Elle signifie que le porteur a fait vœu de sobriété et qu'il s'engage à combattre chez les autres le vice de l'alcool et des cigarettes. Un mari exemplaire, qui dépensait pour sa petite famille, débordait d'amour pour ses enfants et ne trompait pas sa dame : que peut-on espérer de plus ? Cette dame, pourtant, avait un problème. Un secret la minait. Je l'ai découvert, à ma grande surprise, un jour de confidences. Je lui épilais les jambes et elle m'a demandé si, selon le Coran, une épouse avait droit à l'amour réciproque et au plaisir sexuel. C'était là son problème. Son mari ne se comportait pas en homme. La nuit, il se rejetait à l'autre bout du lit et lui reprochait, quand elle réclamait, d'être impossible à satisfaire. Je me suis fait la réflexion qu'une femme consciente de sa valeur ne devrait jamais s'abaisser à mendier les faveurs d'un homme. Dans sa chambre à coucher, il y avait un sofa. Je lui ai suggéré de dormir là, dans une combinaison en nylon transparent et d'attendre le geste qu'il ferait vers elle. Elle a suivi mon conseil mais il a continué à l'ignorer. Elle avait beau se tortiller en murmurant : « Y a-t-il quelque chose que tu désires ? », il répondait bêtement : « Prier avant de m'endormir. » Elle étouffait ses pleurs contre son oreiller, mais ne se résignait pas. « À quoi sert d'être mariée à un bon musulman ? Devant Dieu, il ne m'a épousée que pour servir de mère à ses enfants. » Vingt fois par jour elle me demandait de souffrir avec elle, de prévoir ce qui l'attendait et comment tout cela finirait. J'en avais assez de l'entendre tantôt gémir, tantôt s'asperger de cette eau froide qui tempère les sens. Comme dans l'excision ? Tu as raison. L'excision, Mara, peut échouer dans sa lutte contre les sens. Pourquoi ? Pour donner la preuve que Dieu en créant la femme n'avait pas le dessein de la faire opérer. Plus d'interruption maintenant, tu me fais perdre mon fil. Donc, j'en avais par-dessus la tête de cette bonne femme. Vingt fois par jour, elle me mettait au défi de trouver une astuce de magie érotique ou d'autres ruses dont je pourrais avoir idée. Quelle grossièreté ! Quel manque de tact ! Était-ce à moi, une pauvre servante esseulée la nuit, de ranimer la virilité de son époux ? Dieu seul peut déplacer les montagnes. Je lui ai dit proprement ma façon de penser : « Occupe-toi de tes fesses toute seule ! » À partir de là, elle s'est retournée contre moi. Le mépris, la haine, les mauvais traitement sont devenus mon lot quotidien. Et pour couronner le tout, elle a demandé à son mari de diminuer mon salaire. Un couple bien établi pourtant. Ils ne regardaient jamais à leurs propres dépenses en nourritures et vêtements. Un jour, j'en ai eu assez de porter toujours la même robe étroite. Ma vie ressemblait à cette robe. Je travaillais depuis huit mois pour ces bons musulmans et pas une seule fois, ils ne m'avaient invitée à manger à leur table. Ils me donnaient à lécher leurs assiettes et, sauf pour rompre le jeûne du Ramadan, je n'avais jamais droit à un bout de viande. Le comble a été atteint quand j'ai appris les bruits que mes patrons faisaient courir sur moi. J'étais une feignante paraît-il, une casseuse de vaisselle, une effrontée ! Et par-dessus le marché, j'étais aussi stupide qu'une barbarine[1]. Une paysanne dont nul, au Caire, ne connaissait l'origine obscure et arriérée. Voilà un peu l'habitant du Caire ! Riche, il vous payera de son mépris ! Pauvre, il vous considérera comme une denrée encore plus négligeable que lui.

J'avais entendu dire que les familles venues de régions étrangères ne traitaient pas leurs serviteurs comme des êtres inférieurs. Et c'est vrai. Les roumis ont beau vivre chez nous depuis longtemps, ils conservent des manières civilisées. Ils ne s'abaissent pas à battre le petit personnel. Ils ne l'insultent jamais. Au contraire. Ils louent ses qualités et se flattent de posséder la crème des domestiques. Mais on peut posséder un chien sans même remarquer sa présence.

1. En arabe désigne à la fois le noir et le barbare.

CHAPITRE XII

MARA

I

La grève générale est une chose très magique.

Avant de la voir, on la sent. On sent une odeur de temps arrêté. Les rues sont paisibles. On les parcourt comme si on rendait visite à un malade. Les cafés, les restaurants, les cinémas ont fermé leurs portes. Les commerces de luxe ont éteint leurs enseignes. Le luxe a beaucoup de choses à se faire pardonner. Les tramways ne partent ni n'arrivent. Rien n'arrive que la grève générale, mais où est-elle ? Pourquoi ne la voit-on pas ? Un policier indique, d'un geste vague, la direction du Midan el Tahrir.

La grève générale est une chose très humaine.

Beaucoup de gens s'assemblent autour de la grande place. Ils marchent au milieu de la chaussée. Ils marchent en se tenant par les épaules, comme ont coutume de le faire ceux qui s'aiment. Ils ont de grosses mains amicales, des visages heureux. On leur trouve un air de famille mais c'est uniquement parce qu'ils sont pauvres. Ce sont des ouvriers, des domestiques, des soldats, des écoliers. Les écoliers viennent en rangs toujours habillés de bleu marine. Il n'y a presque pas de femmes parmi les grévistes généraux. Les femmes sont restées dans les quartiers où les maisons ont des murs qui s'effondrent, des escaliers où manquent des marches, des tinettes qui débordent, des conduites d'eau percées. Sur les trottoirs, il y a quelques femmes, mais ce sont des dames assez grosses et maussades. Elles portent des talons hauts et un sac à main étroitement coincé sous l'aisselle. Sur les trottoirs se tiennent aussi des groupes de curieux. Ils regardent de tous leurs yeux comme des gens qui auraient devant eux un jour de vacances et donc le temps de s'occuper de choses qui leur sont étrangères. Parfois un plus curieux que les autres quitte son groupe. Il entre dans la grève générale. Elle grossit à vue d'œil. Aucun feu rouge ne saurait l'arrêter. On dirait une grande kermesse. Les drapeaux flottent au vent. Ils font penser à d'énormes fleurs qu'on aurait plantées au bout d'un bâton. Un portrait géant se porte en triomphe. C'est celui du colonel Nasser. On le retrouve sous toutes les formes. De face avec un bon sourire, de profil avec un nez considérable, en buste dans un sévère drapé de plâtre.

La grève générale est une chose très fatigante.

Les pieds, les mains noircissent. Les yeux piquent.

Il est impossible de voir plus loin que le dos du marcheur de devant. On a beau faire. À raison de deux mètres à l'heure, on va plus lentement que le temps. On n'en peut plus. Sûrement on va s'en aller. Mais voici du nouveau. Un bonhomme s'est hissé sur un arbre. Non sur la plate-forme d'un camion. Il crie. S'il crie c'est qu'il veut parler. Il met ses mains en porte-voix et il parle. De quoi parle-t-il ? Il parle de l'Algérie. Il dit que bientôt l'Algérie sera indépendante. L'oppression va disparaître. En Égypte également l'oppression va disparaître, l'avenir sera beau. Il parle de la liberté. Il parle du ciel. Le ciel qu'il montre au bout de son doigt, n'est pas le ciel voilé, c'est le ciel pur auquel accéderont les humiliés et les offensés. Des salves d'applaudissements rythment sa prophétie. Il entonne une chanson et sa voix porte loin. Que chante-t-il ? Il chante l'hymne national. C'est un hymne flamboyant comme un incendie. L'incendie vient du plus profond de sa gorge. L'incendie s'empare de mille gorges. Les emplit, les transporte. Des boules de feu roulent dans tous les sens. Des hurlements s'élèvent : « Vive Nasser ! Vive le canal ! À bas le complot impérialiste ! Mort aux Anglais ! Mort aux Français ! Mort aux Juifs ! Dehors les étrangers ! »

Tout le monde hurle. Tout le monde s'accorde à hurler qu'il faut traîner les Anglais, les Français, les Juifs plus bas que terre. Il faut les chasser. Il faut les tuer tous autant qu'ils sont. Tout le monde hurle et les hurlements sont une sorte de maladie de la langue qui défigure les visages. La grève générale se charge d'une vie dangereuse et on prend peur, réellement peur, alors on s'en retourne chez soi.

II

Je cours, je regarde en arrière, personne ne me poursuit. Je traverse des rues silencieuses, mortes. À toutes les fenêtres il y a des bouches noires, béantes.

Je m'accroche à l'arrière-train d'un fiacre, ainsi que j'ai vu tant de gamins le faire et, lorsque j'arrive à la hauteur de la rue Hoda Charaoui, je saute en marche, je perds l'équilibre sur le pavé, je tombe, je m'écorche le genou. Une large tache rouge brille à l'endroit où s'arrête l'ourlet de ma robe.

Zanouba pousse un cri d'horreur quand elle apprend que, tantôt, à Midan el Tahrir, un gréviste général m'a frappée, qu'un deuxième m'a traitée de sale juive et qu'un troisième a prédit : « Une mignonne comme toi, on se la garde pour la fin ! » J'ai dit le mensonge qu'il fallait. Zanouba est tellement émue que le flacon de mercurochrome lui échappe et se brise dans le lavabo. Se rabattant sur la teinture d'iode, elle jure mille morts aux trois criminels, bâtards de leur putain de mère, qui ont osé s'en prendre à sa petite enfant. L'enfance, je dis avec un sourire de convalescente, l'enfance j'en ai fait mon deuil depuis pas mal de temps déjà, nous sommes le 28 octobre 1956 et d'ici vingt-huit jours j'aurai douze ans.

« Zanouba, toi qui as bien connu l'ancien temps, avant la révolution, est-ce que les juifs étaient déjà des étrangers ?

— Ça dépend.

— Ça dépend de quoi ? Des papiers d'identité ?

— Du vent. Ça dépend du vent. Il souffle à droite, il souffle à gauche et les papiers s'envolent. Un jour, j'avais un papier à demander à la police. Je venais d'entrer chez ma patronne de Héliopolis et elle m'a envoyée chez la police. Elle voulait un acte de naissance, c'est-à-dire quel âge j'avais et d'où je venais. Le policier m'a fait poireauter trois heures, ma journée était perdue, puis il m'a renvoyée. “Reviens demain avec tel et tel morceau de papier.” Ça voulait dire qu'il m'enverrait promener tant que je ne lui aurais pas glissé le bakchich. Et tu sais ce qui est arrivé ? Ma patronne elle-même est arrivée pour me soutenir avec ses moyens. Une grande dame tu comprends. Une riche à deux cents pour cent, son mari possédait plusieurs cinémas et pourtant il ne payait pas d'impôts...

— Pourquoi pas ?

— Je ne sais pas, comme ça ! Ma patronne donc, a obtenu en cinq minutes le papier qu'on me refusait, à moi, l'enfant du pays.

— Moi aussi je suis née en Égypte, ça marche ? Pourtant je ne suis pas égyptienne parce que mon père et ma mère sont juifs. Tu sais ce que ça veut dire être juif ?

— Je sais. Tu t'appelles Mara, tu vas à l'école, tu

habites une belle maison, et tes saletés c'est moi qui les nettoie.

— Et c'est tout ? Ce n'est pas ton Coran peut-être qui dit que le musulman doit boire le sang d'un juif, chaque jour, pour ne pas être damné ?

— Paroles en l'air ! Dieu te conservera encore pendant cent ans. Regarde, Mara, une seule chose compte : la différence qui existe entre les petits et les grands. Les faibles et les forts. Une Égyptienne atteinte de pauvreté cesse d'être égyptienne. Sa terre natale la renie ni plus ni moins qu'une étrangère. Voilà le fin mot de toute l'histoire et maintenant laisse-moi tranquille.

— Non, le fin mot de l'histoire c'est que je suis née juive dans un pays qui veut tuer tous les juifs. Je suis née juive, c'est tout ce que je sais, je ne sais pas autre chose. Je suis née juive et il n'y a rien à espérer.

— Pourquoi es-tu si inquiète ? Tu parles comme si Dieu ne t'avait pas ramenée saine et sauve à la maison. Tu es là, tu es vivante et demain aura souci de lui-même. »

ZANOUBA

On ne peut pas prévoir l'avenir de la révolution. On ne sait pas comment la révolution prendra les richesses des uns pour les donner aux autres. Comment elle prendra les rêves et ce qu'elle en fera. Mais, espoir ou illusion, je suis pour la révolution. Je suis pour que les riches ne continuent pas éternellement à décider du destin des pauvres.

Quand je travaillais à l'hôpital, je recevais une moitié de livre par mois. Je n'avais aucun espoir d'améliorer mon sort. Une fille de salle ne peut prétendre au salaire d'une infirmière. Une illettrée, qui ne sait distinguer l'aleph d'un épi de blé, ne peut même pas apprendre à faire des piqûres.

Un jour, le Chef de la Propreté nous a réunis. Il nous a dit : « Préparez-vous à un grand événement. Le Roi va venir, ici même, nous visiter de haut en bas. » Quelle incroyable nouvelle ! L'hôpital s'est mis dans l'agitation d'une ruche. On nettoyait en haut, en bas, sous les lits, partout. Je n'avais jamais vu les servantes, les serviteurs, les infirmiers et même les malades s'activer autant. Certains, ceux qui savaient écrire, préparaient des lettres de sollicitation à remettre au Roi. Moi je ne l'avais jamais approché. Une seule fois, j'avais vu sa voiture rouge foncer dans la foule et aller s'arrêter devant la mosquée où reposaient ses ancêtres. J'étais heureuse, tellement heureuse à l'idée de le rencontrer. Il est arrivé, assez en retard, en fin d'après-midi alors qu'on l'attendait le matin. Tant de gens l'entouraient, ses princes, ses ministres, ses policiers, que sa figure en était compressée. Une grande et grosse figure pourtant, avec des joues rouges comme une grenade coupée en deux. Il avait peine à avancer car à chaque pas quelqu'un se précipitait pour le saluer et lui remettre un petit papier. Moi je le regardais depuis la porte de ma salle, et je disais à mes malades comment il était. Ce jour-là, ma salle luisait de propreté et pourtant je tremblais d'émotion. Le Roi s'en est aperçu. Il a dit : « Ne crains rien, ma brave, nous n'avons jamais mangé personne. » À ces mots tout le monde a éclaté de rire. Le Roi m'a souri. Il a dit : « Es-tu heureuse ici ? » Le voyant si aimable, j'ai répondu que mon salaire étant bien maigre, une augmentation ferait bien mon affaire. Le Roi a hoché la tête puis il a poursuivi son chemin. Mais mon sort l'avait ému puisque quelqu'un de sa suite me l'a dit et personnellement. Il m'a dit que je pouvais me présenter au Palais pour obtenir une augmentation. J'ai rapporté ces propos au Chef de la Propreté et il m'a autorisée à me présenter vite, avant que le Roi ne change d'avis.

Le lendemain, je me suis rendue au Palais. J'ai cherché la porte utile, mais tant de mendiants se bousculaient devant que je n'ai pas pu entrer. Je suis partie en espérant qu'il y aurait moins de monde le lendemain. Mais le lendemain, pareil, autant de quémandeurs que d'eau dans la mer. La police a commencé à vouloir nous disperser. Elle nous a menacés, si nous ne partions pas, de nous massacrer. Et puis quoi encore ? j'ai dit. Et d'abord que va en penser le Roi ? Ce sont là ses ordres ? J'ai demandé à un policier : « Est-ce que le chat répond des larmes de la souris ? » Le policier m'a craché au visage. J'ai essuyé le crachat avec un bout de mon voile et j'ai dit au policier :

« Tourne le coin de la rue, tu y verras ta pute de mère. » Le policier est entré dans une transe meurtrière. Il m'a précipitée à terre, il m'a piétiné le dos, la poitrine, la figure. Il m'a arrangée pour la semaine et je n'ai jamais eu d'augmentation.

Quelques mois plus tard, le Roi connaissait sa part de problèmes. Il y avait cette guerre que les Anglais menaient contre les Allemands, et notre Roi, leur refusant son coup de main, était devenu leur bête noire. « Sire Votre Majesté, disaient les Anglais, votre lâcheté mériterait une punition, mais quel roi feriez-vous encore après une bonne raclée ? » Un matin, très tôt, les Anglais ont envoyé leurs chars encercler le palais du Roi. « Si vous ne sortez pas, criaient les Anglais, c'est nous qui entrerons. » Quand ils sont entrés, le Roi n'y était plus. Il s'était déguisé en vieille femme qui demandait un renseignement aux Anglais et il réussit à leur échapper. Pour quel refuge ? Nul ne le savait. Un jour entier, tout le monde a cru que le Roi ne reviendrait jamais. Dans mon service, les malades priaient, d'autres écoutaient la radio, mais elles n'y comprenaient rien. Enfin la musique s'est arrêtée et une nouvelle est tombée. Tout était arrangé. Le Roi s'était rendu à ses ennemis, ses maîtres en vérité. Les Anglais l'avaient remis sur son trône à la condition que leur obéissant désormais au doigt et à l'œil, il déclare la guerre aux Allemands. Et pourquoi pas ? se dit finalement le Roi, qu'est-ce que j'en ai à foutre ? C'est le peuple qui se bat, c'est le peuple qui meurt.

La guerre était finie depuis sept ans quand la révolution est venue dire au Roi : « Partez maintenant que vous avez fait votre temps et beaucoup de mécontents. » C'était si juste que le Roi n'a même pas essayé de s'expliquer avec la révolution. Il a pleurniché, mais c'est tout. Il a pris ses enfants et sa nouvelle femme qui était enceinte. Ils sont partis. Ils sont allés en grande procession, car on les respectait malgré tout, jusqu'à Alexandrie. Ils sont montés sur un bateau bourré jusqu'à la gueule de perles fines et de diamants gros comme une tête de pigeon. C'est sur ce bateau d'ailleurs que la reine Narriman a donné naissance à son fils. Un petit prince bien malheureux car de son pays il n'a jamais vu que la mer. Comme quoi les fautes du père retombent sur le fils ! C'est injuste mais la révolution peut l'être parfois. À cette époque, beaucoup de gens ont été jetés en prison. Ils en sortaient et d'autres les remplaçaient. Les malades me disaient : « C'est vrai, Zanouba, ce qu'on nous a dit ? Que la révolution va prendre tout ce que nous possédons ? » Et que possédaient-elles ces malheureuses ? Je me suis mise en devoir de les rassurer. Je leur ai expliqué que c'était tout le contraire, que nous étions en république. La République nous apportait la liberté, le travail, une vie digne pour tous. Les pauvres, les faibles, les fous, les femmes. Rien à faire ! Tu as déjà essayé de raisonner une cinglée ? Autre chose me mettait en colère, par exemple, quand l'une d'elles ne voulait pas m'obéir : « Pourquoi tu me commandes ? Puisqu'on est en république, j'ai le droit de me comporter comme je veux. » Je lui répondais qu'en tout cas on n'avait pas le droit de se comporter en imbécile, mais c'était devenu très dur de se faire obéir.

Les temps changeaient à une vitesse incroyable. Tous les jours, au Caire, on pouvait voir du nouveau. Des étrangers arrivaient de pays frères du nôtre, la Russie, la Chine, la Croix-Rouge. Ils venaient pour nous aider disait-on, Dieu est grand, Il sait bien qui Il doit aider. Mais un fait étrange : ils venaient seuls, sans femme ni enfants, et comme personne ne pouvait comprendre leur langage, ils restaient entre eux. Chez nous, par exemple, quand on est reçu dans une maison qu'on connaît bien, on s'aperçoit qu'autour des plats, la famille se réunit au complet. Les femmes, les hommes, les enfants tous ensemble, c'est un grand, un immense avantage. Dehors, c'est une autre affaire. Les hommes ont toujours été fiers de se promener dans la rue avec un enfant sur le bras, mais en compagnie d'une femme, quelle honte !

Ému devant cette situation, le président Nasser a dicté des lois pour l'égalité de la femme. La plus belle, parmi ces lois, portait sur le divorce. Un homme n'avait plus le droit, lors de la répudiation, de chasser sa femme comme une malpropre. Il devait lui laisser un toit, de l'argent et assurer, par-dessus le marché, la nourriture de ses enfants. Il devait, en cas d'enfants d'un deuxième lit, ne pas évincer les premiers de son héritage. Il devait... j'ai oublié. Il y a dans mon souvenir une autre disposition heureuse, mais je ne sais plus laquelle. Le mariage, de toute façon, je n'en voulais pas. Ni de près ni de loin. Je me souviens d'un cuisinier, j'avais quitté déjà l'hôpital pour une place de dada, un cuisinier qui me tournait autour. Il me voulait c'est-à-dire, mais comme il était déjà marié, il me voulait par-dessus sa vieille femme. Il me disait : « Épouse-moi, ma belle, et au lieu de faire la bonne chez ces culs avares, tu seras la reine de ma maison. » J'éclatais de rire : « Et la servante de ta femme ? » car le désespérer me mettait de bonne humeur. Je lui disais : « Crois-tu que je voudrais vivre une seule minute de la vie de ta femme ? Elle torche tes enfants, elle te fait la cuisine, elle t'ouvre ses cuisses, et c'est tout. Elle ne sait faire rien d'autre. Elle ne sort pas de ta maison, elle ne parle à personne. Si quelqu'un lui pose une question, elle avale sa langue, elle rougit, elle se voile la face. Moi, je suis d'un autre genre. Je veux savoir répondre aux gens. Je veux sortir, marcher, regarder, comprendre et saluer le monde entier. »

CHAPITRE XIII

MARA

I

Nous sommes le lundi 29 octobre 1956, la date a une extrême importance. Les lundis vont cesser pour moi d'être des lundis, de chaque jour l'école buissonnière fera un dimanche.

Je m'habille en hâte et mes sandales à la main, je me faufile à travers le corridor. La porte du boudoir menant à la chambre de mes parents est entrebâillée. Un rai de jour filtre à travers les rideaux de la chambre. J'avance sur la pointe des pieds, je m'accroupis dans la rivière du lit, je ne bouge plus. J'observe les deux formes allongées sous le drap, à bonne distance l'une de l'autre. D'où cela vient-il ? Depuis le temps que j'épie le sommeil de mes parents, je ne me souviens pas les avoir vus autrement que collés, imbriqués, fondus l'un dans l'autre ; un véritable nœud de serpents, si les serpents avaient eu des bras et des jambes capables de s'emmêler. Mais là : la distance, le laisse-moi respirer, tu m'étouffes ! Une brouille, une bagarre, une crise de jalousie ? Derrière laquelle se profile mademoiselle Roxane ? Ou la chaleur lourde, déjà, comme une pierre dans leur lit ? Je penche pour la crise de jalousie quand, au bruit que je fais en me relevant, ma mère repousse le drap. Elle tourne la tête vers moi et, sans ouvrir les yeux, elle bascule sur le côté. Ses seins se bousculent contre le ballon qui lui tient lieu de ventre et l'idée me traverse qu'une piqûre d'épingle suffirait à crever ce ballon. Et si mon père, dans son sommeil, poursuivait la même idée, épouvantable, qu'à trop serrer sa femme, il risquerait d'écraser le bébé, de le tuer ? Que je suis malheureuse, je pense aussitôt, mais pourquoi suis-je tellement malheureuse ? Il se dégage de cette chambre une odeur qui toujours me donne le cafard, mais cette fois, c'est autre chose... C'est mon passé !

Mon passé m'a rattrapée.

Les souvenirs dont j'ai chargé ma conscience se mettent à défiler. Madame Garnier m'apparaît avec une netteté stupéfiante comme si elle se tenait dans la chambre à coucher, au pied du lit où, faisant des tas de petits mouvements qui dénoteraient un trop-plein de colère, elle gonflait ses joues, ouvrait la bouche, parlait, mais je l'arrête : « Bouclez-la, madame Garnier, vous voyez bien qu'ils dorment », elle abaisse sur moi ses yeux bigles : « Moi, justement, je ne suis pas pour qu'on dorme sur la vérité », elle reste inflexible, la salope, mais qu'est-ce que je lui ai fait ? elle réveille mes parents, elle leur révèle le crime dont j'ai chargé ma conscience, et la révélation, comme il faut s'y attendre, produit plus de dégâts que le crime lui-même !

II

Mara ! Mara ! Mara !

La voix de Zanouba me course dans l'escalier. Je dévale les marches quatre à quatre et la voix me souhaite, puisque je boude le petit déjeuner, de me rompre le cou. Je bouscule le portier pour passer et il grommelle quelque chose à propos des enfants malpolis.

Un fiacre arrive à ma hauteur et s'arrête. Il en descend une femme voilée et son domestique, un petit garçon lourdement chargé d'un panier à provisions. J'adresse un sourire de connivence au garçon et il me répond en agitant joyeusement sa main libre.

Maintenant que j'ai pris la grande décision de ne plus retourner au lycée, il me faut apprendre un des métiers que des milliers de gosses exercent à la sauvette. Débiter les cigarettes au détail, cirer les chaussures, ouvrir la portière des voitures, vendre des billets de loterie, groomer à la porte d'un palace. J'erre au petit bonheur, étourdie par tant d'heureuses possibilités. Sur le trottoir, je croise un militaire anglais à la poitrine constellée de médailles. Il me cède le pas d'un air absolument doux, comme s'il venait de m'offrir un cadeau inestimable. Rencontre banale en quelque sorte, comme toutes le sont apparemment, aujourd'hui, et dont le vrai sens s'éclaire soudain. Une personne imprime son allure décidée, inébranlable, dans le reflet des vitrines de magasins : c'est moi ! Myriam Louria ! Elle me semble si différente, si libre à présent, que pour comparaître en sa présence, je dois acheter une robe qui lui couvrira les genoux. Mais j'ai sous les yeux, à la devanture de « Occasions et Nouveautés » un bouquin dont le titre parle à ma curiosité : *Le Deuxième Sexe.* Je l'obtiens pour trois fois rien, la couverture part en lambeaux et je vais me promener le long de la corniche du Nil, à l'ombre des banians.

Je marche longtemps sous les arbres. Les branches sèches égratignent les épaules et le cou. Un fil d'araignée se pose si doucement sur ma joue qu'il fait lever l'image d'un être minuscule aux traits indistincts et il me semble que ce n'est pas un fil d'araignée qui me chatouille la joue, mais lui, Édouard, mon petit frère qui va naître dans moins de deux mois. On s'en fait des idées !

Je descends vers le pilotis où est amarrée une barque. Les gens assis, en groupe, sur le bord du fleuve bavardent, pêchent, font griller du maïs sur le brasero. Ils mettent leurs pieds à rafraîchir, l'eau boueuse s'accepte comme un cadeau. Les laveuses font des vagues en frottant leur pièce de linge. Elles sont gaies et légères comme une bulle de savon. Elles chantent des chansons purifiées par l'écho que renvoient les rives. Elles sont capables de travailler toute la journée. On dirait qu'elles lavent le linge de toute la ville, qu'elles se battent pour maintenir propre l'âme de ses millions d'habitants.

Je m'adosse au talus. J'ouvre avec une hâte délicieuse mon bouquin. « La femme, c'est bien simple disent les amateurs de formules simples : elle est une matrice, un ovaire ; elle est une femelle ! » Ça commence mal ! Je saute par-dessus une centaine de pages et nouvelle déception ! Il ne s'agit pas d'un roman sexuel, pas du tout d'un roman d'ailleurs. On dirait un cours de sciences naturelles tenu, dans une langue assez sale, par une femme qui, regardant à la loupe l'intérieur de son corps, ne le trouverait pas digne d'elle. Qu'elle en soit dégoûtée ne me surprend pas vraiment. Les menstrues, comme dit cette Simone, sont un fléau de la nature, je suis d'accord. De là à les étaler en public ! À en barbouiller des centaines de pages alors qu'une simple remarque de Zanouba suffirait : « Le sang des femmes est une maladie noire, aussi noire que la lune quand elle tourne le dos au soleil. » Une affaire entendue, n'en parlons plus, j'ai faim.

Au-dessus de ma tête résonnent les bruits de la grande fête qui s'appelle « manger ». J'escalade le talus. J'achète du maïs grillé et une double portion de nouilles sucrées à la cannelle. Je les emporte vers la gare Bab-el-Luk, on y vend les meilleurs cacas chinois du monde. Je m'installe dans la salle d'attente, sur une banquette libre, sous l'horloge. Les aiguilles vont à une allure de tortue. Je m'ennuie tellement, malgré ce sentiment de liberté tout neuf, que je propose à une petite vieille, noire comme une puce, de l'aider à mettre ses bagages dans le train.

L'air sent la fumée, on entend les cris féroces des porteurs qui se disputent les chariots à bagages. Les voyageurs et les personnes venues les saluer répètent toujours les mêmes paroles comme s'ils n'avaient pas pu s'entendre jusqu'à présent. Écris plus souvent, ne m'oublie pas, reviens vite, sois prudent... Il y a dans les départs quelque chose de réellement émouvant. Les uns partent pour quelques jours seulement, les autres pour des mois peut-être, tous s'arrachent, dirait-on, à jamais à leurs amours qui restent sur le quai mélancolique. La locomotive pousse un cri déchirant et mon imagination, obsédée par la pensée de madame Garnier, met son visage et ses vêtements sur une femme qui, au bout du quai, agite son mouchoir.

III

« Tu reviens déjà de l'école, dit Zanouba, si tôt ?

— On nous a fait sortir plus tôt. La maîtresse était malade. »

Le téléphone sonne au salon. Le temps de traverser le corridor, mon père a déjà raccroché. J'ai un coup au cœur en l'apercevant debout, qui me regarde entrer au salon. Du premier coup d'œil, je comprends qu'il s'est entretenu avec madame Garnier et que mes affaires sont en mauvaise voie. Je serre les dents, prête à la lutte.

« J'ai reçu un appel bizarre, me dit mon père avant même que j'aie ouvert la bouche. Un coup de fil auquel je n'ai rien compris. Va me chercher Zanouba, elle m'expliquera peut-être.

— Ce n'est pas la faute de Zanouba, tout est de ma faute à moi, papa, tout, oh, si tu savais comme je regrette !

— C'est toi qui as fait entrer ce type ? Je t'interdis de te mêler aux domestiques, tu m'entends ! Madame Aghion avait raison ! Quelle époque ! Depuis quand les boniches reçoivent-elles des visites personnelles ? »

Je détourne la tête pour cacher la joie qui éclate dans mes pensées. Une joie florissante comme le crime dont on dit, à tort, qu'il ne paie pas ! Une joie pareille, je ne peux plus la garder secrète. Je saute au cou de mon père, je l'embrasse avec fureur.

« Papa, je t'aime, pardonne-moi, mais je t'aime depuis longtemps tu sais. J'aime tout en toi, ton front, tes lèvres, ta figure tellement intelligente, oh pardonne-moi, je t'aime à en mourir.

— Je te pardonne, voyons, mais arrête, arrête de me lécher, tu n'es plus un bébé quand même.

— Et toi, tu m'aimes ? Tu m'aimerais même si j'avait fait quelque chose de terrible ? Prouve-le, dis un mot qui me prouvera ton amour éternel. Juste un mot.

— Un mot ? Eh bien : boumboumtralala... Ça te

va ? Et maintenant va me chercher Zanouba. Je vais lui passer un savon dont elle se souviendra. »

Je n'ai qu'un pas à faire. Zanouba se trouve dans le corridor, à écouter derrière la porte du salon et, bien qu'elle ne comprenne pas le français, elle paraît tourneboulée. Elle presse sur son cœur la peau de chamois avec laquelle elle est censée astiquer le loquet de la porte du salon.

« Papa est fou de colère, je ne sais pas pourquoi. À mon avis, la vieille Aghion a tout découvert.

— Peut-on découvrir ce qui n'existe pas ? Toi, attends un peu, tu vas voir ! Je te couperai en morceaux, toi et tes bavardages ! »

Elle brandit la peau de chamois et, poussant un « han ! » féroce, elle me la jette à la figure comme pour, effectivement, me couper la tête ou le bras. Son geste éveille en moi un sentiment de fierté, en voilà une qui ne se laisse pas marcher sur les pieds ! Je ramasse la peau de chamois pour montrer que je me range résolument à ses côtés. Je suis, comme toujours, du parti des faibles contre les forts. Mais Zanouba ne m'en sait pas gré. Elle m'écarte et, avec fracas, elle ouvre la porte du salon.

« Tu as besoin de quelque chose, monsieur Nessim ?

— Moi ? Je ne crois pas, non. Madame est arrivée ? »

Mon père se dirige vers la table de trictrac dont l'échiquier est constamment garni de figurines. Il déplace un pion, redresse l'autre, soupire. Il va s'asseoir sur le canapé. Il ouvre un magazine, sort de sa poche un crayon, se met à lire. Zanouba patiente trois secondes et elle hausse les épaules comme seuls savent le faire les êtres harassés qu'on dérange pour un oui pour un non. « Madame est arrivée ? » répète mon père au moment où elle tourne les talons et il se remet à sa lecture. Il lit attentivement le *British Chess Magazine* dont chacune des pages, sans exception, propose un échiquier couvert de signes parfaitement incompréhensibles. De temps en temps, il lève les yeux sur les fenêtres ouvertes ou vers le bouquet de fleurs placé sur la table, puis abaissant son regard sur une page, il y note je ne sais quoi de terriblement délicieux car ses lèvres s'entrouvrent comme pour le baiser.

ZANOUBA

Des maisons étrangères, j'en ai connu pas mal, une demi-douzaine sans compter celle où je me trouve aujourd'hui. Je sais maintenant ce que coûte chaque piastre qu'on y gagne. Comme partout du reste. Les étrangers ont en eux du bon et du mauvais, une même maman humaine nous a mis au monde.

J'ai réussi à décrocher mon premier emploi chez les roumis grâce à une femme rencontrée par hasard. Je l'avais remarquée dans le tram, un jour que le contrôleur lui jetait à la figure des grossièretés. Je n'avais pas non plus mon ticket, nous sommes descendues ensemble et la sympathie est née. Je lui ai raconté ma vie avec ses tristesses et ses larmes. Elle m'a dit : « La vie a fini, oh ma sœur, de t'emmerder. » Ses patrons cherchaient une dada pour s'occuper des enfants. Quand je lui ai dit ne rien connaître à ce genre d'enfants, elle m'a appris le baratin à servir dans ces cas-là. Comme quoi je m'étais souvent employée chez les étrangers, que leurs gosses étaient ma spécialité, ma joie, mon adoration et ainsi de suite.

La leçon a porté ses fruits et je me suis retrouvée engagée. Au début j'ai été de surprise en surprise. Quel genre de maîtres était-ce là ? Pâles de la tête aux pieds comme si le soleil n'existait pas. Pâles comme si dans leurs veines coulait de l'eau et non du sang, avec des sourcils transparents et un estomac fragile. Leur estomac ne supportait rien des bonnes choses qu'on trouve au Caire. Les fèves, les oignons, l'huile d'olive, l'ail, même l'ail si heureux pour la circulation du sang, les rendaient malades. Le porc, ça allait, quelle honte ! et arrosé de vin par-dessus le marché. Ils buvaient beaucoup en allumant cigarette sur cigarette. Même la maîtresse s'entourait de fumée du matin au soir. Une jeune dame pourtant, très soignée dans sa toilette. Au début, je ne saisissais pas clairement le sens de ses paroles. Me lançait-elle un ordre ou me posait-elle une question ? Je tendais mon esprit pour savoir si elle se fâchait contre moi, ou bien si elle n'avait pas simplement mal à la tête. Elle s'adressait à moi en arabe, la mère des langues. Mais elle le parlait de telle façon que, partagée comme j'étais entre l'impuissance et le rire, je n'arrivais pas à me concentrer. Je prétendais être dure d'une oreille, ça l'agaçait, mais si j'avais ri, elle m'aurait sûrement donné mon compte. Je me sentais humiliée quand elle croyait devoir m'expliquer l'usage d'un appareil à concasser le café, par exemple, ou à moudre la viande hachée. Et quoi encore ? M'apprendre à distinguer mon coude de mon cul ? Ce que j'ai pu supporter avant que cette maîtresse admette que je n'étais pas une bourrique... !

Au bout d'un certain temps, j'ai appris à connaître les roumis. Je comprenais leur comportement mais je ne l'approuvais pas. Pourquoi ? Tu veux toujours tout savoir. Dieu a donné à l'oiseau deux ailes et non pas quatre, parce que deux ailes suffisent pour voler. Je n'approuve pas, par exemple, qu'on mange du porc à la sauce au vin. Je n'approuve pas qu'on bafoue la religion, quelle qu'elle soit. Voilà un peu les roumis ! Les gens gâtés par la fortune n'ont probablement aucune idée du vrai Dieu. Lorsque les cloches de leur église sonnaient, juste en face de la maison, ils fermaient les fenêtres pour ne pas les entendre. Chez eux, à ce qu'ils en disaient, la neige assourdit tout bruit, même celui des cloches. Le bruit que faisaient les enfants leur était également insupportable. Ils en avaient deux. Une fille de ton âge, elle réussissait bien à l'école, et un petit bout de garçon. Un an à peine et déjà à me réclamer tout le temps, à ne pas pouvoir se passer de moi. Je le faisais manger, je le baignais, je le couchais, je le berçais dans mes bras la nuit lorsqu'il criait. S'il avait la fièvre, je ne vivais plus. Je ne vivais que pour ces cheveux blonds, ces fesses potelées, ces menottes roses qui se nouaient sincèrement autour de mon cou. Mon amour s'était fixé sur ce garçon, comme si la chair de mes frères, perdus depuis si longtemps, se prolongeait en lui. Cet enfant, je l'aimais à la folie, c'est justement ce qu'il ne faut pas faire. Car les étrangers s'en retournent dans leur pays et ils emmènent avec eux leurs enfants.

Ils sont partis et l'abeille de l'affliction m'a piqué le cœur. Je me sentais comme un arbre arraché pour être replanté ailleurs. Je me suis dit : Évite les étrangers, oublie-les comme ils t'ont oubliée.

J'ai trouvé du repassage à faire dans une blanchisserie de la rue Champollion. Une étuve, surtout que l'été s'avançait, et le mal de reins et le maigre salaire. J'en ai pris mon parti, faute de mieux, malgré les taches qui dansaient devant mes yeux. « Tu t'habitueras comme nous », disaient les autres filles et c'était vrai. Surtout qu'on rigolait bien ensemble, dès que le patron tournait le dos. Un sale bâtard de pute celui-là. Dès qu'il arrivait, le diable agrandissait son enfer. Il m'a surprise un jour que je lavais mes propres culottes. Il s'est mis à hurler : « Comment, tu laves tes culottes avec mon eau ? Avec mon savon ! » Il s'est dédommagé en retirant vingt piastres de ma journée. Je suis retournée chez les étrangers.

CHAPITRE XIV

MARA

I

J'ai l'impression de n'avoir pas fermé l'œil de toute cette nuit, ni de la précédente d'ailleurs, quand mes oreilles m'avertissent que Zanouba s'apprête à entrer dans ma chambre. Dans dix secondes, elle va aboyer : « Debout, debout, le soleil est levé lui, il est levé ! » Et alors ? Je ne comprendrai jamais pourquoi elle tient tellement à m'envoyer là où je ne veux plus aller. Je tousse jusqu'à irriter ma gorge et tousser pour de vrai. Étant de ceux qui se prennent à leurs propres mensonges, je vais sûrement tomber malade. L'idée de reparaître devant madame Garnier m'ôte mes dernières forces. Je tremble comme font les pécheurs au jour du Jugement dernier. Quatre jours se sont écoulés depuis l'affaire du faire-part, autant de gagné, mais je n'ai aucune raison valable d'espérer un miracle. Tôt ou tard il faudra avouer la vérité : C'est moi qui ai tué mon petit frère avant même qu'il soit né ! Voilà le genre de vérités auxquelles je n'ai jamais su faire face. Je ne supporte pas d'être dévoilée, confondue, humiliée en public, ni en privé d'ailleurs. Je ne pleurnicherai pas. Je ne demanderai pas pardon. Toute la classe, mon Dieu, toute la classe se gaussera de moi. Je prendrai ma revanche à la récréation. Je casserai la gueule à la première qui rigolera. Les autres lui porteront secours. Je les massacrerai. À cause du nombre, elles auront le dessus. Je perdrai la face. Elles me mépriseront, quelle importance ? Est-ce que je les estime, moi ? Non, ce qui me trouble est d'un ordre plus profond. Ma vie. Elle a changé du tout au tout. Elle s'est trop compliquée ma vie, j'ai totalement perdu la faculté de la diriger.

Je quitte l'appartement à l'heure obligée. J'ai revêtu mon uniforme d'écolière, j'ai pris mon cartable et toute la monnaie dont mon père se soulage, le soir, dans une coupelle de cuivre. Où aller maintenant ? Que faire ? Quel est le nom du crétin qui a décrété que les cinémas ne joueront pas en matinée ?

Je m'arrête devant les magasins, les affiches de cinéma, les cochers qui promettent un tour de fiacre pour moins de trente piastres. Je cours derrière un attelage et nous voici, lui devant, moi derrière, rendus devant la mosquée d'El Azhar. Les touristes prennent en photo des morceaux de misère exotique. Un mendiant, très digne, dans la guenille qui a été un uniforme de l'armée britannique... Le sein, pareil à un sac ballant, auquel s'accroche un enfant de trois quatre ans... Une chose humaine pliée en deux, le buste jeté entre les jambes, la tête remuant comme une grosse tortue privée de carapace. De quelque côté que l'on se place, le spectacle est atroce, la vie ignoble et il y aura la guerre.

Lorsque j'ai suffisamment épuisé mon indignation et le temps, je retourne vers les quartiers qui ne souffrent pas de la saleté, de la faim, des canalisations crevées d'où s'échappent des eaux rouillées. En passant devant la devanture du café Groppi, j'ai la surprise d'apercevoir ma mère. Elle se tient attablée contre la vitre, face au store à demi baissé. Auprès d'elle se trouvent tante Lili, madame Rosette Cohen sa partenaire au bridge et une troisième dame dont le dos ne me dit rien. Toutes quatre jacassent et rient à en perdre haleine. Elles s'arrêtent, sérieuses soudain, pour enfourner de bonnes choses. Tout ce qu'elles savent faire : papoter et s'empiffrer. Des petits roulés au fromage, la spécialité de l'endroit, ou des macarons aux amandes, à moins que ce ne soit un millefeuille. Du sucre fin barbouille la lèvre supérieure de ma mère. Elle paraît moustachue et plus grosse encore derrière la vitre qui fait loupe. Sa lourde poitrine, que je vois se dessiner sous le corsage qui lui bride le cou, soutient plusieurs rangs de perles. Ses seins ballottent férocement quand elle se penche sur sa tasse. C'est que le septième mois de grossesse interdit le port du corset. Son ventre lui remonte jusqu'aux seins de façon indécente. Elle a pourtant un air de grande honnêteté. Les yeux clairs, la chair calme et très lente. Une mystérieuse langueur s'épanouit sur son visage. C'est la sérénité, la profonde satisfaction de la gardienne d'un trésor dont la révélation éblouira le monde.

II

Au moment où j'arrive rue Hoda Charaoui, je vois passer une compagnie de soldats. Elle tourne au coin de la rue Mohammed Sedki, atteint le consulat britannique et s'arrête. Les soldats forment les faisceaux. Ils s'appuient contre les murs du bâtiment et commencent à rouler des cigarettes. Je m'approche et, mine de rien, je cherche une chose dans mon cartable. Le planton du consulat britannique demande à un soldat ce qui se passe. Celui-ci répond en rigolant : « C'est la fin de ton boulot, mon brave homme ! As-tu du feu ? » Le planton me répète les propos du soldat et retourne somnoler dans sa guérite.

À quelques mètres seulement de là, un inconnu grand et maigre. Il avance derrière moi. Je me précipite vers notre immeuble, l'inconnu presse le pas. Il marche, courbé en avant, les pans de son veston se soulèvent, son bras retient sous l'aisselle une chose effilée et luisante comme un poignard. Je cherche désespérément le commutateur quand l'inconnu armé d'un poignard pénètre sous le porche. Je crie quand, soudain, ce n'est plus un inconnu et un poignard, mais mon propre père portant sous le bras un rouleau de papier bleu.

« Qu'est-ce qu'il y a ? Je t'ai fait peur ?

— Toi, sûrement pas ! Tu as vu ce qui se passe autour du consulat ?

— J'ai vu. Et alors ? Quelques soldats ! Des manœuvres, une parade, rien du tout ! Tu as fait quoi à l'école aujourd'hui ? Tu as bien travaillé, j'espère. »

Depuis la fenêtre de ma chambre, on voit les palmiers qui couronnent la terrasse du consulat britannique. Notre rue a repris son aspect normal. Les magasins de fausses antiquités font marcher l'électricité et les postes de radio. La terrasse du café, en face de notre immeuble, est bondée. À leurs places, sous la tonnelle, les habitués fument la pipe à eau. Ils aspirent chaque gorgée à grand bruit. Là-dessus la nuit tombe, faisant du noir à toutes les fenêtres.

III

Je suis restée trop longtemps à regarder briller les becs de gaz. L'air a fraîchi. J'ai des frissons. Je grelotte, cela n'est pas pour me déplaire. C'est grâce à la maladie que j'ai toujours eu la permission de faire tout ce qu'il m'a plu. Tandis que j'espère l'appendicite ou mieux, le choléra qui me vaudra une quarantaine, j'aperçois le zabet Aboul Nour. Il marche sur le trottoir, en face de notre immeuble. Il marche d'un pas militaire, triomphant, la normalité de la rue en est bouleversée. Il lève la tête vers notre étage, traverse la rue, quel sale vent l'amène ? D'habitude, le zabet Aboul Nour exerce son chantage au café Moschini, durant la partie d'échecs, jamais encore il n'a eu le front de venir harceler mon père à domicile.

Je cours ouvrir avant que Zanouba ne sorte de la cuisine.

« Ah vous voilà, vous ! Dommage, mon père n'est pas à la maison. »

Le zabet Aboul Nour m'adresse un large sourire intimidé. Il tient à la main son képi et ses grandes oreilles ont un aspect rose, très doux, duveteux, on le dirait flanqué d'une peluche de chaque côté de la tête.

« Papa est sorti, je vous dis, il n'y a que moi à la maison.

— Ça te ferait mal d'être un peu polie ? dit mon père. En quel honneur, cher ami ? En tout cas, c'est un plaisir.

— Si c'était en mon pouvoir, soupire le zabet. Pardonnez-moi, mon cher Nessim, de vous déranger, mais l'amitié m'a donné des ailes. Je ne suis pas philosophe, mais vous vous souvenez de ce que je vous ai annoncé...

— Je m'en souviens, fait précipitamment mon père, je m'en souviens bien sûr !

Mon père invite le zabet à le suivre dans son bureau et s'avisant de ma présence me claque sa porte au nez.

Les trous de serrure ne sont pas faits pour les chiens !

Le zabet est assis derrière le bureau, à la place de

mon père qui, resté debout, donne les signes de la plus vive inquiétude. Il circule par à-coups dans la pièce. Quand il ne marche pas, il saisit un coupe-papier et d'un air incrédule le contemple. Le zabet parle bas. Mon père tourne entre ses doigts le coupe-papier comme s'il le voyait pour la première fois. Lorsqu'il baisse les yeux vers le zabet, son visage se fige en une expression tantôt tourmentée, tantôt humble, comme s'il quêtait une approbation. Un délai plutôt. À quel sujet ? Je devine que, comme moi-même, mon père s'épouvante de la somme exigée par son maître chanteur, d'où le délai demandé, d'où la nécessité de s'incliner devant cette face impitoyable... Le monde doit s'incliner devant le zabet Aboul Nour, tout le monde, même mon père !

Quand j'étais petite, autrefois, je croyais en la toute-puissance de mon père, en son infaillibilité. C'est un être faible et lâche, en réalité, tant dans les combats qu'il doit mener contre ses ennemis que dans ceux qu'il doit livrer contre sa propre faiblesse.

IV

Zanouba annonce que le dîner est servi lorsque madame Aghion vient cogner à notre porte. Mon père dissimule mal sa surprise à la vue des pieds de notre voisine, nus dans des savates. Elle presse son sein gauche et halète comme si un oiseau énorme était pris au piège dans sa poitrine et se cognait à en mourir.

Mon père la fait asseoir au salon où, après avoir repris souffle, elle entame un récit assez embrouillé.

Madame Aghion a dans la ville d'Alexandrie un frère télégraphiste qui pratique dans le morse. La pêche aux informations secrètes, c'est-à-dire, le langage codé. La radio sans paroles, quoi, la folie du télégraphiste. Des jours et des nuits passés à capter les vibrations du monde. Une musique, plus besoin d'autres distractions. Et alors ? s'impatiente mon père. Alors, dit madame Aghion, son frère a téléphoné d'Alexandrie. Elle a décroché bien sûr, puisque Tania, la pauvre ne peut même plus soulever un bras. Allô, allô, qui est-ce ? Qui est au téléphone ? La foudre, un vrai coup de tonnerre ! « L'orage ou de la friture ? » ironise mon père. La foudre, parfaitement ! La guerre ! Madame Aghion se rengorge : son frère est capable ! Le message qu'il a capté par hasard, mais entre nous, est-ce que le hasard existe ? le message donc signale des avions, beaucoup d'avions israéliens qui volent au-dessus du Sinaï. Mon père dit que cela n'a rien d'anormal : Les avions sont faits pour voler ! Et le blakoute en morse, rétorque madame Aghion, le blakoute, il est normal lui aussi ? Mon père la dévisage d'un air effaré, le blakoute ? Il part d'un grand éclat de rire. « Mes compliments, madame Aghion, je ne savais pas que vous parliez anglais. » Ma mère fait irruption au salon.

« Le couvre-feu, madame Aghion ? Qu'est-ce qui se passe ?

— La guerre ! Fini, elle arrive. Je l'ai vue. Comment se porte le bébé, ma chère Ada ? Tant mieux, tant mieux. Qu'est-ce que je disais ?... Les Arabes ! Les Arabes encerclent le consulat britannique. Fini, les Anglais sortent, ils meurent !

— Dans ce cas, dit mon père, ils n'ont qu'à rester chez eux.

— Après les Anglais, les juifs ! Notre tour viendra ! Les Arabes vont monter piller comme durant l'incendie du Caire. Les tapis, les bijoux, les draps de lit de Hollande, les tableaux, tout, ils prendront tout ! Et la petite aussi, quel malheur, Mara ! Je fais les cornes sur ton innocence ! Qu'est-ce que j'étais à ton âge ? Une petite merveille comme toi !

— Madame Aghion, un bon cœur comme vous il n'y a pas, dit ma mère, mais il ne faut pas exagérer. Je plains les démons qui oseraient s'en prendre à la petite merveille. Voulez-vous partager notre dîner ?

— Ni si je meurs ! Qui pense à s'empiffrer quand vient la fin du monde ? Gens humains qu'ils disent qu'ils sont ! Ni même des fauves sauvages ! Ils aiment le viol. Et si on crie, ils font le tam-tam pour tout couvrir !

— Mes oreilles en tremblent déjà ! dit mon père.

— Quoi ! la plaisanterie tout le temps ? dit madame Aghion. C'est quoi ça, de l'humour, de la muflerie, de la bêtise ? Vous avez tort, Nessim, croyez-moi, vous avez tort de me prendre à la légère.

— Tu as tort, Nessim, reconnaît ma mère. Ne vous fâchez pas, madame Aghion, prendrez-vous un café ? Du sirop d'orgeat, une tisane ?

— Une tisane ! Peuh ! ! ! Est-ce que je serais montée vous déranger pour une tisane ?

— Dans ce cas, dit mon père, nous allons passer à table. Je ne vous chasse pas, madame Aghion, mais le riz souffre quand il est trop cuit.

— Il n'y a pas pire que le riz trop cuit, j'explique pour atténuer la discourtoisie de mon père, de la pâte à colle ! À propos, ce type-là, votre boy, comme il s'appelle déjà ? Il fait bien la cuisine ? »

Madame Aghion devient toute pâle.

« Chamrouk, mon Dieu, j'avais oublié... Vite, vite, je vais l'envoyer sortir... Avant le blakoute... Le papier bleu, il faut du papier bleu pour les fenêtres... Il en trouvera encore ?... les magasins... Est-ce que les magasins sont ouverts à cette heure ?

— Ils sont, dit mon père, mais rien n'arrivera, tout s'arrangera ! Et les aveugles continueront à guider les aveugles et les sourds à se lancer des avertissements les uns aux autres... Que la nuit vous soit douce, madame Aghion. Revenez quand vous voudrez, mais pas avant demain.

— Ni demain ni jamais, crie d'une voix stridente madame Aghion ! Soyez tranquille, monsieur Louria, et sa voix se brise, soyez tranquille, je ne remettrai plus jamais les pieds dans cette maison ! »

Une bouffée de colère la propulse jusqu'à la porte du salon. Elle agite ses vieilles mains fragiles, un éventail, on y voit à travers, et se sauve dans un dernier éclat de voix.

Les maisons des roumis paraissent toutes semblables aux yeux des Égyptiens. Elles ne le sont pas pourtant. Les juifs, par exemple, ont beau adopter les coutumes des roumis, ils ne peuvent se défaire des manières de leur pays natal. Ils crient entre eux, ils s'insultent, ils sont à eux-mêmes des ennemis. Ils vivent sous le signe de Caïn. C'est un mal, mais c'est aussi un bien. Il signifie que tous les hommes se ressemblent, nous sommes tous issus d'Adam à qui Dieu a insufflé Son souffle vivant.

Les premiers maîtres juifs que j'ai connus étaient des gens âgés et très calmes, pour des juifs je veux dire. La paix régnait dans leur maison. Ils n'avaient pas d'enfants, et mon travail s'en trouvait allégé. Le monsieur était sourd et la dame ne voyait plus très clair. Et avec ça qu'ils pouvaient à peine marcher, je disposais à ma guise de l'argent des commissions. Le monsieur m'avait conseillé de répartir les billets dans différentes enveloppes. Une blanche pour les légumes, une bleue pour la viande et ainsi de suite. Un excellent système qui, depuis, m'a bien servi. Quand j'allais faire les courses, rue Champollion, ma maîtresse me disait : « Prends bien le bon air, Zanouba, et conserve donc la monnaie. » Jamais un reproche ou une remarque déplacée. Quand je cassais un verre, elle ne criait pas après les morceaux de cristal. La difficulté, la seule en vérité, consistait à ne pas mélanger n'importe comment la vaisselle. Les plats à viande devaient être rangés dans une armoire, les autres allaient dans le placard réservé au lait. Pourquoi faire tant d'embarras ? Parce que la religion des juifs les y oblige, ils ne peuvent faire autrement que quand ils ont cessé d'être des juifs. Qui sont les juifs ? D'où viennent-ils ? Je posais mille questions et mes vieux maîtres me répondaient avec bonté. Les juifs étaient le peuple élu de Dieu. Dieu leur avait écrit la Bible, un livre semblable à notre Coran. Dieu les avait fait sortir d'Égypte où ils étaient des esclaves. Dieu leur avait donné une terre comblée de richesses, puis Il les en avait chassés à cause de leurs péchés. Il avait fallu des centaines de siècles avant que Dieu autorise les juifs à retourner en Palestine. Et encore, pas facilement. Il avait fallu une guerre pour que la Palestine soit rendue au peuple élu. Ce n'est plus la Palestine, tu as raison, c'est Israël maintenant, mais arrête de m'interrompre. Qu'est-ce que je disais... L'histoire de ce peuple élu me paraissait bizarre, après tout il n'y a qu'un Dieu et tous les peuples sont ses enfants, mais j'avais plaisir à l'entendre. D'échanger des idées, tout en travaillant, enflamme l'imagination et éveille l'esprit. Je raisonnais avec mes patrons : « Très bien, vous avez maintenant un pays bien à vous, depuis l'année dernière, pourquoi vous n'allez pas chez vous ? » Mais leur pays c'était l'Égypte, ils y étaient nés, alors ils l'aimaient avec ses défauts et ses qualités. Ils l'aimaient d'autant plus que l'Égypte aussi était l'œuvre du Dieu d'Israël, le créateur du monde entier. Dieu avait créé le monde en cinq jours, avec le soleil et les étoiles, la terre et la mer, les poissons, les oiseaux, les moustiques. Puis le sixième jour, Dieu avait créé l'homme en le dotant d'une vertu unique : la possibilité de distinguer entre le bien et le mal. Une affaire entendue : le Coran ne disait pas autre chose. Une chose pourtant me demeurait obscure dans la religion des juifs. Leur façon de se couper de la lumière, le samedi : de débrancher l'électricité, la radio, le frigo, le bouton de sonnette. De ne pas appeler le docteur s'ils tombaient malades. D'attendre au dimanche pour savoir s'ils allaient crever. Une fois, j'avais dû quand même aller chercher le docteur. Ma maîtresse vomissait à rendre l'âme. J'ai sauté dans un taxi et arrivée à la maison du docteur, je me suis fait engueuler comme du poisson pourri. C'était un juif, tu comprends, et monter en taxi, un samedi, ne lui plaisait pas du tout. Il m'a suivie parce que sinon je lui aurais arraché la barbe. Et tu sais comment il est reparti chez lui, une fois son travail terminé ? À pied ! À pied et en sueur durant des kilomètres et des kilomètres ! Et avec ça qu'il avait promis de revenir avant la fin de la journée ! Je rigolais, je rigolais pas mal chez ces maîtres-là. Leur mal, puissent-ils vivre cent ans, je le prenais sur moi ! J'aimais vivre à leurs côtés, c'est-à-dire, je m'étais habituée à eux. De bons maîtres vraiment, n'était leur odeur de vieux collée à ma jeunesse. « Zanouba, pour qui te gardes-tu ? me disait le portier, seul le temps te passe dessus. » Une vérité désagréable à entendre, mais le portier me déplaisait tout autant.

Un jour, le portier est monté me prévenir qu'un fellah me réclamait au bas de l'immeuble. En le voyant, misère de moi, j'ai senti la terre trembler. Elle tournait, elle tournait sans arrêt et au moment où j'allais tomber, mon beau-père m'a retenue dans ses bras. J'avais si peur que ma vessie s'est relâchée. J'ai serré les jambes et j'ai appelé au secours. Mais vu que le portier ne se dérangeait pas, j'ai baissé le ton. J'ai demandé à mon beau-père comment il avait fait pour me retrouver. Il m'a répondu : « Est-ce toi, Zanouba ? Est-ce bien toi ? » Il semblait étonné, encore plus étonné que moi ! À son regard, j'ai compris qu'il cherchait à se souvenir d'une petite fille. Il cherchait, il cherchait, il ne voyait pas. Étais-je devenue si différente ? Une vieille femme ? J'allais à peine sur mes vingt-cinq ans. Lui-même avait pas mal changé. Où était passée la noirceur de ses cheveux, la largeur de ses épaules, la violence de son verbe ? Le vieux loup s'était fait agneau. Il m'a dit : « Ne crains rien. Je voulais m'assurer de ta santé et te tranquilliser sur celle de tes frères. » Tout le temps où il m'a parlé de mes frères, de Karima qui avait donné naissance à une fillette, son regard explorait mon visage. Un regard rempli de déception et de regret. Une chose était sûre. La femme que j'étais devenue n'enchantait plus ses yeux. Il s'en chagrinait, le pauvre, comme d'un amour mort, et j'en ai remercié Dieu. Un homme dont la passion s'est éteinte ne cherchera plus à vous nuire. Mais sait-on jamais ? Mon beau-père m'a quittée en me faisant promettre d'aller passer une semaine ou deux au village. J'ai promis et au même moment j'ai décidé de brouiller la trace de mes pas. J'ai mis au point une histoire qui tienne debout. J'ai raconté à mes patrons que voilà, je devais retourner au village pour me marier. Ils m'ont couverte de compliments et de cadeaux. Je leur étais si chère qu'ils en auraient pleuré. Je suis partie à regret également, en leur laissant l'adresse d'un village qui n'était pas le mien.

Par la suite, j'ai beaucoup pensé à eux. J'y pensais chaque fois que je plaignais ma vie accablée de peines et dénuée d'affection. L'envie de les revoir me prenait puis elle passait. Une fois, l'envie m'a débordée. C'était un vendredi, je crois, oui, puisque rendue au cinéma Odéon, je n'avais pas pu y entrer. La salle avait brûlé dans l'incendie du Caire et je me suis fait la réflexion qu'au bout d'un an, tout de même, les travaux auraient pu avancer. J'avais devant moi trois bonnes heures de liberté. L'idée m'est venue de marcher jusqu'à la rue Champollion. Une idée si simple que je me demandai comment je ne l'avais pas eue plus tôt.

Les ombres du soir tombaient sur l'immeuble de mes anciens patrons. À leur étage, les persiennes étaient fermées. Leur boîte aux lettres, la première en partant de la gauche, était à moitié arrachée. Il en sortait un tas de vieux papiers. Toutes les boîtes, en vérité, avaient été défoncées. L'escalier que j'avais connu si propre sentait la pisse de chat. Le portier ronflait sous la cage de l'escalier, comme autrefois, sauf pour la couche de poussière sur laquelle il dormait à présent. Un heureux dormeur, quoi ! Mais à part son caractère, tout avait changé. « Il n'y a plus de juifs ici, m'a dit le portier, les juifs sont partis et moi, comme tu vois, je reste pour surveiller les meubles qu'ils ont laissés. » Partis où ça ? Quand ça ? « Six mois, un an peut-être, est-ce que je sais ! il a dit. Les émeutes leur auront fait peur, tes maîtres étaient vieux ! Ils ont filé ou alors on les aura chassés ! Mais à quoi bon remuer le passé, nous sommes entre les mains de Dieu ! Le principal est que tu te portes bien ! » Il s'est recouché et un petit moment après il dormait.

J'ai grimpé l'escalier et, sans penser plus loin que l'habitude, j'ai cherché la clef dans ma poche... Mais c'était autrefois, loin, très loin dans le passé. La porte dont j'avais eu la clef était barrée par une chaîne de cadenas. J'ai appuyé sur la sonnette, une fois, deux fois, par pure bêtise. En collant mon oreille à la porte, j'ai entendu sonner l'horloge de l'entrée. C'était une vieille horloge. Elle comptait l'âge de quelqu'un, se trompait dans ses comptes et recommençait à compter.

Deuxième partie

Mercredi 31 octobre 1956

Mon journal intime commence ici, par la date et l'heure. Il est minuit. Je me sens terriblement réveillée. La guerre est une grande nouveauté pour moi. Zanouba est remontée dans sa chambre. Mes parents sont couchés depuis longtemps. Mon cher journal, tu seras le témoin de mes souffrances. Madame Aghion est finalement beaucoup moins toquée que je ne croyais. Ses prédictions se réalisent de bout en bout, sauf sur un point : le bon n'est pas forcément celui qu'on voudrait. C'est Israël « le prétendu État hébreu » comme on dit à la radio, qui a attaqué en premier. Et de nuit ! Quelle lâcheté ! J'essaie de me représenter des avions remplis de juifs, rien que des juifs, en train de balancer des tonnes de bombes sur les populations innocentes. Et pour quoi faire ? Pour occuper un canal de trois fois rien !... Un canal qui, en plus, ne vous appartient pas ! Dans ce cas, je ne vois pas pourquoi les Arabes n'iraient pas occuper le lac de Tibériade ! Je plaisantais bien sûr, ça méritait une gifle ? Ma mère n'est plus à prendre avec des pincettes. Hier, elle a piqué crise sur crise. Elle a lancé son tricot en direction du poste dans lequel Nasser tonnait contre les grandes puissances dominatrices. Se sentirait-elle visée ? Je plaisantais, bien sûr, j'ai reçu une deuxième gifle ! La guerre a ceci d'appréciable qu'elle fait tomber le masque derrière lequel certaines personnes dissimulent la méchanceté de leur cœur. J'ai crié : « Vive la guerre. À bas la paix. » Toute la famille réunie, Zanouba comprise, m'a considérée comme un animal dénué de sensibilité et d'intelligence. Zanouba pense qu'au lieu de m'envoyer à l'école, mes parents feraient mieux de me mettre une selle sur le dos. Je leur rapporterais au moins le prix du fourrage. De toute façon, les écoles ont fermé. Quelle jubilation ! Tous les quarts d'heure, la radio interrompt son programme et appelle les jeunes à se porter volontaires avec enthousiasme. À la fin des discours, les mises en garde pleuvent contre les espions aux grandes oreilles. Ils ont sept visages selon Zanouba, maudit soit le vagin qui les a mis au monde ! Vrai ou faux ? Je n'en sais rien. En tout cas, il faut prendre ses précautions. Le papier bleu de cobalt, c'est son nom, ne se laisse pas découper facilement. J'ai aidé Zanouba à le tailler en bandes et nous avons obturé toutes les fenêtres de l'appartement. Il restait un rouleau entier. Je suis allée le donner à madame Aghion. Elle m'a offert ses infâmes gâteaux de fabrique. Chamrouk n'a pas daigné apparaître ni au salon ni dans la cuisine où j'avais été chercher un verre d'eau fraîche. Si ça se trouve il a été mobilisé, mais je ne crois pas. Un infirmier, diplômé ou non, ça reste à l'arrière et je ne l'en félicite pas. Ne crois pas surtout, mon cher journal, que je sois assez mauvaise pour souhaiter à Chamrouk de pourrir dans les tranchées ou même d'y perdre une jambe. Simplement, j'aimerais qu'il s'en aille loin, le plus loin possible du Caire. C'est tout.

Je me relève du lit pour noter une pensée en forme d'espoir. Il s'agit de ma maladie du mois. Elle doit revenir dans trois ou quatre jours, si les calculs de Zanouba sont justes. Passé cette échéance, le sang peut m'oublier pendant un certain temps. Cela arrive parfois durant les guerres. Madame Aghion, par exemple ! Elle a été indisposée une première fois, en pleine Première Guerre mondiale. Dans sa peur d'être grondée pour avoir sali sa culotte, elle est allée l'enterrer dans un jardin. Fini. Elle a été libérée pendant deux ans de cette malédiction. Le mot peut paraître exagéré, il se trouve que non. Une indisposition de trois ou quatre jours par mois, même douloureuse, passe vite. La honte persiste à jamais. Pourquoi est-ce si humiliant de savoir qu'on ne sera plus jamais la même ? Pourquoi faut-il grandir ? Je connais les grandes personnes, je les ai fréquentées longtemps, sans aucun profit. Leur monde n'est pas suffisamment beau pour que j'aie envie d'en faire partie. Surtout en ce moment.

Jeudi 1er novembre 1956

L'alerte aux avions a duré toute la matinée, mais je n'ai pas peur. Je lis, je mange, j'écris avec des mots bien choisis, j'écoute les nouvelles à la radio. Zanouba ne cesse de régler le poste sur La Voix des Arabes. À Port-Saïd, le canal qui amène toute l'eau potable a été perfidement empoisonné. Les enfants sont obligés de s'agenouiller pour boire la saloperie des caniveaux. Bien qu'il n'y ait rien à craindre, le Nil est immense, ma mère a ordonné à Zanouba de remplir tous les récipients possibles et imaginables. Je me douche à tire-larigot, autant profiter de l'eau qui coule encore au robinet. Il commence à faire un peu froid dans la maison. Le teinturier est venu nous livrer des vêtements. Le portier l'accompagnait avec le gros bâton dont il ne se sépare plus, même pour dormir. Selon lui, les pillards ne tarderont plus à se lâcher. Un bobard à bakchich, a estimé mon père et il a feint de repousser une invasion avec de grands moulinets comme s'il disputait une partie de golf. Il joue le bravache, c'est-à-dire, pour épater sa femme, mais ça ne prend pas. Quand il s'est apprêté pour aller travailler, ma mère lui a demandé, assez finement, s'il ne se rendait pas plutôt au café Moschini ? Ils se sont chamaillés à ce sujet qui, à mon avis, cache une anguille sous roche : Roxane, la maîtresse de mon père, pour ne pas la nommer. Ma mère se morfond de jalousie et pour une fois, j'abonde dans son sens. Je lui demande, mine de rien, si elle sait pourquoi papa traverse la ville à feu et à sang, au péril de sa vie et elle me répond que je ne vaux pas plus cher que lui. Je lui renvoie le compliment. Zanouba me gronde : « Il n'est pas permis d'embêter une femme qui porte le poids d'une vie nouvelle. »

Ma mère n'est plus qu'une fragile grosse chose en robe de chambre que la guerre fait trembler. C'est embêtant pour Édouard. Il serait secoué là-dedans à en perdre, paraît-il, l'envie d'y rester ! À sa guise ! Je ne suis l'ennemie de personne mais franchement j'ai autre chose à faire qu'à m'attendrir sur un bébé trop pressé de naître.

J'espère vivre assez longtemps pour te raconter, mon cher journal, le dénouement de la guerre. Elle ne peut durer cent ans. Mon père assène des citations bibliques où, en fin de compte, Dieu protège notre peuple et s'en porte garant. Des mensonges, sinon l'histoire de notre peuple ne couvrirait pas autant de pages à l'écriture serrée. La lecture de la Bible m'a mise dans un drôle d'état, un peu comme une couverture glisse à moitié la nuit et vous éveille en proie à un obscur malaise.

Mon père rentre tôt de son travail et on ne peut lui arracher un mot. Il joue aux échecs contre lui-même, les yeux perdus dans un silence grognon. Pourquoi est-il absurde de poser des questions ? Hausser les épaules et plaisanter : « Les Français ont creusé le Canal et Nasser l'a comblé ! », voilà tout ce qu'il sait faire. On dirait que les hostilités, c'est son expression, ne le touchent ni de près ni de loin. Il désespère madame Aghion. Chaque fois qu'elle lui parle de la tragédie de 1948, lorsque les juifs d'Égypte ont connu la souffrance, les persécutions et l'exil, il lui conseille d'aller plutôt soulager les souffrances de sa juive de sœur. La pauvre vieille se sauve en jurant de ne plus remettre les pieds chez nous. Une heure plus tard, elle revient bavarder et on dirait un lâcher d'oiseaux à travers l'appartement. À elle seule, madame Aghion est toute une volière. Elle me raconte les guerres dont nous sommes sortis victorieux. Moïse frappant les Égyptiens, vlan ! à grands coups de bâton. Les flots de la mer Rouge se refermant, plouf ! sur les chevaux et les cavaliers égyptiens !

Zanouba s'enflamme pour la patrie en danger et sa voix enfle comme si elle était au front. Elle maudit Madame Aghion, ses radotages, et moi qui les écoute si volontiers. Je ne te cache pas, mon cher journal, que cette guerre m'a mise dans un drôle d'état. Un peu comme dans un match de foot, si je m'intéressais au sport, où on soutient tantôt une équipe, tantôt l'autre, sans parvenir à choisir son camp. J'aime l'Égypte. Mon pays par la naissance et les papiers. Mais je suis juive. J'écris en français, je ne sais pratiquement pas lire l'arabe. En arabe, il y a deux mots pour désigner la patrie : el bilad, *le pays natal, et* El Watan, *la nation attaquée par un voisin déloyal et infâme. Mon problème vient de là. Je me sens beaucoup de points communs avec l'ennemi. Je ne dis pas cela pour excuser les juifs d'Israël. Au contraire, je le leur reproche.*

Le couvre-feu se fait désirer jusqu'au coucher du soleil. Je l'attends en mangeant des cacahouètes et en regardant par la fenêtre comme le vieux pirate de L'Île au trésor. *D'un seul coup, la rue Hoda Charaoui devient obscure et très encombrée. Les magasins de fausses antiquités baissent leur rideau de fer. Les cafés rentrent les chaises et les tables. Les vendeurs de billets de loterie prennent leurs jambes à leur cou. Un chien traîne la patte, il reçoit une pierre et s'enfuit. On entend crier : « Lumière, lumière... Éteignez les fenêtres ! » Les soldats remplissent la rue de leurs uniformes agrémentés d'une nouveauté : un casque pour une plus grande sûreté des têtes en cas de bombardements. Une fois, le vent a arraché un casque des mains de son propriétaire et l'a fait rouler dans le caniveau de façon si comique que j'ai éclaté de rire. À quoi pensent les soldats ? Comment font-ils pour pisser, pour dormir ? Il y a dans leur façon de tourner en rond une telle fatigue que moi-même, victime des nuits sans sommeil, je reconnais immédiatement l'envie de se fourrer au lit. Au fond, ils sont humains, bonne nuit, bonne nuit à tous.*

Vendredi 2 novembre 1956

Le soleil est bas ce matin, l'hiver s'installe. On peut établir un rapport entre la hauteur du soleil et la faim qui vous gagne au réveil. Je me sens aussi excitée qu'un moucheron. Ils dansent par centaines dans l'embrasure de la fenêtre. On ne sait pas comment les moucherons aiment, comment ils pleurent. Des êtres aussi petits, on n'arrive pas à se faire une idée de leurs souffrances. S'ils étaient plus gros, on ne pourrait pas les écraser sans scrupules. Une voiture traverse la rue. Les freins grincent puis le silence revient. Un silence surnaturel. Si je me mettais à parler toute seule, comme je fais souvent, je m'effraierais moi-même. Les cloches de l'église orthodoxe ont une voix plaintive. La messe va commencer. Quelque part un pensionnat d'oiseaux invisibles se livre à des commérages. Et l'amour ? Ils le font en plein vol ? Combien de fois par jour ? Il y a des matins où je veux être botaniste, oisologue, historienne pour tout noter, tout comprendre, tout expliquer dans la mesure du possible. J'ai écrit cette belle page sans ratures, comme un véritable écrivain.

Chamrouk n'est pas parti à l'armée. Je l'ai aperçu tout à l'heure. Il était assis sur une marche de l'escalier de service, devant notre palier. Il ne portait pas sa veste blanche, mais un tricot de flanelle de couleur douteuse. Il transpirait dedans à faire fuir les chats affamés. Zanouba l'a rejoint, elle me croyait dans ma chambre, et ils se sont disputés. Deux chiffonniers. Un bon point pour Zanouba. Elle est rentrée dans sa cuisine en disant : « Je ne vois pas pourquoi je me laisserais humilier plus longtemps. À travers moi, c'est toutes les femmes que tu humilies. » Bravo, mais il peut s'agir d'une feinte. Zanouba est la personne la plus hypocrite, après Julien Sorel, que j'aie jamais connue. Une nuit, j'irai voir si elle dort seule dans son lit. À mon avis, oui. Elle est trop dans la détestation des hommes pour aller avec ce jean-foutre. Une expression un peu vulgaire ? De toute façon, mon cher journal est intime et il le restera. Anne Frank n'avait pas le choix, je pense, sinon elle n'aurait pas beaucoup aimé que le monde entier soit mis au courant de ses premières règles. Je possède de nombreux points communs avec cette fille formidable dont la vie a été marquée de retournements dramatiques, et que la roue de la guerre a, avec tant d'autres, complètement écrasée.

La radio annonce que « La Voix des Arabes » a été réduite au silence. Zanouba comprend de travers, comme d'habitude. Elle s'assoit par terre, devant le poste, et souhaite ardemment que le plancher s'ouvre et l'engloutisse. Je lui explique que nous avons perdu un simple émetteur radio et non pas la guerre. Nous concluons un accord selon lequel aucune de nous deux ne mourra avant l'autre.

J'ai tenu compagnie à Tania. C'est une grabataire avec tout le confort possible et imaginable. Un grand lit à moustiquaire, un ventilateur de chevet, un grattoir à escarres dont le manche représente une tête de canard. C'est sans doute Chamrouk qui gratte, la pauvre Tania peut tout juste tendre un doigt aux visiteurs. Sa conversation est affreusement monotone. Elle ne sait que raconter ses misères physiques. C'est l'unique distraction des malades et une consolation, je crois, pour les bien portants qui les écoutent. Lorsque Tania mourra, madame Aghion n'aura plus au monde qu'un cousin à Beyrouth et le frère télégraphiste à Alexandrie. Elle ne peut pas compter sur le frère qui, à part téléphoner de mauvaises nouvelles, n'a pas l'esprit de famille. Sitôt la paix revenue, les sœurs s'en iront passer l'hiver à Beyrouth. Chamrouk sera du voyage. Alors, vivement la paix !

Chamrouk loge tout près de sa malade, dans une antichambre grande comme un placard. J'ai réussi à y pénétrer, en douce, à un moment propice. Madame Aghion discutait avec le portier et Chamrouk s'occupait de Tania. J'ai d'abord vu le lit d'une personne, pas d'oreiller, un couvre-lit d'un blanc impeccable. Sur le montant du lit, un tricot de peau et une blouse sales. Dans les poches de la blouse une pièce de dix piastres, des bribes de tabac, un vieux billet de loterie. Un coffre à linge, pareil à celui de Zanouba. En remettant le linge en place, je suis tombée sur quelques bouquins. Des brochures bon marché, en arabe, et un Coran dont les pages ne tenaient plus à la reliure. Le maroquin était tout rapiécé. Ce rustre sait lire ? Première nouvelle ! Quelqu'un passait dans le corridor, j'ai retenu ma respiration. Dans ma chambre, ensuite, je me suis aperçue qu'une page du Coran était enfermée dans ma main. Des vibrations bizarres m'ont parcourue, je ne savais pas comment elles étaient nées. J'ai jeté la page. Puis je l'ai ramassée et je l'ai déchirée en mille morceaux. C'est mal de manquer de respect aux livres, mais celui-ci était déjà dans un sale état.

La froideur de ma mère. L'indifférence de mon père. Je ne voudrais pas m'attendrir sur moi-même, mais mon manque d'amour est tel que je m'autorise à me faire la confidente de mes propres tristesses. D'où l'intérêt de ce journal.

La guerre me fournit des sujets d'analyses profondes. Le pain, par exemple, il a cessé d'être le pain qu'à table on rompt machinalement. Mon père le prend maintenant d'un geste déférent. Avant d'en casser la croûte, il ouvre la Bible et il lit la bénédiction du pain, du vin et ainsi de suite. Ce respect affiché pour une religion dont il se foutait jusqu'ici révèle ceci : la guerre produit des effets incroyables sur les juifs les moins croyants. Et Dieu, s'Il existe, doit être fou de rage devant tant de faussetés.

Quoi ! se dit Dieu, on me prend pour un crétin ? Pour une compagnie d'assurances contre la trouille ? Pour un parapluie à n'ouvrir qu'en cas d'orage ? Eh bien, Dieu vous punira, mes petits cœurs faux ! Vous aurez l'orage et la guerre et les dix plaies d'Égypte ! Bref, il est certain que les juifs vont entrer dans le malheur, dans la dernière heure de leur vie si ça se trouve, et à ce moment-là ils auront la preuve définitive de l'existence de Dieu. Moi aussi, en ce moment où je suis encore athée, je me reproche de penser à Dieu de façon opportuniste. Je l'imagine tel un oncle à héritage qui aurait le pouvoir de me léguer de quoi vivre. C'est moche, mais la vie malgré tout est extraordinairement intéressante.

Je me faufile dans l'escalier de service. Mes sandales claquent sur le métal d'une façon qui me flanquerait la trouille si je n'étais pas aussi courageuse. Je traverse la terrasse en courant. Je me penche par-dessus le muret donnant sur le vide. Je crie en agitant les bras, ma voix ne me revient pas. Le vent l'emporte et lui fait faire, en bas, un tour de ville. Le vent m'étourdit — je n'ai plus l'habitude de l'air libre. Je me sens submergée par une peine indéfinissable. Je suppose qu'il s'agit de la nostalgie de la vie normale, mais elle reviendra, dit Zanouba. Madame Aghion affirme le contraire. Les vieilles personnes, les veuves surtout, ont tendance à voir l'apocalypse, le jour du Jugement dernier et tout le tremblement dans le premier nuage qui passe à l'horizon. Je m'apprête à reprendre l'escalier quand une détonation se produit. Je fais un bond en arrière, prise d'une peur atroce. Un tireur solitaire, posté sur la terrasse d'en face, m'a repérée. Une balle a sifflé à une hauteur qui aurait pu être celle de ma poitrine. Je mettrais trois secondes à atteindre la porte donnant sur l'escalier de service, mais elles suffiraient à me faire trépasser. Je me jette à terre. La terrasse est aussi plate que ma main. Un seul abri possible : le bord du muret. Je rampe. Le sol est bosselé, il me râpe le ventre et écorche mes genoux. C'est douloureux mais nécessaire à la vie. La vie a besoin de beaucoup de choses qui ne sont pas agréables. La vie a besoin qu'on souffre pour elle. Les coups de feu se suivent, en rafale. Je vais mourir sans témoin, sans utilité pour personne. Ce regret sincère m'insuffle l'énergie du désespoir. Dans un ultime élan, je réussis à atteindre le muret. Je me couche sur le ventre. Je ferme les yeux. Je compte les battements de mon cœur. La fusillade s'éloigne. J'attends encore un peu. Soudain, un grondement se fait entendre. Ce grondement vient du ciel. On dirait qu'un orage va éclater. Le ciel s'est couvert de nuages rouges. Ils s'étendent, s'éparpillent d'un bout à l'autre de l'horizon, telle la fumée d'un immense incendie. Les nuages explosent, il en tombe des cendres tièdes. Elles pleuvent sur ma tête et j'éclate de rire. Ce sont des sauterelles, des millions de sauterelles d'un brun rougeâtre avec de longues pattes striées de vert. Elles assiègent mes cheveux, mes oreilles, ma bouche et j'éclate de rire.

Je suis inquiète au sujet de papa. Il avait promis de revenir pour le déjeuner. Il est presque deux heures de l'après-midi. À la pharmacie, personne ne répond au téléphone. Roxane a disparu elle aussi, suivez mon regard. Les femmes avec leur amour sont dangereuses. Les bombardements tapent dur sur le Caire, uniquement sur les cibles militaires. Encore heureux ! Si l'aéroport des voyageurs est démoli, madame Aghion sera obligée de prendre le bateau pour Beyrouth. Le mal de mer arrachera les tripes à la pauvre Tania, le comble qui lui manquait ! Chamrouk craint que le gouvernement ne lui accorde pas de visa pour le Liban. Il ne veut pas quitter Zanouba, c'est-à-dire. Et elle ? Elle a un mouvement de recul honnête, quand je lui pose la question. « N'as-tu pas honte de me prêter tes sales pensées ? » J'ai vraiment une horrible mentalité, Zanouba est meilleure que moi. Elle est la meilleure partie de moi-même. J'ai une personnalité tellement double. S'il ne tenait qu'à moi, je choisirais certainement d'aller vers la pureté, la beauté, la vérité. Si tout le monde ne mentait pas constamment, si le monde des adultes était un peu plus sincère ! Dire ce qu'on ne pense pas et faire le contraire de ce qu'on dit, voilà la règle. Je l'applique moi-même un million de fois par jour. Les mensonges surgissent dans ma bouche en se bousculant agréablement. J'aime mentir, c'est un fait. Comment une chose aussi répréhensible peut-elle être agréable ? Parfois, je me demande qui je suis vraiment. Une petite fille gâtée, dit Zanouba. Une bienheureuse qui n'a encore rien vécu, rien appris, rien souffert. Ma maladie du mois, alors, ça ne compte pas ? Il ne reste plus que deux jours à attendre. J'ai un peu mal au dos et aux jambes, par manque d'exercice probablement.

Cet après-midi enfin, j'ai pu aller aux provisions avec Zanouba. Les gens font la queue devant les magasins en plaisantant, comme d'habitude. Il paraît pourtant que la ville a été bombardée. J'ai passé la main sur les murs des immeubles, ils ne s'effritent même pas.

Je fredonne des chansons sans queue ni tête, tandis que le festin du shabbat se prépare dans la cuisine. Maman déteste avoir à s'arracher du lit, mais papa exige sa présence à la table du vendredi soir. Il n'a même pas besoin de lire la Bible pour réciter les prières. Je me jette sur la nourriture avec trop de voracité ; j'enfourne une aile de pigeon avec du pain à peine mastiqué, je vais vomir le tout dans les toilettes. C'est bête de gaspiller ainsi son plat préféré. Ma mère me traite de « guenon affamée », on s'insulte à bouche que veux-tu et papa s'enfuit de table. Je vais me calmer sur la terrasse. Moi, l'être inquiet qui ne tient pas en place, je pourrais passer des heures, assise en tailleur et les bras croisés, à observer la porte de Zanouba. Sur le rebord de sa fenêtre, il y a un broc rempli d'eau de fleur d'oranger et dans la soucoupe, sous le broc, flottent des pétales de jasmin. La porte de sa chambre est peinte en vert pistache, de la même couleur un peu délavée que la couverture mise à sécher sur la corde d'étendage. Verte aussi la magnifique tache de lune qui éclaire la nuit. Les feuilles du citronnier en pot jaunissent, elles ne tarderont plus à tomber. Cela pourrait faire un poème, plusieurs poèmes peut-être, écrits avec la maturité de l'automne. J'ai tellement changé, depuis un mois, tellement mûri. Mon anniversaire tombe dans trois semaines, qui s'en souviendra si la guerre se poursuit ?

Il est trois heures du matin. J'ai attrapé froid à force de rester plantée dans la nuit noire. En pure perte. Chamrouk n'est pas monté, contrairement à la nuit dernière. La nuit dernière, d'après Zanouba, Chamrouk l'aurait regardée par le trou de la serrure pendant qu'elle dormait. Je lui ai demandé comment elle avait pu s'en rendre compte. Elle m'a répondu avoir vu un doigt aller et venir dans la serrure. Elle a menti selon moi, mais dans quel but ? Me faire souffrir ? Cela voudrait dire que je l'aime, que je suis jalouse ! C'est un problème qui tourmente les adultes. La jalousie des enfants, leur amour ne sont pas pareils à l'amour et à la jalousie des grandes personnes. J'ai assez à faire avec les péchés de mon âge : l'insouciance, la méchanceté, la violence du cœur, l'attrait des choses défendues ! Non, je n'aime pas Zanouba, pas dans ce sens-là. Je veux seulement d'elle qu'elle se garde pure.

Samedi 3 novembre 1956

Un mot dans toute sa saleté : le sang ! Et dans mon lit, pour ne rien arranger. Des draps comme à la boucherie. Résigne-toi et dure ce que dure dans la boucherie le bœuf qui toute sa vie a tiré la charrue.

Zanouba me parle des choses du sang avec des mots crus comme pour me désespérer un peu plus. On dirait qu'elle cherche à se venger sur moi des horreurs de sa propre vie. Elle dit : « Écoute encore ça ! » et je fourre ma tête sous le drap. Je la supplie de se taire, puis j'écoute quand même. Les histoires de Zanouba sont incroyablement intéressantes. Le sang du mariage doit être rouge et vif comme une pomme. On l'expose après la cérémonie pour prouver aux invités que la fille était vierge. Le marié entoure son doigt d'une gaze blanche. Avec ce doigt, il pénètre violemment la mariée, plusieurs fois. Lorsque la gaze est suffisamment rougie, elle est suspendue à un bâton et promenée à travers tout le village. Les paysans arabes appellent cette coutume « le rituel de l'honneur ». Par bonheur, je ne suis ni arabe ni paysanne.

Je croque quelques tomates vertes, poussées dans le potager de Zanouba. J'adore cette terrasse où je peux chanter, danser, hurler sans que nul ne me réprimande.

Le soleil y brille comme si la guerre n'existait pas. Je saute à la corde, mes bonds s'élèvent toujours plus haut, jusqu'à toucher le ciel de ma tête.

Tante Lili a téléphoné pour s'assurer que nous allions bien. Une catastrophe s'est produite la nuit dernière. Des milliers de sionistes et de communistes ont été arrêtés. Les prisons du Caire débordent, celles d'Alexandrie aussi. Une rafle, c'est-à-dire ? Maman est restée sceptique : la radio et même madame Aghion n'étaient pas au courant. Finalement maman a appelé le café Moschini. Papa s'y trouvait bien. De toute façon, il ne fait de politique d'aucune sorte.

Zanouba avait sept ans quand son père a été rappelé par son créateur. Son oncle paternel était un véritable Thénardier. Il l'affamait, il la battait comme le blé en épis. Un jour, il a mis fin à son enfance ignorante. C'est ainsi qu'au village on appelle la coutume du viol. Quand un fiancé s'est présenté, l'oncle, qui entre-temps était devenu son père, a dit : « S'il t'épouse un jour, je ferai en sorte que ce jour soit plongé dans un bain de sang. » Il voulait continuer à user d'elle autant qu'il lui plairait ! Voilà un peu les hommes, conclut Zanouba. Et j'ajoute : les hommes avec leur amour !

Le rabbin a appelé pendant la sieste. Il a longuement parlé avec papa d'un sujet préoccupant. Il s'est interrompu à la seconde où je prenais l'écouteur.

Je m'ennuie. J'ai lu tous mes livres. J'ai trop de temps à ma montre. J'ouvre la fenêtre. Je bouge les bras. Je hurle en bougeant les bras : l'ennui est plus mortel que la guerre ! Je chante « À mort l'ennui » sur l'air des « Femmes avec leur amour ». Zanouba me tire en arrière. Elle me demande d'arrêter de faire la folle. Je persiste. J'appelle les soldats qui passent en bas. Zanouba me donne un coup de poing dans le dos. Elle se frappe les joues comme font les femmes arabes aux enterrements : « Que Dieu nous protège ! Que Dieu nous garde ! Que Dieu nous empêche de tomber aux mains des juifs. » D'où tient-elle ses informations politiques ? Elle ne sait même pas lire ! De Chamrouk, bien sûr, cet abruti de la propagande. Donc, l'armée du « prétendu État hébreu » camperait de chaque côté du canal. Au milieu se trouveraient les bateaux félons des Britanniques et des Français. Des trois agresseurs, les juifs seraient les plus acharnés. Zanouba les maudit dans son cœur. Je la chasse de ma chambre. Je me penche à la fenêtre. La rue est calme. Une petite fille arabe est assise sur un tas de pierres. Une deuxième petite fille aux pieds nus asperge d'eau le seuil de la cordonnerie. Je gratte machinalement de l'ongle le papier collé sur la vitre. Qu'adviendra-t-il si les Égyptiens perdent la guerre ? Et s'ils la gagnent ?... Je me sens en proie aux affres de Charybde et de Scylla par-dessus le marché. Mes reins me font souffrir comme si une locomotive était passée dessus. Je m'allonge sur mon lit. Je me tourne contre le mur. Ma tête aux cheveux ras jette une ombre minuscule sur le mur.

J'essaie de dormir, tournée contre le mur. Zanouba, arrivant à pas de loup, pose les mains sur mes yeux : « Qui est-ce ? Devine qui est là ? » Je ne me retourne pas, ce serait trop facile. Je lui dis : « Alors ce sont les juifs tes ennemis ? Tu n'as trouvé personne d'autre pour la haine ? » Elle m'embrasse pour effacer le tort qu'elle m'a fait. Elle m'embrasse à pleine bouche et j'accepte d'aller manger les boulettes au cumin. Zanouba est forte, très forte pour me réconcilier avec la vie.

L'amitié la plus pure unissait nos deux cœurs,
Elle m'aimait en frère et je l'aimais en sœur.

C'est un poème d'Alexandre Dumas, je l'aime énormément.

J'ai joué avec Farid, le fils des voisins du premier étage. Il ne voulait pas quitter les jupes de sa mère. Je l'ai forcé à me suivre sur la terrasse. C'est un empoté. Je lui ai pris la totalité de ses billes. Il a trois ans de plus que moi, mais ça ne se voit pas. Il ne dit jamais rien d'intéressant.

Avec son visage pâle et ses longs cheveux bouclés, il me fait penser à cet imbécile de Petit Prince qui voulait tout le temps qu'on lui dessine un mouton bêlant. Je l'ai mis au défi de marcher sur le muret de la terrasse en fermant les yeux. Il n'a pas voulu. Je suis montée sur le muret. J'ai couru autour du vide, longtemps. Farid m'a suppliée de redescendre. Je lui ai dit : « Tu vois, je fais tout comme un garçon, mieux même qu'un garçon. » Il m'a répondu : « Je te préfère en fille ! »

Dimanche 4 novembre 1956

Les camions radio ne devraient pas circuler le dimanche. Les mauvaises nouvelles s'ajoutent au froid, on dirait qu'elles l'augmentent. Ma mère ne quitte plus son lit. Mon père est sorti. La bombe atomique ne le dissuaderait pas d'aller jouer aux échecs. Zanouba n'a pas hésité à prendre son jour de congé. Je la déteste. Elle arborait une nouvelle robe, à décolleté carré, sur une combinaison neuve elle aussi. Une broche, inconnue de moi, retenait le tout. Un bandeau de satin blanc, brillant autour des cheveux aspergés, soit dit en passant, d'une odeur de rendez-vous galant. Et avec qui ? Suivez mon regard !

Je suis une idiote. Chamrouk est un brave type. Je suis la folie, la violence, la pagaille. Que Dieu bénisse Chamrouk ! Et qu'Il chasse de moi les démons de l'imagination. Chamrouk se trouve là où il doit se trouver le dimanche : au chevet de sa malade. Madame Aghion me fait entrer dans la chambre de Tania, puis elle s'esquive. Chamrouk n'a pas l'air étonné de me voir. Qu'est-ce qui peut étonner un homme qui côtoie la mort ? Tania est patiente, elle ne crie et ne râle jamais. Elle tousse sans arrêt en expulsant une épaisse salive. Sa peau a la couleur de la cendre. Ses dents sont toutes jaunies. Son corps est devenu trop petit pour la place qui lui est allouée. Chamrouk éponge la salive avec un linge fin. Il relève le drap, il remonte la chemise au-dessus des genoux. Il masse les chevilles lentement en remontant vers les mollets. Ses doigts laissent sur le peu de chair une marque pareille au bleu provoqué par un coup violent. Mais Tania soupire d'aise. Elle dit que personne ne sait, comme Chamrouk, dispenser la douceur du toucher. Tant que Chamrouk la touchera, la mort ne la touchera pas. Je ne sais pas de quoi est faite la mort, je ne l'ai jamais rencontrée. Si, une fois. À l'enterrement de mon grand-père, mais je ne l'aimais pas. Chamrouk s'installe à califourchon au-dessus de Tania. Ses mains fortes enserrent le cou si frêle, elles volètent, elles piquent, elles plongent... Quand il se remet debout, à côté de Tania, je le trouve immense et un peu terrifiant. Il saisit un peigne. Il sépare les cheveux en deux fines tresses blanches, parsemées de gris. Il complimente la coiffée avec des mots dont je ne sais pas s'ils sont graves ou futiles. « Sois béni, Chamrouk, mon fils ! » dit Tania et il l'attrape, la retourne, la cale sur le flanc pour ménager le dos couvert d'escarres. Il éteint la lampe de chevet. Dans le corridor, il s'arrête. Il me regarde. Je le trouve immense et un peu terrifiant. Il me dit : « Alors, ça t'a plu, mademoiselle Mara ? » Il me pince la joue. En me reconduisant, il me pince à nouveau la joue. Il me donne une tape sur les fesses et il tire à lui la porte.

Je suis passé voir Farid. Nous avons joué dans sa chambre à nous tordre les bras et les doigts. Sa mère est une femme délicate et facilement effrayée. Une porte qui s'ouvre, un bruit de serrure, des pas sur le palier font palpiter ses narines, on dirait les ailes d'un papillon sur le point de mourir. Elle a de petits yeux larmoyants et attentifs comme si je venais d'un pays inconnu et qu'il fallait faire attention, en me parlant, de ne pas m'effaroucher. Elle nous gave, Farid et moi, de sucreries, en répétant : « Dieu est bon ! » Elle met à fondre le saindoux dans une énorme bassine et elle tourne, tourne avec une longue cuillère de bois. Les coptes, contrairement aux juifs et aux musulmans, ne sont pas interdits de graisse de porc.

Zanouba est revenue à pas d'heure. Elle entre dans ma chambre. Je fais semblant de dormir à poings fermés. Elle approche sur ses pieds nus, d'un joli dessin, surtout le cou-de-pied. Elle s'arrête devant mon lit. Elle cale une main sur sa hanche. Je vois, entre mes cils baissés, qu'elle regarde longuement mon visage endormi. Elle m'aime éperdument, ça se sent, la contemplation de mon visage lui est devenue indispensable. Oui, à sa manière si tendre de m'observer, je prends conscience qu'elle ne peut plus se passer de moi. Une parenté s'est tissée entre nous. Une parenté profonde, non pas d'une mère à sa fille, merci bien ! mais de personnes faites dans une même étoffe. Dans un soupir de regret, je lui manque déjà ! elle remonte le drap et en recouvre mes épaules. Le dernier regard qu'elle jette, en sortant de ma chambre, est pour le lit où je me retiens de respirer.

Lundi 5 novembre 1956

Je me trempe dans l'eau glacée du bidet. De saisissement, le sang s'arrête pendant cinq, dix minutes. Peu après, il reprend et je recommence à le glacer. Cette guerre ne finira jamais.

Zanouba s'est mise en tête d'apprendre à lire. Chamrouk lui a donné une première leçon, entre chien et loup, sur la table de notre cuisine. Il chantait les lettres de l'alphabet et, comme un perroquet, elle répétait :

L'aleph n'a pas de point, dessus
le bat en a un, dessous
le ta en a deux, dessus...

Je les ai regardés faire avec assez de gentillesse, mais apparemment je gênais. « Que me veux-tu encore ? soupirait Zanouba. Tu ne vois pas que je suis occupée ? » Je vois, oui ! Un prétexte inscrit sur son visage. Et je suis prête, pour le jour où elle saura lire, à me couper une main et à la jeter aux chiens.

Je n'ai pas pensé à madame Garnier une seule fois depuis le début de la semaine. Cette nuit, j'ai rêvé d'elle. Elle confisquait le roman que j'avais glissé entre les pages de mon cahier et brusquement ce n'était plus un roman mais le faire-part mortuaire d'Édouard. Grâce à Dieu, à la guerre plutôt, le lycée français est fermé jusqu'à nouvel ordre. Mais il rouvrira un jour ou l'autre. Cette perspective, qui réveille d'affreux souvenirs, m'inspire une idée lumineuse. Pourquoi ne pas rédiger un certificat médical attestant une blessure de guerre, à la main droite justement, celle de l'écriture ? Chère Madame le Professeur, votre élève se promenait imprudemment dans une rue livrée à la populace haineuse quand soudain. Etc. Signé : Nessim Louria, le père de la petite victime handicapée à jamais.

J'ai eu beaucoup de mal à imiter l'écriture réellement élégante de mon père, c'était inutile. Madame Aghion a su, grâce au frère télégraphiste, que les professeurs euro-

péens vont être expulsés d'Égypte. Du coup, une furieuse envie me prend de revoir madame Garnier, une dernière fois avant son départ. On dirait un besoin irrésistible de lui dire quelque chose, je ne sais quoi, dont elle se souviendra, plus tard, en France. J'ai remarqué que les meurtriers les plus endurcis, les moins loquaces finissent toujours par éprouver le besoin de parler. J'ai cherché son nom dans l'annuaire. J'ai composé son numéro, j'ai entendu une voix masculine : « Allô, allô ? », j'ai raccroché aussitôt. J'ai recommencé une minute plus tard et l'inconnu — un Français à en juger par son accent — m'a répondu que madame Garnier ne se trouvait pas chez elle. J'ai demandé si, par hasard, elle ne s'était pas rendue au lycée. Il y a eu un bref silence puis une rafale de questions : « Comment le savez-vous ? Qui êtes-vous ? Pourquoi voulez-vous la joindre ? C'est urgent ? Qui êtes-vous ? Voulez-vous laisser un message ? » Je suis restée muette. J'étais couverte de sueur et, en reposant l'appareil, je me suis senti les jambes molles. J'ai été m'allonger sur mon lit et, la tête vide, j'ai regardé un long moment la fenêtre bleuie.

J'ai essayé de lire. Voyant qu'aucun livre n'arriverait à retenir mon attention, j'ai donné libre cours à mes impulsions dangereuses. Je dévalais l'escalier quand Zanouba a crié : « Juste ciel où vas-tu ? » J'ai répondu : « Nulle part, chez madame Aghion, ça te regarde ? », et Zanouba m'a souhaité d'aller au diable. J'ai couru à en perdre haleine et sans même me rendre compte que j'avais traversé comme une flèche le souk de Bab-el-luk, je me suis retrouvée devant le lycée. Le portail était gardé par deux soldats. L'un s'adossait à un mur, l'autre se balançait sur la chaise que le portier occupait en temps normal. J'ai demandé où se trouvait le portier et le soldat qui avait pris sa place s'est mis à bâiller. Personne, il n'y a personne, il a dit en se balançant sur sa chaise. L'idée m'est alors venue de monter dans ma classe et, ni vue ni connue, de faucher quelques bouquins dans la bibliothèque. J'ai parlementé longtemps comme quoi j'avais rendez-vous avec mon professeur, madame Garnier. Ce nom ne disait rien au soldat. Il a froncé les sourcils avant de soupirer, avec une ironie désabusée : « Disons-nous au revoir et embrassons-nous, veux-tu ? » Le deuxième s'est décollé du mur. Il m'a tourné le dos, s'est assis sur le trottoir, son fusil bien calé entre ses cuisses. Ses souliers trempaient dans le caniveau dont l'eau grasse se mêlait d'une poudre blanchâtre. En levant la tête vers la fenêtre de ma classe, j'ai vu que l'inscription gravée dans le plâtre, au-dessus du portail, était en partie détruite. La frise avait été brisée sur toute la longueur du cadre et la phrase qu'elle entourait avait été mutilée. Des quatre mots, en capitales, que j'avais toujours connus, il manquait celui du milieu. « Lycée » : oui. « Du Caire » : oui ». Mais « Français » n'avait plus droit de cité.

J'ai flâné longtemps pour mettre en ordre mes émotions. Les rues s'allongeaient avec leurs poteaux de ciment gris, leurs réverbères crasseux. Un homme pissait contre un mur tapissé d'une affiche de film : Le Train des Amours. *Le visage de Miranda et sa poitrine s'étalaient, énormes, sur un fond de ciel bleu. L'homme a levé la tête, il a regardé Miranda comme si elle allait descendre du ciel, spécialement pour lui. Son pantalon était usé aux fesses, la pisse giclait sur les gros seins de Miranda. Avant de fermer sa braguette, l'homme s'est retourné vers moi. Il a souri en hochant la tête.*

Mon père est revenu à la maison bien après le couvre-feu. Ça ne l'a pas empêché de me foutre la raclée. C'est tout lui ça ! M'imposer les règles qu'il bafoue allègrement !

Mardi 6 novembre 1956

Zanouba pense que nous sommes foutus. Les parachutistes anglais et français vont nous sauter dessus d'un moment à l'autre. Chamrouk en est sûr et certain. Il l'a lu dans un journal libanais. Pourtant La Voix du Caire continue à diffuser des nouvelles rassurantes. Les armées du « prétendu État hébreu » abandonnent des blessés par milliers et du très bon matériel militaire... Un torpilleur égyptien a coulé une cinquantaine de navires dans la baie de Haïfa. À lui tout seul ? dit madame Aghion, et elle ricane. L'armée égyptienne ne vaut pas tripette avec ses 75 % d'analphabètes et autant de va-nu-pieds. C'est pourquoi les Arabes se déchaussent avant de détaler, ils n'ont pas l'habitude des souliers ! Cela me fait penser aux Chinoises incapables de courir sur leurs pieds bandés, mignons à voir, ce qui est le but recherché. Zanouba n'apprécie guère la comparaison. La Chine, elle s'en fout ! Quant à l'esthétique des pieds raccourcis, elle y voit un prétexte pour mutiler la femme ! Zanouba traverse une crise morale. Elle marmonne des prières et boit des litres de café noir sans sucre, en signe de tristesse. C'est une sorte d'acte pieux à la mémoire des morts que la guerre fera, si les juifs la prolongent. Et qu'y puis-je ? Zanouba semble penser que, d'une manière ou d'une autre, je suis responsable, coupable même. Elle m'exaspère tellement que j'en arrive à soutenir les Israéliens. Nous nous affrontons sur ce terrain qui, je le crains, risque de compromettre notre amitié. J'en pleurerais si quelque chose pouvait me faire pleurer. Mais, par une coïncidence heureuse, je ressemble trop à mon père. Notre indifférence joyeuse envers les questions de vie et de mort nous empêche de nous attrister longtemps de quoi que ce soit.

Un attroupement a eu lieu, rue Hoda Charaoui, après le passage d'une ambulance qui emportait, à sirène déployée, un blessé ou un mort important. Les attroupés ont chanté le nom de Mahomet, puis ils ont crié : « Égorge ! Égorge ! Égorge le Français ! Égorge l'Anglais ! Égorge le Juif ! » Des policiers sont intervenus. À coups de matraque, ils ont dispersé les égorgeurs au nom de Maho-

met. Une simple remarque historique : le judaïsme remonte à cinq mille ans, donc bien avant l'avènement de l'Islam.

J'ai une légère tendance à la kleptomanie. J'ai fauché des objets sans aucun intérêt dans la chambre de Farid. Un canif tout rouillé et un vieux soldat de plomb que j'ai, après examen, fichus à la poubelle. Je pratique ce vice avec un bonheur d'autant plus grand que le profit est nul.

Ma mère reproche à mon père je ne sais quoi. Ils se font face dans leur chambre. L'appartement est si saturé de leurs cris que je prends le large. Une nouvelle gamme de hurlements m'accueille sur la terrasse. Zanouba est en train de s'écorcher vive. Cela s'appelle « épilation au sucre ». Une bonne odeur de caramel brûlé et de citron flotte dans la chambre. Zanouba se tient nue, par terre, le dos appuyé contre le montant de son lit. Ses cheveux volent dans ses yeux, son visage est tout à l'envers. Elle renifle dans l'odeur poilue de son aisselle. Elle y place le ruban de cire, tire dessus d'un seul coup, hurle. Elle contrôle le résultat : la peau entre l'aisselle et le sein a rougi, la pâte molle est fourrée de longs poils noirs. Elle la malaxe entre ses doigts, sans dégoût. Elle la porte entre ses cuisses, l'étale sur la touffe qui mousse autour de la fissure. Elle se cabre, rue de toutes ses jambes comme si un feu intérieur la dévorait. Je la supplie de prendre garde à elle, d'avoir pitié de ma peur. Elle continue à se dépecer. On dirait un animal dont la souffrance importe peu. « Les hommes détestent les femmes poilues et tu verras un jour. Ça ne fait pas si mal ! Regarde maintenant. Regarde, je suis douce et lisse comme de la soie. » Je regarde, elle a menti. Son sexe gorgé de sang ressemble à une tête de serpent écrabouillée.

Mercredi 7 novembre 1956

Alléluia, j'avais raison. La guerre est finie. Je ne sais pas qui a gagné, peu importe. Je suis folle de joie. Nous sommes le mercredi 7 novembre 1956, la date est historique. Ce matin, j'attendais que le petit déjeuner soit servi quand d'un seul coup des cris... des cris montés de la rue ! Je me précipite à la fenêtre, les gens hurlent en bas, s'embrassent. Je cours au salon, j'allume la radio, j'écoute. J'appelle Zanouba. Elle arrive avec son tablier défait. Elle écoute et nous nous mettons à danser comme des folles autour du cessez-le-feu des combattants. Quand nous sommes épuisées, je dis à Zanouba : « Tu vois, Zanouba, ce n'était pas la peine de se disputer pour une guerre de sept petits jours ! », et je me heurte à sa totale absence d'humour.

L'ascenseur est en panne, pour ne pas changer. En montant l'escalier, je vois Farid s'accrocher au bras de sa mère comme un oiseau malade. Elle se tient, l'air épouvanté, derrière son mari coiffé du tarbouche. Un mari très en colère. Sa voix se fracasse contre la cage d'escalier. Il crie si fort que l'ascenseur se décide à marcher.

La guerre est finie. Il faut se faire une raison. Il faut dire adieu aux jours exquis où je n'allais pas à l'école. Quand je pense à la façon dont madame Garnier m'a empoisonné la vie ! Je n'ai jamais rien éprouvé de plus cruel.

Jeudi 8 novembre 1956

Cette nuit est la plus affreuse de ma vie. Je vais détruire mon journal, il le faut, hélas, pour des raisons de sécurité. Ils peuvent revenir. Si mon père avait été un espion, je l'aurais su. Je le connais depuis toujours. Où l'ont-ils emmené ? Comme si c'était une chose aisée l'espionnage ! Est-ce que n'importe qui peut entrer dans le bureau du ministre de la Guerre, fouiller ses tiroirs et tomber justement sur le dossier ultrasecret ? Déjà, rien que pour pénétrer dans ce bureau, il faudrait avoir corrompu l'entourage du ministre, ce qui peut vous valoir un immense procès et vous conduire en prison... Ou alors, il faut appartenir à l'armée, de façon à circuler en uniforme, d'un bureau à l'autre, sans se faire remarquer. Si je dois un jour témoigner devant le tribunal, je dirai ceci : aucun juif de ma connaissance n'appartient à l'armée, d'ailleurs ils sont tous très maladroits. Mon père manque toujours sa cible au tir aux pigeons. Il est incapable de tenir correctement son fusil, à cause de l'atavisme. Il est interdit aux juifs de manier une arme le jour du shabbat, de suivre l'exercice, de tuer son prochain. Résultat : les juifs, mis à part les Israéliens, sont pour le pacifisme. Ils souffrent même pour le pacifisme puisque les Égyptiens nous reprochent de ne pas faire notre service militaire tout en payant moins d'impôts. Je dirai : Un : mon père n'est pas si riche que ça ! Deux : il n'a pas l'âme d'un traître à son pays. Trois : il ne s'intéresse qu'aux échecs et à sa famille. Quatre : je ferai n'importe quoi pour l'aider à s'évader, ce qui ne va pas être facile. Je dirai. Je ne sais plus. Je n'arrive plus à trouver les mots justes. Je bégaie à l'intérieur de moi-même. C'est exactement comme autrefois, à l'école quand je devais dire autre chose que ce que j'avais appris par cœur, à l'avance... Mais assez perdu de temps. Je dois, avant qu'ils reviennent, détruire mon journal et les précieux souvenirs d'une vie quelquefois heureuse.

Troisième partie

Ceux qui s'aiment et qui sont séparés peuvent vivre dans la douleur, mais ce n'est pas le désespoir ; ils savent que l'amour existe.

ALBERT CAMUS

CHAPITRE I

MARA

L'officier venu arrêter mon père, un peu après minuit, a frappé bien poliment à la porte. J'ai remarqué sa casquette : elle avait glissé sur le côté. Il a dit : « Police, n'aie pas peur ! », et il a retiré sa casquette. Deux soldats, aussi jeunes que leur chef mais beaucoup plus nerveux, m'ont bousculée pour entrer. Ils portaient leur arme à la main, celle de l'officier se trouvait dans un étui plaqué contre son ceinturon. Les soldats ont couru d'une pièce à l'autre, pour vérifier que nos fenêtres étaient bien voilées. Mes parents dormaient. Ma mère s'est réveillée la première. Elle a poussé les grands cris. Les soldats sont sortis de la chambre. Mon père est resté plongé dans le silence le plus tordu que j'aie jamais connu. Il paraissait étrangement calme, indifférent même. Il a enfilé sa robe de chambre. Il m'a demandé d'aider ma mère à se vêtir et d'aller, aussitôt après, prévenir Zanouba.

En revenant, j'ai trouvé mon père installé au salon, en compagnie de l'officier. Les soldats se tenaient dehors, de chaque côté de la porte. L'officier discutait de façon assez aimable avec mon père. Il y a eu un échange interminable de mondanités. L'officier refusait de prendre un rafraîchissement ou quoi que ce soit d'autre, ainsi que mon père l'en priait : il n'y avait pas le feu tout de même ! Eh si ! L'officier avait d'autres missions à accomplir avant la fin de la nuit. De plus, un taxi attendait au bas de notre immeuble, le compteur tournait à charge du gouvernement ! « Un argument dont il faut tenir compte », a dit mon père. L'officier l'a félicité de se montrer si raisonnable. Il souhaitait, pour sa part, que la chose se fasse le mieux possible ! Mon père s'est inquiété quand même de la destination du taxi. « Oh, oh, a souri l'officier, juste un petit tour au commissariat. Une formalité qui vous demandera dix minutes, pas plus. » Mon père a hoché la tête, ses yeux ont pris une teinte plus sombre, et c'est tout. J'ai attendu qu'il proteste, qu'il bouge un peu. Il s'est levé en effet, pour accueillir ma mère qui, soutenue par Zanouba, faisait une entrée dramatique au salon. Une sueur violente jaillissait sur son front, ses doigts tressaient sur son ventre un filet invisible. Elle a déclaré qu'elle n'en pouvait plus : « Vous êtes un brave jeune homme, soyez gentil avec mon mari. » L'officier a pris un air navré : « J'ai des ordres. » Pour preuve de sa sincérité, il a touché l'arme qui pendait à son ceinturon. Mon père a demandé la permission de passer dans sa chambre, afin de s'habiller. Les soldats l'ont accompagné dans sa chambre, puis dans la salle de bains. Ils craignaient qu'il n'essaie de brûler des papiers, de dissimuler des preuves et j'ai réalisé, avec effroi, que je devais détruire mon journal. La toilette de mon père a duré assez longtemps. Il s'est rasé, pour gagner du temps probablement. À moins qu'il n'ait cédé à ses habitudes d'homme soigné, c'était, à mon avis, la seule certitude qui lui restait. L'officier a goûté mon ironie, je le crois du moins car il me souriait, le salaud, de toutes ses dents. Il y avait un vide entre ses dents et ses gencives, un trait noir qui menaçait la douceur de son sourire.

Mon père a reparu, tout à fait élégant, l'air solennel, un peu pâle peut-être. Il a demandé à Zanouba de lui apporter une paire de mouchoirs propres, son échiquier de poche, son chapeau. Et ce fut tout. Il ne voulut pas emporter la valise que ma mère proposait, un peu tard, de préparer.

Nous avons attendu l'ascenseur. Ma mère soupirait et torturait le cordon de sa robe de chambre. L'officier soupirait aussi, par politesse, ce qui ne faisait qu'alourdir encore l'atmosphère... Minuit était passé d'une vingtaine de minutes et nos voisins les plus proches faisaient silence. D'habitude, à cette heure, ils menaient leurs bruits de vie, sans égard pour personne. Il était clair, par conséquent, que le portier les avait prévenus de se tenir tranquilles. Sans doute, écoutaient-ils, tapis derrière leur porte. La lumière du palier s'éteignait à intervalles réguliers. « Il y a vraiment des gens sans pitié, a remarqué Zanouba à la faveur de l'obscurité, il y en a c'est sûr... ! » Ma joue était mouillée de larmes, et pour s'essuyer il n'y avait que la robe de Zanouba. « Comment te sens-tu ? » a demandé mon père à ma mère. Elle a réfléchi un instant et, en phrases hachées, elle a parlé des palpitations de son cœur, de son enfant, de ce qu'elle éprouvait au huitième mois de sa formation. « On s'en fait des idées ! » a dit mon père, un peu de haut, le ton docte, et ma mère, malgré elle, a senti ce qu'il y avait de mesquin à accabler davantage un homme qu'on menait au supplice. Elle a ravalé ses soupirs. L'ascenseur a réussi à atteindre notre étage. L'officier, avisant l'exiguïté de la cabine, a donné l'ordre aux soldats de prendre l'escalier. « Puissiez-vous trébucher et vous rompre le cou », a murmuré Zanouba. L'officier a fait celui qui n'avait rien entendu. Il a tiré la grille de l'ascenseur. « Ainsi vous n'y serez pas trop serré, monsieur ! » et il s'est effacé. Mon père est entré dans la cabine : « Je reviens tout de suite, ne vous inquiétez surtout pas », et sur ce mot ridicule, la grille de l'ascenseur s'est fermée.

Ma mère est retournée se coucher. Elle a pleuré durant une heure et demie, entre-temps j'avais brûlé mon journal intime, et elle a fini par s'assoupir. Pas plus que moi, Zanouba ne songeait à dormir. Elle buvait tasse sur tasse de café sans sucre. Je ne pouvais rien avaler. Je suis restée assise sur les genoux de Zanouba, à développer des griefs contre la police, les ministres, la justice de ce pays. Au bout d'un moment, j'étais au comble de la fureur, Zanouba a trouvé urgent de m'interrompre :

« Pourquoi attendre de mon humble personne que j'éclaire une affaire de justice ? Où est-elle la justice ? Je l'ignore. Je ne l'ai jamais vue. Personne ne m'a l'a donnée. Oublions la justice et évitons-la. Prenons le chagrin en patience. Prenons les choses comme elles viennent et attendons qu'elles passent. »

J'ai niché ma tête entre deux seins chauds et bons, et le silence s'est fait autour de nous. Un silence apaisant. Tout, jusqu'au moindre objet, les chaises, les casseroles, les pots rangés au-dessus de l'évier, la grosse lampe qui se balançait au plafond, tout oubliait la tempête qu'on venait de souffrir, tout se détendait.

CHAPITRE II

MARA

Zanouba dit souvent qu'un malheur ou une grosse frayeur saisissant une femme enceinte la met en danger presque certain de fausse couche. Ma mère a simplement les yeux gonflés d'avoir tant pleuré. Elle demeure prostrée dans son lit, un mouchoir plaqué sur le visage pour se protéger des mouches. Elle m'appelle de temps à autre pour me prendre à témoin de l'état où l'a mise l'arrestation de mon père et, tout émue, elle me serre fortement dans ses bras. Elle ne sent pas très bon.

En fin de matinée, elle consent à se lever, à se laver un peu. De retour dans sa chambre, tandis que Zanouba lui roule une mise en plis, elle se trouve devant la glace un assez joli teint, compte tenu des heures épouvantables qui ont passé dessus. C'est sa belle nature de peau, confie-t-elle, l'air modeste. Dieu lui a donné une carnation que bien des amies lui envient dans cette ville : « Dis-nous ton secret, Ada, une crème miraculeuse ? » Pas du tout, un don héréditaire, sa propre mère montrait sur son lit de mort des joues de bébé, incroyable non ? puis, sans qu'on sache pourquoi, elle se remet à hoqueter douloureusement. Ses pleurs et ses gémissements convergent, à mon avis, vers un point central : sa petite personne ! « Arrête-toi, madame Ada, dit Zanouba, aie pitié de ton bébé. Il t'entend, sais-tu, il ne faut pas lui désoler le cœur. » Mais ma mère n'en a cure : « Nessim, Nessim, est-ce que tu m'entends ? Je t'en supplie, aide-moi, comprends-moi, je suis à la torture. Si cela dure encore un jour ou deux, je me tuerai. Je le jure, je me tuerai comme... comme... »

La comparaison faisant défaut, Zanouba en profite pour changer les draps et retaper le lit. Ma mère s'y laisse conduire comme un cheval malade ou vieux que l'on a décidé d'abattre. Elle réclame le docteur Lagnado, notre médecin de famille. Zanouba apporte une potion au bicarbonate, y ajoute du sirop de rose pour tromper l'amertume et se sauve. La main de ma mère tremble, le liquide inonde sa chemise de nuit. Je lui essuie le cou. Ses doigts se crispent sur le col de ma robe. « Ne me quitte pas, supplie-t-elle, tu es la seule joie de ma vie. » Je m'installe dans un fauteuil, j'ouvre un bouquin et, résignée, je l'écoute proférer des paroles incohérentes, absolument sans rapport avec le sujet.

« Pourquoi... C'est bien simple... Je ne sais pas... Dormir, je ne sais plus... Mes paupières se collent... Il n'y a rien à faire... Comment c'est arrivé ? Comme ça ! Et pourquoi ?... Est-ce que je sais ? Des choses qu'il ferait mieux de ne pas savoir... Une erreur, voilà tout... Peuvent-ils se rendre compte ? Ils ne sont pas capables de se rendre compte, ceux d'aujourd'hui... Même pas peur du bon Dieu ! L'avocat Bellini, il est fort. Il n'y a pas au-dessus de lui... Bellini, le meilleur... Un téléphone, l'adresse, fini... Mara, Mara, apporte-moi l'annuaire du téléphone. Apporte, je te dis... Si seulement je savais. Ce serait moins pire... Mais non. Aucune nouvelle... Mara va acheter le journal... Non, idiote que je suis... C'est qui ton père, un criminel de première page ? J'ai une idée... Mara, téléphone à la pharmacie. Roxane doit être au courant. Dis-lui d'accourir. Qu'elle vienne, oui, immédiatement. Elle n'a pas le temps ? Qui lui paye son temps ? ton père, qui d'autre !... Tu ne veux pas la voir ? On peut savoir pourquoi ? C'est permis d'être comme ça ? C'est défendu, alors très... J'appelle Bellini... Il lutte bien quand la... J'avais une amie dont le mari... Chose. Il s'appelait comment... Tant pis... Une erreur judiciaire. Exactement... Comment tu trouves les mots justes... Victime propi... Une chose comme ça... Coupable, pas coupable, du pareil au même. Juif voilà la faute... Ancienne comme le monde ! Dreyfus, il s'appelait... Pas le mari que mon amie... Tu me mélanges dans ma tête... Ne me parle pas... Je pense... Je réfléchis... Je raisonne... La torture... Mon Dieu... On avoue tout et le contraire... Il n'a rien fait... Je le sais mieux que toi... Un avocat, très bel homme en plus… Il disait… Le couteau… Ne jamais avouer. Le couteau encore dans la main… Il est devenu tellement… Faible… On dirait qu'il cherche… Dieu lui a donné l'intelligence mais il lui a enlevé la force… Voilà comment je raisonne moi… Impossible quand même… Arrêter tout le monde, ils ne peuvent pas… Un jour, deux jours, ils relâchent. C'est connu… Ils relâchent… Pas besoin de se faire du mal en avance… Je me sens mal. Mal, mal, mal… Une fatigue pareille… Quelle fatigue ? Rien, rien. Mon fils n'a rien. Il viendra vivant. Avec l'aide de Dieu, il viendra vivant. Il verra son père. Où est-il à présent ?… Au commissariat qu'ils disent… Menteurs, fils de menteurs… Il est en prison, c'est sûr. Pour combien de temps ? La prison… Dada… Dada Zanouba s'il te plaît… Descends dire à madame Aghion de monter un peu… Il faut savoir… La prison des Étrangers… C'est assis ou bien c'est couché ? Et même pas un pyjama… Pas même le temps de préparer une valise. Si j'avais su… Une chemise et une flanelle propre… Le chapeau bien sûr, pourquoi pas des gants ? Pour aller où ? Prendre le thé chez Groppi peut-être. Un dandy, voilà ton père. Cabotin, frivole, irresponsable. Ses maudites cigarettes… Le fusil sur la tempe et il s'empoisonne encore… Voilà ce que c'est. La tabagie envers et contre moi. Malgré mon état… C'est faux… Je ne pense pas à moi tout le temps. Pas maintenant en tout cas… Je pense à ton père… Voilà la vérité… Je me mets à sa place… On n'arrête pas les femmes enceintes ? C'est de ma faute alors ? Ce qui arrive à ton père est de ma faute… Si ça t'arrange… À ton avis, ils vont le relâcher ? Quand ? On ne peut pas savoir à l'avance... Si seulement j'avais pu prévoir... J'aurais fait... Quoi ? On ne peut rien faire. Où est-il à présent ?... Au commissariat qu'ils... Attendre. Se reposer... Quel repos ?... Mon dos, ah mon dos, le pauvre... Et le ventre. Le bicarbonate, j'en ai eu déjà... C'est possible. Tout est... Dada... Dada Zanouba... Viens. Elle est sourde... Exprès... Je veux un verre d'eau fraîche avec de la fleur d'oranger. Tout de suite... Tout de suite... Oui, la gastrite, je dois avoir... C'est tout... Un peu mal au ventre. À cause de l'esprit. La tension nerveuse... Ces sales mouches... Elles ont trouvé le moyen d'entrer... Dada... Da-da-Zanou-ba... Réponds. Viens une minute. Elle ne viendra pas ?... Une sourde incapable de... Lili. Appelle-moi Lili chez elle... Quelle heure il est ? Déjà ! Personne sur qui... Ma chance... Je n'en peux plus... Qu'est-ce que j'ai pu bien faire pour... Pourquoi ? Pourquoi moi ? »

ZANOUBA

Certaines personnes ont tendance à se prendre pour le nombril du monde et sa lumière. Le soleil ne brille que pour soi. Et les autres alors ? Les autres aussi ont du pain sur la planche du malheur. Ton père ne peut pas occuper, à lui seul, toutes les prisons du Caire et d'Alexandrie. Il en sortira, si Dieu veut, avant demain ou après-demain. Dans le cas contraire, je continuerais à essuyer tes larmes avec mes paumes. Je suis femme et, pour moi qui n'ai jamais eu d'enfant, c'est mon rôle. Je ne suis pas dénuée de patience. Mais tu n'as pas d'oreilles pour la patience. Pas d'oreilles et même pas une tête pour cogner dessus avec la main. Quand comprendras-tu que le malheur, après les sentiers de traverse, finit par se tasser ? Prendre les choses comme elles viennent et attendre qu'elles passent. Voilà un peu comment je suis moi. Je suis comme ça. Dès qu'une chose est établie et irrévocable, je sèche mes larmes. Je n'aime pas me retourner sur le passé. Si je me retourne, je trébuche, je tombe.

Nous sommes peut-être une même personne dans deux corps différents, mais tu n'as de compassion que pour toi seule. J'ai fait une réflexion au sujet des jeunes gens obligés de tuer et de mourir, alors que ton père, Dieu le garde, n'est privé au bout du compte que de sa liberté. Tu t'es dressée en face de moi, telle une vraie maîtresse contre sa vraie domestique. Ce que j'ai pu entendre ! Si quelqu'un d'autre m'avait dit la moitié de tes paroles, je lui aurais coupé la langue avec un couteau frotté au piment rouge. J'ai pris tes insultes avec diplomatie, comme je fais toujours. J'ai dit : « Regarde, dans quinze jours tu auras douze ans, et un gros gâteau que je te ferai de mes mains. » Tu m'as rétorqué : « Ta merde, tu peux la manger toute seule. » Je me suis contentée de te souhaiter : « Que Dieu te pardonne », et tu m'as répondu tout aussi grossièrement. C'est alors, et alors seulement que j'ai mis de côté mes bonnes manières. Je t'ai traitée de sale petite bâtarde d'un espion, puisse-t-il se rompre le cou entre ses barreaux et le tien avec. Et si ça ne te plaît pas, tant pis, tu n'as encore rien vu, rien vécu, rien souffert.

J'ai beaucoup souffert de la mort de mon père. Le jour de son enterrement, j'ai pleuré comme une fontaine. Les gens me disaient : « La fontaine peut couler, celui qui meurt ne revient plus », mais rien à faire. Je me suis roulée par terre. Je me suis couchée sur le cercueil pour qu'il s'ouvre et m'engloutisse moi aussi. Les porteurs m'ont poussée et je suis tombée dans la poussière. Ils ont hissé le cercueil sur leurs épaules, et en avant pour le cimetière. Mais juste devant le cimetière, les porteurs se sont mis à trébucher sous leur charge. Le cercueil de mon père était devenu, soudain, aussi lourd qu'une maison de deux étages. Les porteurs ont dû le reposer à terre. Six, puis sept hommes ont essayé de le soulever. Pas moyen. Mon père ne voulait pas entrer au cimetière. « Eh toi, le mort, ont dit les porteurs, cesse de faire ton intéressant ! Meurs enfin et laisse-nous finir notre travail. » Mais la volonté du mort était infatigable. Il a fallu attendre encore un jour avec sa nuit pour qu'il accepte d'aller reposer parmi les siens.

Cette même nuit, mon père est venu me visiter en rêve. Il est venu à moi en disant : « Ma fille, coupe une mèche de tes longs cheveux et viens, dès demain, la déposer sur ma tombe. » J'étais très étonnée d'une telle demande et j'ai voulu en connaître la raison. J'ai dit : « Père, mon père bien-aimé, pourquoi veux-tu une mèche de mes cheveux ? » Il m'a répondu : « Parce que ainsi je ne regretterai plus ma fille qui ne regrettera plus son père. » Le lendemain, j'ai fait selon la volonté de mon père. J'ai coupé une mèche de mes cheveux et je l'ai déposée sur sa tombe. Je suis partie sans regarder en arrière. Je suis comme ça, moi. Si je regarde en arrière, c'est moi qui trébuche, c'est moi qui tombe. Qu'est-ce que je veux dire par là ? Une chose simple. Chacun sa peine, chacun ses joies. Pourquoi je te parle aussi durement ? Pour que tu comprennes la différence entre toi et moi. Ce qu'on m'a pris ne reviendra pas. Ce qu'on peut te prendre, je ne le possède pas.

MARA

I

En début d'après-midi, les coups de téléphone pleuvent ; Tante Lili, le rabbin, le docteur Lagnado, la mère de Farid qui offre de nous monter un plateau de konafas[1] ; l'avocat Bellini, que j'ai enfin réussi à

1. Gâteau fourré de crème et de pistaches.

joindre, me recommande la discrétion. Il faudra, si on veut lui confier notre dossier, que madame Louria se rende à son cabinet.

Ma mère, pour l'instant, se sent incapable de mettre un pied devant l'autre. Elle reste couchée à se tâter le ventre et à battre mollement des paupières. Tout effort pour la faire se sustenter échoue et Zanouba, désespérée, en appelle aux voisins.

Madame Aghion accourt avec une boîte de fins chocolats Lappas pour ma mère. Elle apporte pour moi, une vieille édition Nelson : *Le Merveilleux Voyage de Nils Holgersson*, un petit garnement dans mon genre paraît-il. « Quoi ! un livre ? » s'écrie ma mère comme si elle n'avait jamais entendu parler d'une chose pareille. Mon père arrivant ensuite sur le tapis, je suis stupéfaite de les entendre discuter très sérieusement de sujets aussi flous que le péché, le pardon, la miséricorde divine.

« C'était écrit, conclut madame Aghion, nous sommes tous condamnés d'avance. Je suppose qu'ils vont le garder un certain temps et vous ne pourrez rien y faire. Prier et vous croiser les bras.

— Je ne me croise pas les bras, dit ma mère, les poings crispés sur le drap. Je ne me croise pas les bras », répète-t-elle en tirant la langue violemment comme si elle allait vomir.

Madame Aghion se retire et Roxane Naphtali lui succède.

Elle prend place sur le pouf de la coiffeuse, le plus loin possible du lit où sa rivale trône, les mains entourant son ventre rond comme une lourde corbeille de fruits placée entre ses genoux. Roxane porte un chandail fané avec des roses imprimées sur le devant, mais sa poitrine est si haletante que les roses semblent sur le point de se décrocher. Ma mère, parfaite de courtoisie, je dois le reconnaître, tente de réconforter la maîtresse de son mari :

« Soyez bénie, chère mademoiselle Naphtali de venir de si loin. Il vous aimait tellement lui aussi. Il aurait voulu que vous le sachiez, n'est-ce pas chérie ? » ajoute-t-elle à mon adresse.

Avant que je puisse ouvrir la bouche, Roxane se répand en vives inquiétudes. La rage me gagne. De quel droit ces deux femmes non contentes de s'approprier mon père, osent-elle parler de lui au passé ?

« Qu'est-ce qui lui arrive ? s'étonne Roxane, on dirait qu'elle m'en veut.

— C'est l'émotion, dit ma mère, ça lui passera ! »

Ça ne me passe pas et mademoiselle Roxane suggère, si sa présence est un tel désagrément, de débarrasser le plancher.

« Mais dis-moi, mon chou — elle darde son index vers moi — dis-moi pourquoi tu réagis aussi bêtement ?

— Parce qu'elle est bête pour ma chance ! Et son père qui n'est pas là. Mon Dieu, que vais-je devenir ?

— Pauvre, pauvre petit chou, c'est pour toi que je me fais du souci. »

Roxane me dit cela avec beaucoup de tendresse,

comme si j'étais une méchante petite fille qu'elle adore.

« Et pour moi, non ? intervient ma mère. Ah ! J'en suis au huitième mois, savez-vous ? S'il m'arrivait quelque chose, Nessim ne le supporterait pas. C'est normal entre mari et femme : l'amour comme au premier jour ! Et vous, mademoiselle Naphtali, toujours pas de fiancé au bras ? »

Roxane a le visage en feu et pour le cacher elle se penche tout contre le miroir de la coiffeuse. Elle louche légèrement d'un œil et son regard semble venir de deux directions à la fois.

« Qu'y a-t-il, mademoiselle Naphtali ? dit ma mère. Vous êtes myope ? »

Les femmes avec leur amour sont féroces. Roxane pince les lèvres, résignée semble-t-il, à entendre d'autres perfidies. À la façon qu'elle a de se tenir en équilibre instable sur le pouf, je sens qu'elle va tomber en larmes. Je la remets d'aplomb sur le pouf et l'y laisse pleurer un bon coup. Zanouba sert le thé et la situation prend un tour plus calme.

« Je crois oui, que je prendrai du citron, j'aime le citron, beaucoup. » Roxane rit comme à avouer un péché mignon. Ma mère confesse que l'acidité, mon Dieu, agit de manière corrosive sur son estomac. « Tel du sublimé corrosif, du mercure quoi ! » souligne mademoiselle Roxane avec un air pédant. Ma mère, un rien agacée par son savoir, lui demande à quand remontent ses dernières études. « Vingt ans au moins, le temps passe, c'est à peine croyable, mademoiselle

Naphtali, comme on se retrouve vieille du jour au lendemain ! » La discussion roule là-dessus. Le temps, la politique et les hommes qui, partout, la font si mal. Ma mère les voue au feu de l'enfer, tous autant qu'ils sont, avec toutefois un traitement spécial pour Nasser, que son estomac soit lesté de pierres brûlantes tandis que ses complices : les officiers, les généraux, les amiraux, les ministres... « Âge moyen 35 ans ! » précise Roxane d'un ton de circonstance atténuante. Ma mère, ignorant l'interruption, inocule la peste et le choléra à tout le gouvernement, la contagion s'étend rapidement à travers le pays. Hommes, femmes et enfants sont frappés, ils vont succomber dans d'horribles souffrances lorsque Roxane vole à leur secours : le peuple ne peut être tenu responsable des exactions commises par ses dirigeants ! Elle cite Marx, Karl, je connais ce nom, ainsi que les idées d'un certain Proudhon. Ma mère se fâche. Elle s'en fiche bien que la propriété soit le vol, est-ce qu'on pense à ça dans un moment pareil ? « Et Budapest ? lance Roxane, excédée, Budapest ça ne vous fait rien non plus, je parie ! » « Budapest ? » Ma mère lève les yeux au plafond comme pour localiser la capitale de la Hongrie. Elle claque des doigts ! Justement il lui revient en mémoire un restaurant du Caire où l'on sert du goulasch, brouet de pauvres pommes de terres trop cuites assaisonnées d'une épice appelée. Comment déjà ? On ne saura pas. Roxane s'est remise à larmoyer, à cause, cette fois d'un chagrin nommé Budapest. Une déception plutôt, mais alors à l'échelle universelle. Des chars, des centaines de chars soviétiques ont, en écrasant la révolte du peuple hongrois, désillusionné les communistes du monde entier. La seconde crise de larmes est moins spectaculaire que la première, mais enfin elle est dure à supporter. Tout le monde, même Zanouba qui apporte de l'eau chaude pour la théière, se sent mal à l'aise. Et tandis que Roxane renifle et s'essuie les yeux avec un coin de l'organdi bordant la coiffeuse, ma mère reste les yeux dans le vide, calme et hagarde. Roxane saisit enfin le message. Elle s'en va oui, elle ne veut pas abuser de la patience de madame Louria :

« Un dernier mot : la pharmacie. Si je suis embarquée à mon tour, tout est possible, vous trouverez un double des clés au café Moschini. »

Je la raccompagne jusqu'à l'ascenseur. Elle craque une allumette. Elle fume comme un homme, la paume en l'air, tenant sa cigarette au creux des doigts et la fumée s'enroule autour d'eux. Elle aspire et expulse la fumée avec violence.

« Mon petit chou, ne t'en fais pas pour ton père. Je vais alerter mes amis, tu peux compter sur le Parti. Si je suis arrêtée, n'oublie pas les clefs chez... »

Un peu de cendre tombe de sa cigarette sur sa jupe et elle la fait pénétrer en frottant le tissu. L'ascenseur arrive. Roxane se saisit de mon nez et le caresse tristement comme si tout le chagrin qu'il y a en elle s'était soudain ramassé là.

« Qu'est-ce qu'elle t'a raconté ? dit ma mère. Elle t'a parlé de moi ? »

Debout, devant la coiffeuse, elle se regarde attentivement dans le miroir. Une curieuse impression de souffrance est peinte sur son visage.

« Elle est un peu raide cette fille, tu ne trouves pas, chérie ? On dirait qu'elle a un balai planté dans le derrière... Une communiste, ajoute-t-elle en baissant la voix. Je me demande comment ton père pouvait la supporter. »

II

Tard dans l'après-midi, c'est le zabet Aboul Nour en personne, qui ose se présenter devant nous. Il entre en trombe dans la chambre de ma mère. Il a couru à en perdre haleine et nous devons l'excuser de paraître tel qu'il est : dans son uniforme froissé, dans son cheveu bouleversé, dans sa figure en sueur. Il a couru, répète-t-il, afin de nous apporter vivement de bonnes nouvelles de notre cher prisonnier.

« Qui vous a averti ? je demande, vous saviez qu'on allait l'arrêter ? »

Le zabet secoue la tête très vite, comme un chien qui sort de l'eau. Ma mère l'invite à passer au salon. Le temps d'enfiler une liseuse (tu parles !) et elle le rejoindra. N'est-ce pas plus convenable ? Rires mutins de part et d'autre.

Au salon. Le zabet déboutonne sa tunique et soupire : « Quel jour affreux ! » Je lui demande pourquoi il exerce un aussi sale métier. Il me regarde, pris de panique. Je l'entends penser : *je sais que tu sais que j'ai dénoncé ton père... je sais que tu sais que je suis un salaud !*, et il m'attrape par le poignet :

« Tu es grande pour ton âge. Qu'est-ce que tu veux faire plus tard, quand tu seras grande ? Tu veux être une savante comme ton père ? »

Je récupère mon poignet. Je regarde ma montre et une question terrible me vient à l'esprit : que fait papa à présent ? Que peut-on bien faire en prison ? Le zabet continue à pérorer tandis que je m'égare dans mes pensées sinistres.

... « S'il peut y avoir des femmes médecins, par exemple, j'ai quand même le sentiment qu'il y a des travaux destinés à chaque sexe et que les deux doivent rester séparés. Je ne suis pas philosophe mais à mon avis aucun homme n'aime les femmes hommasses. La femme est belle parce qu'elle est faible et Dieu qui... »

Il s'interrompt car ma mère arrive trottinante, froufroutante, tout sourire. Le zabet lui avance un fauteuil et va s'asseoir sur le canapé. Il écrase ses gros souliers sur le tapis douillet, je sens qu'il tortille dedans ses orteils en sueur, va-t-il ou non se déchausser ? Il repousse le cendrier que ma mère lui tend : interdit, non ? en présence d'une dame dans un état intéressant ! Assauts polis de part et d'autre. Ça ne vous dérange pas ? Vraiment ? Ce cher Nessim fumait comme une locomotive, c'est juste, c'est très juste ! Bon alors une seule cigarette, mais gare à la direction de la fumée. Rires complices. Mais ce magnifique gros briquet, de l'argent massif ? il ne marche donc pas, quel dommage ! Où sont passées les allumettes ? Je suis sur le point de lui balancer l'énorme briquet à la figure. Je lui allume sa cigarette, il pourrait remplir la pièce d'un gaz mortel, je m'en fous.

« Ces bonnes nouvelles alors, ça vient ?

— Comment tu parles ? fait ma mère, ce n'est pas permis !

— La curiosité la brûle, madame, c'est normal ! »

Mon père a passé la nuit dernière, sous bonne garde, au commissariat d'Abdine, sans subir de sévices ou d'interrogatoire. Dans la matinée, il a été transféré, en même temps que d'autres détenus, dans un local réquisitionné à cet effet. Un endroit qui doit demeurer secret, cela va sans dire, le zabet ne peut enfreindre les consignes de ses supérieurs. Toutefois, et voilà la bonne nouvelle, le zabet a réussi à voir ce cher monsieur Nessim, à lui parler. Son lit est placé dans un coin de la chambrée, à côté d'une fenêtre ouvrant sur l'air pur. Donc, le moral est haut, tout va bien.

« Ah bon ! je dis en éclatant de rire. J'ai rarement entendu parler d'un truc aussi idiot.

— Elle va bien ? » fait le zabet.

Il allume une deuxième cigarette. Il fume des Coutarelli, un bon rapport qualité-prix. Il remet son paquet dans la poche de sa chemise, et je pense à la belle cible qu'il a là, juste à la place du cœur. Ma mère gronde :

« Arrête, Mara, arrête de tourner sur ma tête. Elle me donne le vertige, pas vous ?

— Dieu la bénisse, dit le zabet, j'en étais où ? »

Donc, tout va bien. Tout irait mieux encore à certaines conditions touchant les choses du quotidien. Mon père souhaiterait qu'on lui fasse porter, via son ami le zabet, du linge de rechange, une cartouche de cigarettes, un peu d'argent pour voir venir. Du liquide évidemment destiné à acheter le gardien qui lui-même achète et distribue les provisions à toute la chambrée.

Je garde le silence lorsque ma mère ordonne à Zanouba de fouiller les tiroirs du bureau et d'en sortir les billets que mon père a l'habitude d'y laisser en vrac. J'observe le maître chanteur. Il me rend un regard qui ne faiblit pas. Ainsi on peut, après avoir dénoncé un innocent, empocher tranquillement ses économies ? Zanouba revient avec dix-huit livres et cinquante piastres. « Il y en aura assez ? » s'inquiète ma mère. Quand elle promet : « Le reste sera pour demain, s'il vous plaît, revenez sans faute... », j'interviens :

« Le reste sera remis à papa par maître Bellini, notre avocat et il portera plainte contre vous. Je sais qui vous êtes, je le sais depuis le début.

— Qu'est-ce qu'elle raconte ? sursaute le zabet, et une araignée d'angoisse court sur sa nuque rouge.

— Ne faites pas attention, soupire ma mère, elle a l'habitude de parler toute seule. À tort et à travers, c'est sa folie. Elle déteste la terre entière vous savez, même sa mère. Même moi, sa propre mère, voilà ma chance, elle me déteste de tout son cœur.

— Je ne dirai pas ça, fait le zabet en reboutonnant

sa tunique, non je ne le dirai pas comme ça. Je ne suis pas philosophe, mais à mon avis... »

Je le pousse dehors et je reviens faire une scène à ma mère.

Je la traite de tous les noms que sa crédulité, sa lâcheté, sa débilité mentale, la matière molle qui lui tient lieu de cervelle, m'inspirent. Elle me considère d'un air stupéfait, presque humble. Elle dit ne pas comprendre pourquoi je la harcèle sans cesse, ça ne peut pas durer ainsi. Non et pourquoi pas ? Ses yeux louchent, son visage est blanc comme du papier quand elle se précipite sur moi. Elle enfonce ses dents dans ma main, je lui tords le bras, je la jette par terre. Elle s'étale sur le tapis, les cuisses écartées, le ventre saillant. Elle gigote comme une épileptique. Elle suffoque. Elle crie qu'elle ne voit plus clair, qu'elle n'entend plus, qu'elle ne sent plus rien. Elle a seulement conscience du bébé qui lui déchire les entrailles. Elle supplie qu'on ne lui cache pas la vérité : est-elle en train de perdre son fils ou simplement de mourir ? J'arrange la liseuse sur ses épaules et je vais téléphoner à son médecin.

Le docteur Lagnado n'arrive qu'au bout d'une heure et repart presque aussitôt, en promettant d'envoyer une ambulance.

CHAPITRE III

ZANOUBA

Je ne sais pas où l'enfer est définitivement placé. Mais, s'il a plu à Dieu de le mettre dans ta tête, l'espace ne lui manquera pas. Dans quel recoin de ton cerveau trouves-tu les ressources de ta cruauté ? Tourmenter une mère qui porte en elle le poids d'une nouvelle vie ! La jeter à terre, lui piétiner le ventre ! Un peu plus et tu lui provoquais la fausse couche. Un peu plus et tu lui sortais du ventre un lézard à deux pattes aussi longues que mon avant-bras. C'était ton projet ? Prie pour qu'il échoue ! Sinon prépare-toi à ouvrir un gouffre que tu ne pourras plus jamais combler. Aucune femme ne peut supporter le deuil d'un enfant mené presque à terme. Elle en restera affectée toute sa vie. Elle attrapera l'angoisse, la migraine, la stérilité. Elle préférera tarir son ventre plutôt que de revivre un tel drame. Elle n'aura plus de goût pour rien, sans que son entourage ou elle-même s'en aperçoive. Elle ressemblera à une morte sauf que son corps survivra. Je te parle en femme instruite de ces dangers car ma mémoire est fidèle. Elle est fidèle. On dirait une ombre qui me suivrait partout, une malédiction à l'ombre de laquelle je vivrais jusqu'à la fin de mon temps.

J'avais vingt ans lorsque la noix creuse m'a jetée à la rue parce que, en effet, mon ventre s'arrondissait. Et à cause de qui ? Son frère, son propre frère, qu'il soit maudit et avec lui toute sa famille. Au début, le premier mois c'est-à-dire, j'ai eu la tentation d'aller à l'hôpital Coca-Cola pour ruiner sa réputation. À quoi bon ? C'était un homme marié et père déjà de plusieurs enfants. Je risquais de prendre un mauvais coup et de me retrouver à la prison des femmes. Mieux valait défaire en silence ce qui avait été fait en silence. J'ai pris ma décision sans l'ombre d'une hésitation. L'enfant du Chef de la Propreté ne m'était rien, même pas une idée de ce qu'il pouvait être. Je suis allée voir un docteur bien connu du Daher et il m'a dit : « L'opération n'est pas légale, sauf si vous avez sur vous cinquante livres. » Je me suis sentie perdue. D'autres personnes étaient allées voir ce docteur pour raconter leur malheur. Il les avait opérées gratuitement. Moi, je m'étais présentée trop bien habillée, comme je suis toujours, et il m'avait prise pour une dame avec de gros moyens. J'étais encore assez fière pour ne pas me déjuger. J'ai dit au docteur que je reviendrais demain avec cinquante livres et je n'y suis jamais retournée.

Il y avait à Gamalieh, le quartier des mendiants, des assassins et des putains à dix piastres, une *codia*[1] dont la renommée faisait merveille. Elle coûtait dans les trois-quatre livres. Je lui ai embrassé les mains. Une femme pareille, Dieu m'en préserve aujourd'hui, existe pour mettre son savoir au service des filles qui ne peuvent compter sur personne. Elle m'a accueillie aussi gentiment que si je venais en visite de courtoisie. Elle a fait bouillir un liquide noirci au goût amer. J'en ai avalé assez pour avorter une vache, si elle était enceinte. Sans aucun résultat. J'ai proposé de remettre un peu d'argent sur la table, mais la codia n'a pas voulu en entendre parler. Elle m'a dit d'attendre au lendemain, le temps pour elle de préparer les grands moyens. Beaucoup y ont passé. Des herbes dont les piquants ne m'arrachaient même pas une goutte de sang. L'os pointu de la jambe d'un agneau. Une bouteille de limonade au goulot allongé. La tringle du rideau. Quand enfin elle m'a piétiné avec ses gros pieds, car elle était grosse et lourde, le sang a jailli, mais je ne m'en suis pas rendu compte. J'étais partie dans un bienheureux sommeil. Le sang inondait le carrelage, avec une abondance telle que la codia a pris peur. Elle a ameuté les voisins. Ils m'ont aspergée d'eau, ils m'ont giflée, je ne suis pas revenue à la vie. Ils m'ont transportée ainsi, à moitié morte, dans un lit d'hôpital. J'ai ouvert les yeux sur une lumière aveuglante. Quelqu'un me secouait avec rudesse. C'était la

1. Une magicienne.

sage-femme en furie. Elle m'engueulait pour me réveiller, exprès, au moment du curetage. Cela se fait longtemps, longtemps, avec un couteau dont la pointe met les chairs à vif. Je ne me suis pas débattue, au contraire. Plus la douleur grandissait, plus elle me garantissait la délivrance. Mais aucune femme ne peut endurer un tel sort sans tourner de l'œil. Chaque fois que je m'évanouissais, un seau d'eau me ramenait à voir ce qui devait être vu. Mon crime. J'ai vu comme un petit lézard qui voulait sortir d'entre mes cuisses. Un lézard qui poussait deux pattes rougies, longues comme mon avant-bras. La tête est venue après, puis la gélatine jaune et grasse qu'on appelle le placenta. J'ai macéré toute une journée dans la graisse et le sang. Vers le soir, avant de me laver, la sage-femme m'a badigeonné la figure avec le placenta. Histoire de me faire entrer dans l'œil le crime que j'avais commis. Voilà un peu comment elle m'a traitée, la salope ! Avec la promesse, par-dessus le marché, d'une amende de dix livres et d'un mois de prison. Quand elle a quitté la chambre, j'ai appelé la mort à la place de la honte qui me tombait dessus. La honte est un sentiment qui ne s'oublie jamais, mais à peine sortie de l'hôpital, je l'ai oubliée. C'est à cause de l'âge. Avant un certain âge, on n'éprouve pas le problème que constitue une existence sans enfant de sa propre chair. À peine sortie de l'hôpital, j'ai éprouvé l'envie d'aller au cinéma. Comment cela peut-il être ? J'ai vu deux fois de suite le même film et à peine revenue dans ma chambre, je me suis mise à danser. Comment cela peut-il être ? Je dansais autour de mon lit et je chantais une chanson d'Abdel Halim :

Sur un lit de fer, que tu pleures ou non,
c'est une nuit qui vaut la lune,
sur un lit de bois, que tu pleures au non,
c'est une nuit qui sera vite passée.

J'étais comme ça, moi. J'étais capable de défaire toutes les tristesses, de vaincre toutes les larmes. Je faisais confiance à ma volonté de défier le monde. Je croyais que rien ne pourrait me détruire. Mais j'ai compris, avec l'âge, qu'une femme peut être brisée par l'enfant qu'elle n'a pas eu.

MARA

Zanouba a un talent incroyable pour dénicher les sujets qui brisent le moral. Elle s'acharne, pour le profit des gens qui nous entourent, hausse le ton comme si je m'apprêtais à l'interrompre. J'ai simplement émis un bruit inarticulé marquant tout au plus une légère réprobation. Elle parle tellement fort et la lumière électrique est tellement vive et je suis tellement fatiguée, tellement impatiente de savoir. Je ne m'inquiète pas vraiment. Je m'efforce de m'inquiéter et c'est pourquoi le sermon de Zanouba me laisse froide.

Nous sommes arrivées à l'hôpital sur le coup de dix heures du soir. Deux heures ont passé et nous poireautons toujours, assises sur une banquette, au milieu du couloir qui sert de salle d'attente. De temps en temps, l'infirmière de service — un être mesquin aux lèvres scellées — se fraie un chemin dans une jungle de jambes, de bras, de têtes à l'air abruti, résigné. Elle fait courir ses socques sur le dallage, toute la souffrance du monde est rassemblée dans son dos et la poursuit... ; les quintes de toux, les brûlures d'estomac, les tumeurs qui se promènent dans le ventre et remontent au cœur. J'ai l'impression de me trouver au cinéma. Je suis assise au fond de la salle, trop loin de l'écran pour identifier les personnages. Je n'arrive pas à suivre leur histoire, ce qui expliquerait chez moi l'absence presque totale d'émotions. À ce manque de sensibilité, on reconnaît le tueur endurci. Serais-je devenue une vraie cynique ?

J'ai lu dans un roman russe que les gens sont mauvais parce qu'ils ne savent pas qu'ils sont bons. Moi, je sais que je ne suis pas bonne et, en même temps, je n'arrive pas à me croire totalement mauvaise. Cela vient peut-être d'une incapacité à me voir telle que je suis vraiment. Les grands criminels, par exemple, les assassins, les violeurs d'enfants, les étrangleurs de vieilles dames, ne comprennent pas bien le motif qui les a fait agir. Ils n'arrivent pas à admettre le mal qu'ils portent en eux. C'est pourquoi ils protestent toujours, après coup, de leur innocence. « Moi, monsieur le

Juge ? Je suis quelqu'un de très doux en réalité. Je ne pourrais même pas tuer une mouche. »

Elle est tombée si vite... La catastrophe a été si soudaine que... Je ne sais pas moi... Cinq minutes plus tôt, tandis que le zabet Aboul Nour se trouvait encore à la baratiner, j'aurais été horrifiée à l'idée d'attenter à la vie de qui ce soit. J'ignore pourquoi j'ai proféré de telles horreurs, une parole entraîne l'autre, voilà tout, et la plupart du temps elle n'y prête aucune attention. J'ai l'habitude de dire des choses sans importance. Elles me passent par la tête, comme ça, sans que j'aie eu le temps de les penser. Ce qui est impensable est infaisable. On ne pense pas : on n'a rien fait !

« Qu'est-ce qu'il y a encore, bon Dieu ? » dit fortement une voix au bout du couloir. Celle de l'infirmière répond de façon inintelligible, agaçante visiblement. Un homme en blouse blanche, un furieux, fonce vers moi et s'arrête :

« C'est vous la fille de madame Louria ? »

Ce ne peut pas être Zanouba et de toute façon je suis trop émue pour répondre.

Ma mère occupe une chambre à un lit, faiblement éclairée par une veilleuse. Elle dort profondément. On a dû la bourrer de calmants. Un tuyau plein de sang court d'une bouteille fixée au-dessus du lit à son bras gauche, mais cela apparemment n'est pas douloureux. Elle a les bras allongés de chaque côté du drap, l'air détendu, presque heureux je dirais. Je n'ose trop approcher de peur de la sortir de toute cette douceur.

« Ne restez pas plantée dans le courant d'air, fermez

la porte, crie le docteur, approchez voyons, mais ne la touchez pas. »

Sa voix me cloue sur place. Cet accent chargé de sévérité et de mépris ne m'est pas inconnu. Je l'ai entendu maintes fois déjà, mais où ? Dans mes rêves coupables ? Il redit : « Il ne faut pas la toucher, elle est sous perfusion », et à son ton rude, pareil à celui de madame Garnier, je reconnais un Français de France. Avec le respect d'un sauvage face à un sorcier, je demande si ma mère est hors de danger.

« Elle n'est pas morte, c'est déjà ça ! Que s'est-il passé exactement ? Vous étiez là quand ça c'est arrivé ? »

Je fais non, non, de la tête et le rouge me monte au front. Il me regarde, le nez pointé droit sur moi, avec l'attention d'un renard qui flaire le lièvre.

« Expliquez-moi ce qui lui est arrivé, bon Dieu, je n'ai pas son dossier. Elle a fait une chute ? Elle a eu peur ? Une soudaine poussée d'anxiété, c'est ça ? Des palpitations ? Cela peut être assez sévère, les gens croient souvent qu'ils sont sur le point de mourir.

— Ah oui ? Vous croyez que c'est à cause des bombardements ? »

Il hausse les épaules et je vais me battre contre le vent qui soulève les rideaux. Je tire de tout mon poids sur le châssis de bois, les rideaux se remettent paisiblement en place le long de la fenêtre. Le médecin bougonne, je l'agace à m'agiter ainsi. Lui-même s'affaire pas mal, sombre, poussant de grands soupirs. Il décroche la pancarte fixée au pied du lit et se rembrunit davantage, si c'est possible.

« Ça ne va pas alors ? Elle a de la fièvre ?

— Un peu.

— Un peu beaucoup ? »

Mes mains se mettent à trembler comme si elle avaient une vie propre. Je les fourre dans ma poche pour les immobiliser. Je me penche pour mieux voir ma mère. Elle dort avec une expression de confiance spontanée : du sang neuf coule dans ses veines. Ses joues se colorent de rose, ses cheveux roux s'éparpillent joliment sur l'oreiller. Tandis que je l'observe, ses lèvres émettent un bruit d'enfant dérangé dans son sommeil. Elle marmonne quelque chose, une protestation, et ses bras embrassent étroitement son corps. Je remarque l'espèce de camisole blanche dont le cordon lui marque le cou, une toile tellement grossière qu'à son réveil, j'en suis sûre, elle ne supportera pas d'en être affublée. Je vais ouvrir le placard. Il est vide, désespérément, avec deux cintres qui cliquettent sur leur tringle. Je demande si je peux m'en aller et revenir, demain, avec des vêtements confortables.

« Excusez-moi, monsieur, mais je voudrais être certaine qu'elle aura toutes ses petites affaires. C'est important pour elle. Et mon petit frère, il va bien ? Vraiment tout à fait comme il faut ? »

Quand le médecin ouvre la bouche, je crois qu'il va enfin cracher le morceau, me dire ce qu'il pense, mais il se racle la gorge. Il bâille, l'air épuisé.

« Et si c'était une petite sœur ? Je ne suis pas devin.

Le docteur Lagnado dit qu'elle est enceinte de trente-deux semaines, c'est ça ? Je ne suis pas inquiet, mais sait-on jamais avec la fièvre ! Une septicémie est toujours possible.

— Une quoi ?

— Fichez-moi la paix, nom de Dieu ! Vous savez l'heure qu'il est ? Quel âge avez-vous ? Et votre père ? Il vous laisse toute seule ? Où est-il passé, nom de Dieu ? »

Je dis n'en rien savoir. Comme il insiste : « Votre père ne vit pas avec vous ? », je juge préférable, dans ma situation, de lui servir un mensonge intéressant et digne.

« Bien sûr qu'il vit avec nous et tout le temps. Sauf quand il voyage. Dans les bois, au bord de la mer, dans les tournois d'échecs, parce que c'est un grand champion, vous savez, le plus grand de tous. »

Le docteur a l'air épaté et j'éclate de rire.

La porte vient de s'ouvrir et Zanouba, arc-boutée comme une idiote, se tient dans l'embrasure. L'inquiétude la consume tellement que sa peau paraît verte. Je crie : « Ce sera une sœur, une petite sœur ! » et je lui plante sur les joues le millier de baisers que je n'ai pas osé donner à ma mère.

CHAPITRE IV

MARA

L'infection mortelle que le dictionnaire appelle septicémie ne s'est pas déclarée et je lui en suis reconnaissante. Et je la remercie comme s'il s'agissait d'une puissance magique, bonne et généreuse qui m'aurait pardonnée. Je me serais tuée si ma mère était morte à cause de moi, je me serais tuée, un point c'est tout.

La première fois, quand j'ai revue sa pâle petite figure d'hôpital, j'ai eu une impression d'irréparable. À mon entrée, elle s'est prise la tête entre les mains, comme sous l'effet d'un souvenir horrible, j'ai su qu'elle me maudissait en silence. J'aurais préféré des cris, une gifle qui m'aurait arraché un œil. Nous n'avons pas évoqué le passé, sauf à un moment. Nous parlions de mon père, elle pleurait, moi non, et elle a remarqué : « Tu ne pleures jamais, c'est drôle ! Si j'étais morte, supposons, est-ce que tu saurais pleurer ? » Je ne m'en étais pas rendu compte, mais en effet je ne pleure pas souvent, ou alors en dedans. Et c'était le cas. Je bouillonnais de larmes intérieures, elles se bloquaient au niveau de ma poitrine. Pour les libérer, je me suis efforcée de rassembler les tristesses à ma disposition. J'ai pensé à mon père : au bagne ! à la vieille madame Aghion : à la morgue bientôt ! à la punition de mes péchés... Peine perdue ! D'ailleurs, ma mère avait cessé de me regarder. Rencognée, fixant le mur devant elle, elle respirait avec difficulté. C'était sa façon de me dire que, rien qu'en me tenant assise à son chevet, je lui ôtais l'air dont elle avait besoin. Je suis partie en me demandant si je devais revenir.

Le lendemain, l'accueil est différent. J'embrasse ma chère maman que la maladie rend si gentille. Je la conduis à son fauteuil, je la fais manger à la cuillère — j'aime rendre service — et nous bavardons sans arrière-pensées. Elle me raconte la santé dont je l'ai escroquée et je l'interroge sur le temps nécessaire à son rétablissement... Une bonne quinzaine selon le médecin, à moins que l'enfant n'arrive avant terme. Ce sera un garçon — elle y croit toujours — car il s'agite, il se démène comme dix ; s'il s'agissait d'une fille, il n'y aurait plus personne !

Advienne que pourra, je ne suis pas pressée.

Je n'irai pas le dire à ma mère, bien sûr, cela lui ferait de la peine, mais avec Zanouba je mène la grande vie. C'est comme l'été au bord de la mer, quand tout est permis, même les choses interdites. Dans la maison qui nous appartient maintenant, nous allons d'une pièce à l'autre, nous allumons toutes les lumières, nous les laissons brûler, nous poussons la radio à fond, nous dansons et la chaleur nous prend les joues, je me déshabille, Zanouba se met dans le soutien-gorge de soie de ma mère, dans sa culotte avec des dentelles, sans leur faire de mal car ses formes ne sont pas larges, elle se pavane devant le miroir de la coiffeuse, elle passe en revue ses seins, son ventre, ses fesses, je pense aux cabotines des comédies musicales, je lui ordonne de se rhabiller et de me faire la cuisine, nous mangeons comme des loups affamés, et la sieste nous tombe dessus, puis, dès que le soleil a plongé derrière les persiennes, nous avons des envies de foule arabe, de flânerie au Khan Khalili, d'un coupon de tissu brillant, d'un gâteau à la fleur d'amande, d'une librairie pour moi, d'un cinéma pour elle, nous nous disputons pour ne pas nous séparer, je cède finalement, je suis de plus en plus faible, Zanouba de plus en plus forte, c'est une impression pénible, comme si les rôles s'inversant je n'avais plus pour volonté que celle de Zanouba : « J'ai décidé aujourd'hui de prendre du bon temps, dit-elle, c'est bien mon tour », et c'est justice en un sens, cela répond aux aspirations naturelles, l'être humain aime à prendre sa revanche, l'être humain aime le changement.

Je ne retourne pas au lycée — d'ailleurs, les écoles sont toujours fermées — et Zanouba bâcle son travail. Elle s'est découvert une passion extraordinaire pour la lenteur et les bains chauds, parfumés à l'huile d'amande. C'est le meilleur moyen de prendre soin de la beauté des femmes. Je lui astique le dos jusqu'au sang avec la pierre ponce et à son tour, elle vide mon corps de tous ses secrets. Nous restons collées par la hanche comme deux sœurs siamoises, à papoter, à rire, à fredonner les mélodies heureuses de sa jeunesse. Quand elle s'extirpe de la baignoire : « Tu m'étouffes ! Combien de fois faudra-t-il te le dire ? », il me prend pour elle une sorte de dégoût.

Nous nous battons sans pitié.

Zanouba se coiffe du chapeau de mon père — elle est Nasser, le chef de la juste cause — et elle me poursuit à travers l'appartement. Je cours, empêtrée dans un châle de prières à longues franges — je suis Ben Gourion, l'âme damnée d'Israël. Je tire au canon, elle manœuvre un char d'assaut, je lui lance la bombe atomique. Elle me bloque la tête entre ses genoux, je rue contre sa poitrine, nous roulons, enlacées sur le tapis du salon. Un sentiment de bonheur m'envahit quand je me laisse tuer : Nasser doit avoir son jour de gloire impériale ! Je meurs par jeu, mais je suis prête, pour faire plaisir à Zanouba, à mourir pour de vrai. Si je tente l'expérience, en retenant ma respiration et en fermant les yeux, je m'étonne de ne pas voir les choses éteintes de la mort ; tout est lumineux, tout est joli, tout est à sa place. Dans une situation pareille, avec un père en prison et une mère à l'hôpital, mes visions devraient être sombres comme le malheur, non ? Eh bien, non ! Zanouba dit que je lui fais penser aux égoïstes qui vident une boîte de chocolats en laissant aux autres le papier d'emballage. Moi-même, je me dis : tu es vraiment un monstre, mais puisque tu es consciente de l'être, cela signifie peut-être que tu ne l'es pas tellement ! » Quoi qu'il en soit, je déclare une totale solidarité avec moi-même : la vie est assez dure comme ça !

Le plus dur, c'est la nuit. Je la redoute toute la journée, je l'attends et quand elle arrive, mon cœur me fait mal. Zanouba me borde dans mon lit, elle me laisse, elle s'en va et mon cœur me fait mal ! Pourquoi refuse-t-elle de dormir avec moi ? Elle prétend avoir ses habitudes sur la terrasse ! Une habitude nommée Chamrouk ? Je pense à ce qui se trame au-dessus de ma chambre, en dehors de ma compréhension, de ma raison, de ma volonté. La nuit s'éternise dans la maison vide. Les planchers craquent, j'entends un pas dans le corridor, un doigt gratte à ma porte, elle s'entrouvre et, en fin de compte, je ne suis sûre de rien. À un moment, mon père apparaît dans l'obscurité et me fait un signe. C'est un signe de vie, il me semble, un signe qui signifie : « N'aie pas peur, chérie, dors, demain matin je viendrai te réveiller », et je m'endors.

Le lendemain, mon père reste terriblement absent. Le jour surtout. Le jour, je pense qu'il ne reviendra jamais, mais la nuit, il se manifeste dans l'obscurité et me fait à nouveau un signe de vie.

CHAPITRE V

MARA

Après cinq jours d'incertitude, cette gourde de Roxane réussit enfin à obtenir un rendez-vous avec maître Bellini.

Nous nous morfondons longtemps derrière la porte du cabinet d'où entrent et sortent des gens à l'air préoccupé. Une expression, ressemblant beaucoup à de l'angoisse, s'est répandue sur le visage de mademoiselle Roxane tandis que grossit, à ses pieds, un tas de saletés.

« Ramassez vos allumettes et vos cendres. Vous voulez me tuer, ma parole ! Vos cendres, regardez, elles tombent sur ma jupe.

— Oh alors ! fait-elle en m'époussetant, pardon mon petit chou », et elle continue à fumer en recueillant la cendre dans sa main et en écrasant ses mégots sous sa semelle.

Monsieur Bellini porte des lunettes sur un petit

nez, enfoncé comme après coup, dans un visage bien gros.

« Entrez, ma petite, dit-il d'un ton empressé, je suis ravi, ravi de vous connaître. Comment ça va à l'école ? Mal ? Pourquoi, vous n'aimez pas l'école ? Ah, c'est vrai, pas d'école en ce moment, bien sûr, c'est évident, j'ai moi-même un garçon qui...

— Maître, intervient Roxane, votre temps est précieux, pouvons-nous commencer maintenant ? »

Je lui jette un regard noir, de quoi elle se mêle celle-là et je fais, pour plus de précision, les présentations :

« Roxane Napthali, une employée dans la pharmacie de mon père. »

Maître Bellini est un homme très cultivé. Le style de ses explications me flatte et m'inquiète à la fois. Je ne saisis pas ce que peut être au juste cette liste noire sur laquelle figure mon père. Que l'on y soit porté bien facilement ne me rassure pas. Que des centaines de victimes innocentes croupissent en prison ne m'intéresse pas. Je me fiche du médecin qui s'est opposé au transport d'un opéré mis en état d'arrestation. Je m'en bats l'œil des communistes, des sionistes, des frères musulmans écroués avec mon père. Où est-il ? Quand sortira-t-il ? Que lui reproche-t-on exactement ? Voilà les questions essentielles. Un innocent peut-il être privé de sa liberté, sans raison valable ? Doit-il mourir de faim sans que sa propre fille puisse lui apporter une barre de chocolat ?

Combien de temps devra-t-il, la guerre étant finie, subir une injuste, une interminable...

« Quelle impatience, soupire Roxane, une mitraillette ! Il n'y a que les enfants pour raisonner comme ça, Maître, passez-moi l'expression. Veuillez l'excuser, Maître, je vous en prie. Elle est tellement anxieuse pauvre chou, tellement malheureuse ! »

Je sens, en l'écoutant, une boule grossir au creux de mon estomac, en partie parce que je ne veux pas être encombrée de la pitié de quiconque.

« Je ne suis pas comme elle dit, juste un peu tracassée, c'est tout.

— C'est tout ? sourit maître Bellini, et il entreprend de nettoyer ses lunettes. Vous vous tracassez pour rien, ma petite fille. Le dossier de votre papa est vide, à ma connaissance en tout cas, une pure fantaisie ! Par conséquent et selon toute probabilité, il sera acquitté, si nous allons au procès évidemment ! Mais irons-nous ?

— Irons-nous, Maître ? hurle mademoiselle Roxane. À votre avis, irons-nous ? »

Maître Bellini croise les mains sur sa poitrine et ferme les yeux pour mieux élucider ce mystère : irons-nous, irons-nous pas ?... Il a des doigts trop courts, un bourrelet de chair rose déborde l'ongle de son gros doigt, cela me gêne, je ne sais pas pourquoi. Au bout d'un temps, quand on le croit endormi, il saute sur ses pieds. « Au revoir, mon petit, à bientôt, mes compliments à votre maman, qu'elle garde confiance, moi je ne suis pas inquiet le moins du monde.

— Pourquoi le serait-il, murmure Roxane, il est libre lui ! »

À peine rendue dans le couloir, elle allume une cigarette, aspire la fumée, tousse, larmoie, à cause de la fumée j'espère, de la fumée qui lui pique le coin de l'œil.

« C'est une manie chez vous. Fumer, pleurer, fumer, pleurer...Vous ne pourriez pas attendre qu'on soit dehors ? »

Il y a un long silence. Roxane médite, la tête renversée. Un épais matelas de fumée s'amasse au plafond.

« Vous vous installez pour passer la nuit, mademoiselle Roxane ? Je suis occupée, moi, je n'ai pas que ça à faire.

— Quand même, il aurait pu entrer dans les détails ! Ah, ces avocats ! Cinq minutes, montre en main. Je me demande s'il va s'occuper sérieusement de notre affaire.

— Il n'y a que les gourdes pour raisonner comme ça, passez-moi l'expression ! »

Le sérieux de maître Bellini a eu sur moi un effet apaisant parce que un : les avocats ont de la conversation ; deux : je suis, comme tous les menteurs, une nature crédule.

De retour à la maison, je ne décolère plus. Je tuerais Bellini si je pouvais, et j'en finirais aussi avec moi. Non seulement j'ai oublié de demander si les visites sont autorisées en prison, mais je ne sais toujours pas où mon père se trouve enfermé.

CHAPITRE VI

MARA

Nous nous voyons souvent, maintenant, mademoiselle Roxane et moi. Presque tous les soirs, après son travail, elle vient m'apporter un peu d'argent, pour faire tourner la maison, mon petit chou, en l'absence de tes pauvres parents. Ses baisers se bousculent sur mes joues comme des veaux humides. Elle m'aime étonnamment depuis l'arrestation de mon père, depuis qu'elle se dévoue corps et âme à sa libération. Si je cherche à savoir comment ? auprès de qui ? elle me sert ses vantardises habituelles. Elle a, mademoiselle Roxane, beaucoup d'amis influents, ils travaillent tous en ce moment dans la tension, de grandes difficultés les attendent encore sur la route victorieuse qui mène au socialisme, pourtant et sans aucun doute, le capitalisme agonise, il est fichu ! « Pourquoi il meurt si lentement ? » je demande, et elle hausse les épaules comme pour dire : je ne suis pas responsable ! Personne alors, personne d'un point de vue adulte, ne serait responsable de mon père ? Personne ne peut rien pour personne ? Mademoiselle Roxane expose une théorie optimiste, convaincante, que Zanouba résume ainsi : « Nous sommes impuissants, oui, impuissants et misérables comme les pierres. »

Un soir pourtant, un soir charitable, mademoiselle Roxane arrive avec une lettre que mon père lui a envoyée. À elle ? Bon ! Voyons ça ! Une page arrachée à un cahier d'écolier. En tête : trois chiffres suivis d'un numéro de salle et — je n'en crois pas mes yeux — de l'adresse d'un collège de garçons dans le quartier de l'Ezbekieh. Mon père commence par s'excuser de n'avoir pas écrit plus tôt à sa chère Roxane. Le papier manquait ainsi que les commodités afférentes. C'est de l'humour ! Il tient à préciser que le moral se porte haut... « Un ami, retrouvé ici, raconte des anecdotes très drôles à tout le groupe et je dois avouer que nous rions de bon cœur. » Il s'enquiert de la marche de ses affaires, comment tourne la pharmacie ? Il réclame, ardemment, des nouvelles de sa femme. A-t-elle reçu sa lettre ? Elle doit se sentir bien seule, à la maison, bien triste ! Aussi, il compte sur le bon cœur de sa chère Roxane pour lui apporter soutien dans l'épreuve. Il termine par cette confidence : « Je serais totalement brisé de ne pas voir naître mon fils, mais je garde espoir en la justice de mon pays. »

Tout à coup, cela me paraît tellement injuste — pas un mot pour mon anniversaire, c'était la semaine dernière — que je froisse la lettre avant de la déchirer en mille morceaux. Mademoiselle Roxane pousse des oh ! et des ah ! puis l'air soucieux, elle approuve : « C'est plus prudent ! » Du coup, je ne sais plus à qui j'ai affaire : une brave crétine ou une adroite hypocrite ? Je penche, à la réflexion, pour la deuxième hypothèse. Et bien qu'elle soit éprouvante pour la moralité, je ne peux nier la sensation agréable qu'elle me procure. Je me perche sur bras du fauteuil où Roxane s'enfume, toute gaie : « Le permis de visite nous l'aurons, j'en suis sûre ! », et je lui donne, à sa grande surprise, un gros baiser sur la joue. Quand elle enfile son manteau, je l'accompagne tout aussi tendrement jusqu'à l'ascenseur.

« J'ai pensé à une chose au sujet de la lettre. Si vous voulez, je ne dirai pas à maman que papa vous a écrit.

— Quoi ?... Que dis-tu ?... Ah, pourquoi, pourquoi faut-il que tu rendes les choses si dures pour tout le monde ? »

Elle s'en va en promettant de revenir le lendemain soir, avec des nouvelles fraîches et un permis de visite !

Le lendemain, Roxane ne revient pas.

CHAPITRE VII

MARA

Deux jours ont passé avec leurs nuits, comme dirait Zanouba, je suis totalement fâchée contre mademoiselle Roxane. Elle m'a oubliée ? Je m'en ficherais, n'était le permis de visite promis. C'est mal de ne pas tenir sa parole. Une communiste surtout, une volontaire du contact étroit avec la souffrance, ne devrait pas laisser tomber une enfant. Zanouba, dont la tête n'est pas assez forte pour penser le communisme, me donne à comprendre autre chose. Roxane aurait un problème qui l'empêcherait de se montrer. La santé ou bien le travail, trop à faire à la pharmacie, le temps peut-être, il est à l'orage depuis deux jours, c'est vrai, de gros nuages s'amoncellent et recouvrent le ciel depuis deux jours.

La matinée se traîne au chevet de ma mère. J'en ai assez de répéter : oui, un collège est mieux qu'une prison. Non, papa ne manque de rien. Oui, il parle de maman dans sa lettre. Il ne parle que d'elle, oui. Non, oui, non ! Elle s'endort en pensant toujours à la même chose — il n'y a pas plus malheureux qu'elle sur cette terre — et je peux enfin me sauver.

À peine dehors, l'orage explose. En cinq minutes, les rues sont chamboulées. Les caniveaux débordent sur la chaussée, les voitures pédalent et s'emmêlent, les piétons cavalent, la tête rangée sous des sacs en papier, ou se blottissent sous le rebord détrempé des immeubles ; je me demande quel parti prendre quand surgit le tramway qui mène au rond-point du Mouski.

Il tombe une pluie tiède, violente, dont il est difficile de prévoir la fin. Les rues du Mousky, si passantes d'habitude, sont désertes, mortes comme si l'orage avait rameuté la guerre. La pharmacie a baissé son rideau de fer. Je m'abrite sous l'auvent qui supporte l'enseigne, éteinte évidemment. Mon pied, par hasard, heurte un mince paquet à moitié engagé sous le rideau de fer. Une pile de lettres qui a pris l'eau. Des factures, des prospectus médicaux, une réclame pour les meubles Hamzoui... Le tout estampillé deux jours plus tot.. À la date précise de la disparition de mademoiselle Roxane. Et rapidement, son malheur se met en place dans mon esprit et ses paroles aussi, ses paroles risibles sur le moment (comme on se trompe, mon Dieu, ce n'est pas permis d'être aussi moqueuse) : « Si je suis embarquée à mon tour, tu trouveras au café Moschini un double des clés de la pharmacie. » Me voilà bien, je me dis, avec toutes ces catastrophes enchaînées les unes aux autres, toute cette pluie, cette solitude, cette épouvante — je n'ai que douze ans après tout — ces clefs à aller chercher, pour en faire quoi, mon Dieu, quoi exactement ? À qui demander conseil, je pense, quand brusquement je me heurte à un regard vigilant. Ma perception du danger monte en flèche. Le policier qui m'observe, car c'en est un, j'en suis sûre, porte un veston usé et un pantalon trop court. Ses jambes, lorsqu'il les écarte, évoquent une paire de ciseaux. Il s'agite beaucoup, il me montre quelque chose du doigt, de l'autre côté du rideau de pluie, il crie, il chante même : « Mon amie, ma tendre amie », mais je ne suis pas dupe. Qui, sinon un policier chargé d'une mission secrète, chercherait à se faire passer pour fou ? La pharmacie est placée sous surveillance. Les bandits ont quitté leur repaire, ils font leur besogne en plein jour ! J'ai peur... Je me penche comme pour nouer mon lacet et, ni vu ni connu, j'insinue les enveloppes, une à une, sous le rideau de fer. Je repars lentement, en sifflotant, pour ne pas éveiller les soupçons du policier.

Arrivée au coin de la rue, j'entends une course derrière moi puis, tout près, un sanglot criant de vérité : « Fatma, Fatma, attends, attends-moi... ! » J'ai beau expliquer au policier que je ne suis pas Fatma, qu'il est bien placé pour le savoir, il s'agrippe à mon bras : « Je suis si malheureux, Fatma, si malheureux, tu le sais toi, je ne t'ai jamais rien caché. » Il est vieux et maigre, mais ses muscles sont tendus comme des lanières car il me fait très mal. « Tu as raison, Fatma, mais le tort que je t'ai porté me tue, il me tue. Je suis au bout du rouleau, Fatma, me quitte plus pour l'amour de Dieu ! Je ne peux plus prier Dieu, Fatma. Où est ma foi, Fatma ? Où est-elle partie, Fatma, où ? dis-le-moi... » Et moi qui n'ai jamais vu pleurer un ivrogne, je reste là, effrayée, émue, sans savoir que dire.

Le patron du café Moschini ne se souvient pas d'un trousseau de clefs ni même d'avoir jamais vu mademoiselle Roxane. Quant à savoir ce qui lui est arrivé ! Tant de choses arrivent ces temps-ci, mais une chose est certaine : les femmes, il en voit rarement dans son café ! Du reste, il voit mal ! Il a subi récemment l'opération des yeux, le gauche ne reçoit plus la lumière, le droit, grâce au ciel, travaille encore, mais avec fatigue, surtout en fin de journée, des maux de tête qui ne présagent rien de bon, enfin il n'est pas interdit d'espérer, il faut vivre malgré tout, mener ses affaires, surveiller les garçons, discuter avec les clients, écouter leurs petites histoires, leurs soucis personnels, leurs ennuis particuliers, la calamité générale qui s'est abattue sur le pays, mon père arrêté, qui l'eut crû, un monsieur si distingué, un esprit supérieur, il faisait des citations latines, de l'esprit, enfin c'est la vie quoi ! une vraie partie d'échecs, on gagne, on perd, la vie ! ah ! la vie ! perdre un œil quand on est encore jeune...

Je vais hurler, me rouler par terre, me cogner la tête sur le plancher, mais brusquement s'ouvre la porte du café. Quelque chose de gros entre en coup de vent. C'est le zabet Aboul Nour, en uniforme, les joues luisantes de pluie.

« Ah, vous voilà, je m'écrie, il ne manquait plus que ça ! »

Le zabet traverse la salle. Il va s'asseoir devant un échiquier. Il balaie les pions avec sa manche et, sans me regarder, dit d'une voix courroucée :

« Je ne suis pas philosophe, mais l'enfant qui ignore la politesse n'a pas reçu une bonne éducation. »

CHAPITRE VIII

MARA

Je dois maintenant parler d'une chose que j'aurais préféré passer sous silence car elle ne m'honore pas beaucoup. Il s'agit de mon cerveau ! Je le croyais en bon état mon cerveau, en état d'intelligence supérieure parfois, à cause de tous les livres qu'il a lus. Erreur fatale ! Mon cerveau est débile : bon pour l'hôpital Coca-Cola ! Qu'est-ce qu'il lui prend de fabriquer sans cesse des absurdités, des rêves, des infamies ? À quoi lui sert de faire d'un tel un espion, d'une autre la maîtresse de mon père, du troisième son maître chanteur ?

Le zabet Aboul Nour, maintenant, je l'embrasserais si je ne trouvais les effusions inconvenantes en pleine rue. Il va trop vite d'ailleurs. Je trotte derrière lui en souhaitant mentalement, mais avec ferveur, qu'il me pardonne les crimes dont je l'ai accusé tantôt, chez Moschini, ce chameau borgne, mais le zabet est bon, lui, un ami sincère, le seul peut-être que mon père a jamais eu.

La façade du collège de garçons, un bâtiment de trois étages, donne sur la place de l'Ezbekieh. L'entrée se trouve derrière, dans une ruelle fermée à chaque bout par une clôture de fils barbelés. Les soldats, pensifs, qui gardent le passage, saluent l'uniforme du zabet Aboul et le portier, devant le portail, ôte son turban.

Le zabet a ses entrées partout, toutes les portes doivent s'ouvrir devant lui.

Le préau est changé en marécage. Il y a sous les arbres de grandes ombres qui se reposent de la pluie. L'une d'elles se dérange d'un bond et pointe vers nous son arme. C'est un officier supérieur, à la face pleine de mauvais sang. Il réclame un laissez-passer ainsi que les papiers du zabet dont la tête subitement lui paraît suspecte. Un billet de cinq livres change de main. Et tout rentre dans l'ordre bien que, s'étonne l'officier, une prison ne soit pas un endroit bien gai pour une petite fille. « C'est ma nièce, précise le zabet, en emprisonnant ma main ! C'est l'adoration de mon cœur ! » Par politesse, l'officier fait l'intéressé :

« C'est la fille de ton frère ou de ta sœur ?

— De ma grand-mère, qu'est-ce que ça peut te foutre ? Dans une famille parfois, les figures ne vont pas ensemble.

— Moi, rigole l'officier, j'ai douze enfants, Dieu me les garde, et chacun d'eux a fait une copie de mon visage. Ça ne les empêche pas, note bien monsieur le zabet, de se disputer comme s'ils n'étaient pas du même sang. Donc c'est ton oncle, reprend-il, rêveur, on ne dirait pas !

— C'est mon oncle, mais il mérite encore mieux que ça ! »

Je me serre davantage au bras dont je fais mon bouclier. Le zabet est comme mon père, je le sais maintenant, un père idéal, un père qui ne serait pas le mari de ma mère ! Et mon épaule dans sa main, poussée, retenue, je grimpe une volée d'escaliers aux marches humides, aux murs écaillés, couverts des saletés particulières aux écoles de garçons.

Nous suivons un long couloir flanqué de classes aux portes numérotées, closes. Dans une école transformée en prison, on ne voit pas les prisonniers. On ne les entend pas, on sent leurs odeurs. Dans une école transformée en prison, on voit que les classes sont les unes à côté des autres comme une cage à côté d'une autre au zoo. Et les hommes qui sont enfermés dans ces cages vivent dans les odeurs que font les animaux.

Dans la pièce où nous prenons place autour d'une table de réfectoire, je m'attends à voir apparaître un papa en loques, menotté comme un gangster et les fers aux pieds. Il arrive sous l'escorte d'un seul gardien. Sa première réaction est de regarder à droite et à gauche comme s'il avait honte de nous voir. Puis il reste immobile sur le seuil avec son pantalon au pli impeccable, ses souliers soigneusement cirés auxquels manquent les lacets, et sur le visage une expression qui me fait mal. Une expression comme s'il se moquait de lui-même, comme si son sens du ridicule — toute cette propreté obtenue au prix de difficultés incroyables — le consolait au fond du sentiment d'indignité. Il hésite lorsque le gardien, d'une bourrade, le pousse dans le dos, puis se décide à venir vers nous. « Vous attendez depuis longtemps ? Excusez-moi de vous avoir fait attendre. » À sa façon de me dévisager je devine qu'il va enfin me dire quelque chose d'important. Il tousse, la main en éventail devant la bouche. J'ai envie de le toucher, de l'embrasser, de pleurer. Et je pleure car, avant même de m'adresser la parole, il reproche à l'ami Aboul Nour de m'avoir amenée jusqu'à lui.

« C'est votre fille, Nessîm, vous la connaissez mieux que moi. Qui peut lui résister ?

— Personne ! Elle mérite une raclée, mais pour la lui donner il n'y a plus personne ! Tu ne m'embrasses pas ? »

Je me jette dans ses bras, je me colle à lui, je le dévore de baisers, c'est mon père, il est à moi, je le possède.

Le zabet sort son paquet de Coutarelli. Mon père demande la permission d'aller fumer devant la fenêtre, en respirant la liberté. « À quoi faut-il vous la parfumer la liberté ? » dit le gardien, mais bon ça marche ! J'empoigne trois chaises à la fois, le tour de force me ravit, je les installe sous la fenêtre. La pluie se fond dans le gris sale du ciel.

« Savez-vous à quelle heure le soleil se lève ? dit mon père.

— Quoi ? dit le zabet

— À quelle heure le soleil se lève en ce moment ?

— Entre six et sept, répond le zabet, je ne suis jamais levé à cette heure, mais quel intérêt franchement ? Parlons des choses importantes. »

Nous parlons du destin qui s'est moqué de nous tous.

« En ce qui concerne Roxane, remarque mon père, rien n'est moins sûr. Elle aura été faire une course, se promener peut-être.

— Sous la pluie, la tempête, le déluge ? Écoute, papa, il y a des limites à la folie tout de même ! Et le courrier, tu y penses ? Le courrier pas ramassé depuis deux jours, hein ? Que te faut-il de plus ?

— Tout, ricane mon père, tout et le reste !

— Un peu de sérieux, dit le zabet Aboul Nour, un peu de réflexion. Je vais m'occuper de la fille, quel est son nom déjà ? enfin je ferai l'impossible. Parlons des choses importantes. L'argent. Parlons de l'argent. Je ne suis pas philosophe, mais dans le malheur, à mon avis, l'argent aime à être compté. Vous allez avoir besoin d'argent, Nessim, de beaucoup d'argent avant la fin de ce mois.

— Pour quoi faire ? La vie est si peu chère ici. À propos, il me faudrait des timbres, du savon blanc si possible, mes cigarettes anglaises, les Coutarelli, soit dit sans vous vexer, m'arrachent les poumons. Et mourir pour mourir, je pense plutôt...

— Pensez comme il vous plaira. De la paille, de l'herbe à chat, des feuilles de vent, de la friture d'oignons. Je ne suis pas philosophe, mais votre tête, à mon avis, vous l'avez partout excepté à sa place ! »

Le zabet reboutonne sa tunique, quitte sa chaise et je le rattrape au moment où il va franchir la porte.

« Papa vous écoute maintenant, il vous écoute. N'est-ce pas, papa, que tu écoutes ? »

Mon père écarte les bras en signe de bonne volonté et le zabet consent, après quelques manières, à revenir s'asseoir.

« Je suis tolérant, Nessim, pas coléreux du tout, ni rancunier, parce que je vous aime. Quand j'aime, j'évite l'approbation ou la désapprobation.

— Je vous remercie. Ma journée s'est remplie d'amour.

— Quand j'aime, j'écoute mon cœur. Mon cœur me dit : tu as un ami dans la mouise jusqu'au cou. La prison pour lui, l'hôpital pour sa femme et pour sa fille la rue comme un chien qui a perdu son maître.

— Et ma pauvre Roxane, qu'est-ce votre cœur en dit ?

— Excusez-moi, mais vous ne savez pas parler sans blesser. Je continue. Mon cœur me dit : aide ton ami, aide-le à se sortir de la mouise. Mais comment aider un ami qui redoute l'heure de l'analyse ? Je ne suis pas philosophe, mais à mon avis, la vérité qui fait mal a l'avantage d'ouvrir brusquement les yeux sur la réalité telle qu'elle est ! Savez-vous que la police se joint à la populace pour brûler des magasins de juifs ? Il y a eu beaucoup de dégâts. Dans la rue des Ferblantiers, un vieil homme a été pris en chasse par les émeutiers. Il a couru, couru comme un cheval emballé jusqu'à ce qu'il s'épuise et tombe mort.

— La crise cardiaque ? » dit mon père et il tapote le dos du zabet pour le consoler et le prier de continuer, mais une ronde se fait entendre derrière la cloison.

La porte s'ouvre sur plusieurs soldats. L'un d'eux vient vers nous, il examine le cadenas à la fenêtre et repart avec les autres.

« Savez-vous, Nessim, ce que je voudrais ? dit le zabet et son visage prend une expression triste et suppliante, comme s'il allait demander une chose très douce qu'on ne lui accordera pas. Une procuration, voilà ce que je voudrais ! Donnez-moi rien qu'une procuration et je me charge de votre affaire.

— Je vous la donne de suite. Dites au gardien de me procurer du papier et je vous procure une procuration.

— Papa !

— Nessim !

— Mon cher Aboul Nour !

— Assez, Nessim, assez plaisanté ! Ce n'est pas un conseil que je vous donne : c'est un ordre qu'il faut remplir le plus tôt possible. Dès demain, vous entendez ? Le temps nous presse ! Il nous faut vendre la pharmacie. Il le faut, mon cher ami, croyez-moi, pendant qu'il en est encore temps.

— La mise sous séquestre ? »

Le visage de mon père s'assombrit. Il regarde le ciel

qui bruine, ses mains, réfléchit et dit avec des pauses dans la voix, comme s'il mâchait ses paroles :

« Un monde s'en va bien sûr... Il s'en va...

— Quel monde, papa ?

— Notre monde, ma chérie, explique mon père, notre monde s'en va... » Un tremblement énerve sa bouche et il ne dit plus rien.

Les Louria, comme on sait, se parlent peu entre eux et, quand ils s'y mettent, il n'en sort généralement rien de précis. Les temps sont difficiles en ce moment pour les juifs, point final. Le zabet se promène les mains croisées derrière le dos, bombe la poitrine, sa moustache bouge, signe qu'une vive émotion lui parcourt le corps.

« Les juifs qui ne sont pas en prison font leurs valises pour partir. »

Le zabet a appris de source sûre que la Croix-Rouge a affrété deux bateaux à bord desquels pourront partir, début décembre, les internés qui en feront la demande, ainsi que leurs familles, auprès de la police politique. Le prix des billets sera, selon « source sûre », réduit au minimum, à condition que les candidats au départ s'engagent, par écrit, à se désister de la nationalité égyptienne, à l'abandonner avant...

« Avant qu'elle nous abandonne ? demande mon père. C'est fait, il me semble, nous sommes déjà partis, non ? »

Partis ? Où ça ? Qui ça ? Pas moi en tout cas. Moi, je ne pars pas. Je hais les voyages, comment ne le comprennent-ils pas ?

« Quelle braillarde, dit mon père. Écoute un peu, écoute plutôt l'aspect positif. Paris, tu n'as pas envie de connaître le beau Paris ? De grands immeubles sans ascenseur et il faut grimper des escaliers en fer et on arrive... »

Nulle part, nulle part ! À mon tour de parler. Je m'enflamme, je vole, je saute dans le feu et mon père me donne une taloche. Je hurle et le zabet, m'attrapant le poignet, couvre mes cris de sa voix doucereuse :

« Mara, Mara, nous avons une conversation sérieuse, sur une question importante, et tu nous parles de Zanouba ! »

J'en parle, comment pourraient-ils m'arrêter ? Zanouba est mon pays, ma maison, ma famille, mes ancêtres, mes secrets, mes amours. Zanouba est mon vrai pays. Je l'apprends, je la visite comme on voyage, comment ne le comprennent-ils pas ?

CHAPITRE IX

ZANOUBA

Calme, ma petite, calme. Un monde ne s'en va pas comme ça. Tu peux dire ce que tu veux. Aussi longtemps que je ne l'aurai pas vu de mes propres yeux, je ne le croirai pas. Non parce que je te considère comme une menteuse, ce que tu es, mais parce que tu as le défaut de tirer des conclusions souvent hâtives. Notre Coran dit que le juif est cousin germain du musulman et à coup sûr on ne met pas un parent à la porte. Quand j'étais petite et même grande, on chantait beaucoup cette chanson :

Moussa[1] *joue de sa corne,*
Jésus sonne de sa cloche,
Mohamed agite son croissant,

1. Moïse.

chacun vante sa vérité,
mais la vérité, où est-elle passée ?

La vérité ? Elle est pareille à un escargot qui aurait trois coquilles sur le dos. Aux yeux de Dieu, le chrétien et le juif ne sont pas moindres que le musulman. Ils le sont aux yeux des musulmans parce qu'ils travaillent moins et qu'ils gagnent facilement leur argent. Qu'est-ce que ce père que tu as là ? On ne sait jamais quand il parle si sa parole est à l'envers ou à l'endroit. Égyptien un jour, juif le lendemain et aujourd'hui tout le contraire ! Écoute. Assez pleuré ! Personne ne partira. Si tu partais, d'un coup, comme du sable, qu'adviendrait-il de moi ? Écoute un peu... Je n'ai ni biens ni enfants qui portent mon nom. Aussi, Dieu qui t'a faite comme un enfant de ma propre chair a une dette envers moi.

J'ai connu une femme qui avait eu sept enfants, tous morts en bas âge. À la naissance du huitième, elle l'a mis dans les bras de sa sœur en lui disant : « Voilà ton fils, veux-tu me le vendre ? » La sœur a dit oui. Alors la mère a donné un peu d'argent pour racheter son propre enfant. Et celui-là a été sauvé. Et il a vécu avec sa propre mère comme s'il n'était pas vraiment d'elle. Tu ne partiras pas, je te dis, personne ne partira. Écoute encore. Tu connais l'histoire de la mère dont le petit était sur le point de perdre son dernier souffle ? Il était bleu déjà, ce petit, quand sa mère l'a emmené au cimetière, sur une tombe. Elle l'a déshabillé. Elle l'a habillé avec des vêtements donnés par une voisine. Elle a pris les vieux habits et elle les a enterrés à côté de la tombe. Tout ça pour tromper la mort. C'est une superstition, d'accord, mais elle marche quelquefois. Les superstitions au fond ne sont nocives qu'au mauvais œil. Elles aident à réunir ce qui ne doit pas être séparé. Tout ça pour dire que tu ne partiras pas, personne ne partira. Je ne suis sûrement pas un véritable puits de science, mais j'en sais un peu plus long que toi ! Sur quoi ? Sur à peu près tout ! Ma vie est vieille, j'ai vingt ans de plus que toi. Elle est longue ma vie, mais je te la ferai courte parce que je suis occupée et que je n'ai pas le temps.

Un dimanche, un jour de congé, j'étais allée me promener au bord du Nil. Je me suis assise sur un banc, pour me reposer un peu, à côté d'une femme qui regardait couler l'eau et ses larmes. Elle avait épousé un homme aussi pauvre que pieux. Un brave homme, mais il avait toujours l'air de voir quelque chose que les autres ne voyaient pas. Il voyait un rêve de voyage à La Mecque. Un rêve si prenant qu'il n'y avait plus de place pour le reste. Il pouvait s'arrêter de parler une semaine entière et il fallait alors le forcer à manger, à dormir, à aller travailler. Tout l'argent qu'il gagnait, il le mettait de côté pour réaliser son rêve, mais il n'en avait jamais assez. Un rêve qui veillit avec vous peut vous rendre fou, et c'est ce qui arriva. Un jour, cet homme a décidé de partir sur ses pieds. Il a pris la route si longue et vide du désert. L'homme était seul de son espèce quand, au bout d'une semaine, il a vu que ses traces tournaient en rond. Une deuxième semaine a passé avec ses jours brûlants et ses nuits glacées. Et plus rien à boire, plus rien à manger. L'homme s'est dit : Dieu n'a pas à l'esprit que je vive, et il s'est allongé pour mourir. C'était presque fait quand il a vu venir une caravane de pèlerins. Il s'est joint à eux en louant Dieu de lui montrer le chemin. Un jour de grande soif, l'homme est descendu dans un puits et il en a remonté de l'eau pour tout le monde. Alors est arrivé un petit renard, un bébé, qui s'est mis à lécher la trace de l'eau dans le sable. L'homme s'est dit : Un musulman qui a bien bu ne peut pas laisser une bête crever de soif. Il est redescendu pour rapporter de l'eau du fond du puits, il n'en est jamais ressorti et personne n'a su où l'avait mené son voyage. Voilà un peu les voyages !

Pourquoi je te raconte cette histoire ? Parce que tu me fais trembler de chagrin ou de colère, je ne sais pas, tant j'ai les deux à la fois. Tu me hurles dessus comme une sourde ! Choisir, là, tout de suite, comme ça ! Mais pour qui tu te prends ? Si tu crois que tu peux juste tendre le bras et m'arracher de là où je suis, simplement parce que je t'aime, eh bien, tu te trompes. Je te suivrais partout, si je voulais, mais je ne veux pas. D'abord j'ai une première raison dont je sais que c'est une bonne raison. Le proverbe a raison quand il dit : « Prends bœuf et mari seulement dans ton pays. » On sait au moins sur qui on tombe. On sait, quand on est pauvre, que l'argent est le passeport du monde. La pauvreté ferme tout. La richesse peut vivre en d'autres lieux, en d'autres salons avec des lustres et des parquets cirés. La pauvreté non. La pauvreté est une gale qui vous suit partout. Apprends ! c'est ça la vie ! Et plus tard tu sauras beaucoup de choses. Ensuite, j'ai une deuxième raison sur laquelle il n'y a pas à revenir. L'avenir ! On n'est jamais sûr de ce que l'avenir vous réserve et quoi qu'il advienne, une domestique a peu d'espoir de trouver une fin heureuse.

Dernièrement, un homme a fait ma connaissance. Il est comme moi d'origine humble et honnête. Chamrouk ? Pourquoi lui ? Un joli costaud, que le mauvais œil s'écarte et c'est tout. Je ne m'embarrasse pas de lui. Toi oui, tout le temps ! C'est ton béguin ? Tu es amoureuse faut croire, pour me le ressortir tout le temps celui-là ! Normal, à ton âge ! À ton âge, les filles s'amourachent de n'importe quoi ! Le premier chien qui passe fait l'affaire. Ça marche ! Chamrouk, puisque tu l'aimes tellement, je te le laisse et sans conditions. Dès qu'il sera en mesure d'avancer la dot, je lui dirai : « Fais ta demande ! » Je lui dirai : « Épouse-la et tu passeras la nuit penché sur elle à l'apprivoiser avec des bonbons ! » Ça marche ! Que le bonheur soit sur vous ! Donc, l'homme qui a fait dernièrement ma connaissance est un militaire encore assez jeune. Il travaille dans la musique. Je l'ai rencontré dans une maison, à l'occasion de la noce d'une amie. Il faisait danser les hommes dans une pièce et les femmes dans l'autre. À la fin, il ne faisait plus danser que les femmes. Ma tête tournait encore quand je l'ai revu, par hasard dans la rue, un ou deux mois plus tard. Comme je portais une jolie robe verte, il a acheté

Je marche sans but dans la matinée froide, dénuée de soleil. Clochettes du vendeur de jus de réglisse, cris chantants du chiffonnier : « Robabekia, Robabekia. » Un homme m'emboîte le pas, agitant son journal roulé comme un bâton d'agent de police et un trouble qui ne veut pas devenir pensée me suit. Cela m'est égal que Zanouba ait voulu me donner une bonne leçon. N'a-t-elle pas ri et ne m'a-t-elle pas embrassée ensuite ? C'est drôle. Mais... quoi ? Je me demande quelque chose qui ne veut pas devenir pensée. Concernant quoi ? Je ne m'en souviens plus. À propos de qui ? Du militaire et de sa musique ? Non. Elle ne faisait qu'inventer, après tout, se rendre intéressante, me martyriser un peu pour rire. Il n'y a pas d'amour de ce côté-là. Non. Mais. Un autre danger peut-être. Lequel ? « Robabekia. Robabekia ! » On ne s'entend plus penser ! Les voitures grondent, le tramway fonce. C'est passé à un cheveu. Mourir écrasée, bravo, quatre lignes dans le journal. Une petite fille, une orpheline toute seule dans la grande ville, s'est jetée sous les rails, provoquant un terrible...

« Hé, hé, mademoiselle, mademoiselle Mara !... »

Je me retourne, c'est Chamrouk.

« Que fais-tu, mademoiselle, plantée là comme un sac de pommes de terre ? »

Chamrouk manœuvre de manière à me hisser sur le trottoir. Il pose son cabas au sol, me regarde, soupire. Au-dessus de sa moustache, sa figure a une expression affable bien que rusée. « Je t'ai sauvé la vie on dirait, et tu n'es pas contente ? » Il parle et ce que j'entends n'a aucun rapport avec cette chose qui ne voulait pas devenir pensée : « Épouse-le et il passera la nuit à t'apprivoiser avec des bonbons. » Cette chose qui a la voix de Zanouba — une combinaison de cruauté et d'entourloupes — je devrais pouvoir en rire. « Les filles de ton âge sont promptes à s'amouracher de rien. Le premier chien qui passe... » Amoureuse, moi ? Et de Chamrouk par-dessus le marché ? Ridicule ! D'abord c'est un homme presque très âgé. Ensuite, c'est un domestique. Il transpire lorsqu'il fait chaud. Son tricot de peau colle, il laisse voir des bras de charretier et une poitrine d'orang-outang. Son cou comme un tronc d'arbre. Ses muscles. Tendus même en ce moment, sous l'épaisseur de la veste. Ses muscles gonflent et s'aplatissent entre l'épaule et l'aisselle. « Un joli costaud, que le mauvais œil s'écarte. » Il faut que les hommes soient costauds, je ne sais pas pourquoi, mais il le faut. « Je te le laisse et sans conditions. » Non, sans façon vraiment, elle serait capable de me réclamer une commission de marieuse.

« Veux-tu m'accompagner à la pharmacie, mademoiselle Mara ? Une petite course et je te ramène à la maison. »

Je le suis, un peu malgré moi, mais ça m'est égal, je n'ai rien de mieux à faire. La tête de Zanouba, si elle nous rencontrait maintenant, sa tête.

Nous allons vite. Les feuilles mortes voltigent autour de nous. Le vent pousse l'une d'elle contre ma cheville et la maintient là, comme avec un doigt. Chamrouk enlève la feuille et la porte à sa moustache.

Il la mordille avec appétit, longuement, ce qui lui donne l'air d'un ogre.

« Pourquoi, pourquoi tant d'appétit ? » je demande, d'un ton juste assez surpris pour paraître normal.

Il s'arrête de mordiller, réfléchit et un rire vient frapper contre ses dents découvertes :

« Tu t'es encore disputée avec Zanouba ? C'est ça ? Elle est aussi emportée et têtue que toi, mademoiselle ! Elle a son caractère, Zanouba, ce n'est pas une mauviette, ou je ne m'y connais pas ! » Nouveau rire, plein de tendresse et d'indulgence cette fois : « Pas une mauviette non, pauvre de moi ! » Cette idée le rend heureux. Ses yeux brillent autant qu'une feuille d'automne recevant le soleil. Ils passent à travers moi, ses yeux, je suis du verre transparent. Une gamine sans beauté avec un rien de poitrine et très peu de cheveux. Une gamine qui frissonne parce qu'elle a oublié d'enfiler une petite laine. J'ai froid, j'ai chaud, froid à nouveau, et ainsi de suite durant tout le trajet. On voit l'intérieur de la pharmacie depuis la rue. Le comptoir, les bocaux, le lustre, la balance noire entre la vitrine et la porte ouverte.

« Une toute petite minute, dit Chamrouk, puis je vais parler pour toi à Zanouba. »

Son visage arbore un sourire de satisfaction. Imbécile. Insupportable. Je ne peux pas supporter ce sourire, je ne peux plus....

« Attends, Chamrouk, je voulais te demander. Est-ce que tu connais un militaire qui travaille dans la musique, un militaire que Zanouba fréquente ? »

Ça y est ! Chamrouk me regarde vraiment. Il me regarde comme s'il avait enfin compris. Il me regarde et il murmure comme un enfant qui aurait mal :

« Un militaire qui travaille dans quoi ? »

—

CHAPITRE X

MARA

I

Autour de minuit, des cris sauvages se font entendre dans l'immeuble. Je me précipite, à moitié nue, sur le palier. Les portes s'ouvrent sur de longues chemises de nuit de femme et des pans de chemise d'homme aux jambes nues. La gêne, après tout, n'a pas sa place entre voisins, dit-on, et il se passe de drôles de choses, ces temps-ci, dans cet immeuble. On dit aussi, et cela provoque une course dans l'escalier, que les cris sauvages proviennent du troisième étage, de chez la vieille madame Aghion. C'est elle, la hurleuse en savates, qui gigote de façon étrange sur son paillasson. On dirait une grosse caisse dont les morceaux n'ont pas été bien appareillés entre eux. Le plafonnier du palier s'éteint et se rallume sur l'air prostré de Chamrouk, sur sa tête baissée comme s'il se sentait responsable du coup de folie de sa patronne. On l'observe, la vieille possédée, et chacun se met à avoir des réflexions peu patientes à son endroit. Il y a trop de pagaille dans cet immeuble, trop de gens qui perdent la boule, trop de suspects que la police secrète embarque en pleine nuit, trop de malheurs et on ne saura même pas, entre nous, si l'on n'est pas visé par le mauvais œil. Et chez vous, quoi de neuf ? Comment se portent papa, maman et les enfants ? Quant à cette pauvre madame Aghion, elle continue à griffer, à se déchirer les joues et cela dure jusqu'à ce que le portier, apparu avec son bâton, saisisse enfin la nature du problème : « Où sont les voleurs ? Combien sont-ils ? », et se mette en devoir de le résoudre. Ses moulinets suscitent des crachats pour prévenir le sort, puis une certaine hilarité... Le portier arrive toujours après la bataille, il le reconnaît lui-même et s'en amuse un bon moment, ce qui rend Chamrouk fou furieux, bizarre ! d'ordinaire c'est un homme posé. Le voici qui houspille le portier puis tout le monde : que nos maisons soient détruites ! Que le choléra nous étouffe !... Ensuite, parce qu'il n'estime vraiment personne dans cet immeuble, il souhaite que l'ange de la mort nous visite, nous aussi, à l'improviste ! C'est comme ça qu'il parle, tournant autour du pot, pourquoi ? Quelqu'un est mort ? Et le silence se fait soudain autour de madame Aghion. Un silence plus terrifiant encore que ses cris et ses lamentations. Chamrouk la prend aux épaules, la tire à reculons, lance son pied en avant et la porte claque. Le plafonnier du palier se met à clignoter. Il décline et meurt comme un œil aveugle qui chercherait à voir dans le noir.

II

Dans la soirée, une lumière douce tombe de l'abat-jour jaune sur la table de chevet. Sur son lit, Tania est mise en reine du temps passé, avec une longue robe de taffetas noir, un collier de perles autour du cou, et aux pieds de jolis escarpins vernis. Ses cils tremblent au-dessus de ses joues lisses, calmes, comme si de rien n'était. On ne la croirait pas morte, si sa sœur ne lui reprochait justement d'être morte. Elle dit qu'elle pourrait la frapper, cette sœur qui déserte, qui trahit, elle pourrait, mais elle respecte trop le nom de sœur. Alors, c'est sa propre poitrine qu'elle crible de coups en tournant sur elle-même, en se déchirant les joues, en poussant des cris sauvages. Qu'on ne la retienne surtout pas ! Qu'on la laisse donner de la tête contre un mur, si bon lui semble, ou se jeter par la fenêtre. Pourquoi pas ? Quelle raison aurait-elle de continuer à vivre ? Après un quart d'heure d'un tel manège, tout le monde est glacé d'épouvante. Chamrouk le premier. Il arbore un air affligé et déconcerté, comme s'il flairait un nouveau malheur devant lequel éclaterait son impuissance. Il essaye de raccommoder sa patronne avec la vie, il essaye. Un retour d'autorité et le voici remis à sa place. Il n'y a pas de raccommodage qui tienne, de consolation possible, mais si quelqu'un éprouve l'envie de manger ou de boire, de bonnes choses attendent au salon.

Les meubles ont été alignés le long des murs pour laisser place à une grande table. Pour ma part, je n'ai pas faim, je suis fatiguée et je me contente d'écouter les conversations. Quel âge pouvait bien avoir la défunte et de combien avait-elle dépassé la soixantaine ? La dernière fois qu'on l'a vue vivante, pardon, valide, debout sur ses pauvres jambes, remonte à quand exactement ? Dieu nous en préserve, mieux vaut perdre la vue que l'usage de ses membres. En tout cas, une chose est sûre. Plus Tania avançait dans les souffrances, plus elle gagnait en bonté, douceur, sainteté. Un ange, on dirait à présent, un ange ouvrant ses ailes pour rejoindre le paradis. Une chandelle jetant sa plus belle clarté avant de s'éteindre définitivement, etc. Mais comment est-elle partie, dites-moi, en s'étouffant avec son sang ou d'une paralysie du cœur ? C'est fou ce que les adultes peuvent s'intéresser aux différentes façons de mourir de leurs semblables, tout en grignotant, mastiquant, digérant et recommençant à piquer au vol un beignet, une pistache, une aile de poulet froid. Chamrouk, secondé par Zanouba, ne cesse de regarnir les plats : du monde, il en vient sans fin.

Des gens se présentent que je ne connais pas. Je serre des mains, j'embrasse des moustaches et, quand on me parle de mon pauvre père, je regarde fixement mes sandales. Je me ferme aux mots, aux gens, à leur pitié. J'ai des difficultés avec la pitié qui s'adresse à moi. Avec la mort aussi, je crois. Toute la tristesse qui rôde autour de moi, dans les moments de pertes profondes, je n'arrive pas à l'éprouver sur l'instant, elle me rattrapera plus tard, certainement, lorsque je me retrouverai seule. C'est pourquoi je reste assise bien sagement, au milieu des bavardages ineptes sur la fin et le commencement de chaque chose ici-bas.

Zanouba, de toute la soirée, ne s'est pas occupée de moi un seul instant. On peut même dire qu'elle m'évite et cela ne me rend pas gaie. Il y a quelque chose de lourd, désormais, entre elle et moi. Un poids que nous n'arrivons pas à soulever. Un mur... Ce mur, qu'on ne me le reproche surtout pas, je crois savoir ce qui se cache derrière. Voilà. Zanouba a tellement envie d'un homme qu'elle piétine contre ce mur, sur place, bien décidée à y attendre indéfiniment un mari quelconque, Chamrouk avec ses gros bras, ou alors le militaire ; travailler dans la musique, franchement, quelle vulgarité ! L'un ou l'autre, qu'est-ce que je m'en fiche ! Elle peut épouser qui elle voudra, les deux à la fois, si ça lui chante ! Une bigame, ça n'existe pas que dans les livres ! Une putain ! Elle se déhanche, plateau au ventre, en servant des saucisses, des sourires, des mamours aux goinfres. Et qu'est-ce que je fais moi, exilée dans mes douze ans ? Elle m'appelle enfin, depuis le palier, à travers la porte restée grande ouverte, à cause de l'odeur de la morte : « Je pars, Myriam, tu viens ? » C'est la première fois qu'elle ne dit pas « Mara » mais « Myriam ». Assez froidement, je réplique : « Pars, moi je reste », et elle ne s'en étonne point. Qu'on le veuille ou non, l'une doit rester, l'autre partir et nous le comprenons toutes deux. « Tu n'as plus besoin de moi, dit-elle, tu en es sûre ? » Je réponds que non, qu'elle peut aller se faire foutre. Les mots ne tuent pas encore, plus tard, quand je serai seule, ils se changeront en bande d'assassins.

Les mains de Chamrouk sont puissantes. Ses bras peuvent soulever d'un coup une tonne de vaisselle sale. Il débarrasse la table, repousse les chaises, roule les tapis et nettoie le sol. Il me regarde et sourit : « Tu n'as pas sommeil, mademoiselle Mara ? Où est partie Zanouba ? » Au diable, sa vraie place à mon avis. Il me toise et se met à rire : « L'huile et le feu, voilà comment vous êtes ensemble toutes les deux ! » La vieille madame Aghion entre sans faire de bruit, une souris grise : « Plus personne ? » et Chamrouk devient tout rouge. Il patauge dans l'embarras, je n'invente pas et forcément, sa rougeur me trouble aussi. Madame Aghion s'esquive avec ses sanglots en sourdine.

« Qu'est-ce qu'on fait maintenant ? je dis, pour dire quelque chose.

— Qu'est-ce que tu prévois, mademoiselle, il demande, comme si j'avais une idée précise en tête.

— Rien de spécial. Je veux te parler, c'est tout.

— De quoi veux-tu parler, mademoiselle Mara ? »

Je vais m'affaler sur le sofa.

« Dis-moi la vérité, Chamrouk, tu me trouves jolie ? »

Il défait les boutons de sa veste, l'un après l'autre, la retire, prend ses aises dans son tricot de peau. Il pose la veste, sur le dos du sofa. Il revient au milieu de la pièce. Il roule du gros tabac dans un papier à cigarettes.

« Je veux dire, est-ce que je te plais en tant que fille ? »

Il hoche la tête, comme s'il attendait cette question depuis longtemps et sourit :

« On ne demande pas ça comme ça !

— Pourquoi pas ? »

Il se donne une grande claque sur la cuisse ! Il m'ébouriffe la tête, se marre, mes petits cheveux le chatouillent ! Il saisit une de mes oreilles, la tire, ce qui m'oblige à pencher mon visage près du sien. Alors il me prend dans ses bras et je le prends dans mes bras moi aussi. Sa chaleur me gagne et son odeur si forte. Je me blottis contre lui, un peu oppressée, ignorante et toute pleine de curiosité pourtant.

« Dis-moi, sérieusement maintenant. Est-ce que Zanouba est mieux que moi ?

— Ce n'est pas comparable, un genre différent, dit-il, et il hésite à en dire plus.

— Un genre qui te plaît davantage ?

— Que cherches-tu à savoir ? Si je la trouve belle, si je la trouve jolie ? C'est une femme agréable au regard, oui. Pour le reste, la réponse est non.

— La réponse est oui à cent pour cent, je le sais.

— Non, mademoiselle, non à cent pour cent. Zanouba est une sœur pour moi, sur ma tête et mon œil ! Que peut-on faire d'une petite sœur ?

— Tu n'as rien fait avec elle, sur ta tête et ton œil ? »

Il change de sujet. Il m'interroge sur le militaire dont je lui ai parlé dernièrement, ce militaire d'où sort-il ? Qui est-il ? Je donne au militaire un âge, un visage, un nom, une quantité d'argent et beaucoup d'attirance pour Zanouba. Chamrouk en reste songeur.

« Elle s'est confiée à toi ? dit-il enfin, à une enfant ? Il n'y a pas moyen, je ne te crois pas !

— Et elle, tu la crois ? Ouvre-lui question du militaire, tu verras ! Il l'a suivie dans la rue en disant : “Mes intentions sont pures, pourquoi marches-tu si loin de moi ?” et elle l'a laissé monter à la maison. Après, il lui a acheté une paire de boucles d'or pour que ses oreilles se souviennent toujours de lui.

— Ses oreilles ça va encore ! rit-il. Mais sa langue, Dieu tout-puissant ! Sa langue parle à tort et à travers !

— Oh, entre femmes ça se passe comme ça, tu sais ! On parle de tout, des hommes surtout. Le sujet préféré des Égyptiennes, c'est l'amour, l'argent, le sexe, le mariage, le divorce. Les Égyptiennes ne parlent que de ça ! »

Je m'empare du mégot qu'il tient dans sa bouche, je tire quelques bouffées aguicheuses, à conséquence tousseuse, hélas. Il m'arrache le mégot, cherche un cendrier, revient s'asseoir près de moi.

« Quelles mauvaises manières... Dieu tout-puissant, ce n'est pas permis. »

En silence, pour lui-même, il adresse une prière au

Tout-Puissant. Il Lui demande pourquoi les femmes avec leur amour changent, oublient, ne tiennent pas leurs promesses. J'ai envie de le consoler, de lui dire que je serai toujours là pour le consoler. Qu'est-ce que ça peut bien être de coucher avec lui ? J'attrape sa main, il ne me gronde pas, au contraire, on dirait qu'il y prend plaisir. Je joue avec ses doigts, cinq en tout, le compte est bon ! Je laisse retomber sa main avec tous ses doigts sur mon genou. Il ne la retire pas. Une petite flamme s'est allumée dans ses yeux, comme une revanche ! Oh oui, il se vengerait bien du militaire, de l'amour, des boucles d'oreilles en or ! J'approche mes lèvres de sa bouche, je mordille, oh très peu, sa moustache pique, il se met à brailler comme si je lui avais arraché une bouchée de lèvre :

« Ce sont des choses à faire ça ? »

Il éructe, énorme avec ses bras ballants :

« Que fais-tu, mademoiselle Mara, tu peux me le dire ? Non ? Alors c'est quoi l'obstacle ? Quel âge as-tu ? puisses-tu vivre cent ans ! Je ne me mets pas en colère, non, mais ma soirée est assez remplie comme ça ! »

Il quitte le sofa. Il veut que j'en fasse autant. Sa soirée est déjà assez remplie comme ça ! Ce qu'il veut à présent, c'est retourner dans sa chambre, dans son lit, dormir, penser à demain, au travail, au chagrin à venir lorsqu'il mènera sa patronne au cimetière.

III

Du temps s'est écoulé, je ne sais pas combien au juste, depuis que j'ai été congédiée comme une mendiante par ce domestique. J'appuie sur le bouton de l'ascenseur et je le renvoie sitôt qu'il arrive. Qu'est-ce que je pourrais faire d'autre à cette heure ? Sur le palier traîne un chiffon, un mouchoir perdu certainement, et voilà pourquoi je me mets à renifler dedans et les offenses, les humiliations endurées par David Copperfield pâlissent à côté des miennes, car je suis une personne vivante qui se mouche avec fureur pour des motifs qui n'ont rien d'hygiénique, une personne qui se déteste jusqu'à la racine du nez. Pourquoi suis-je cette personne-là ? J'ai un tel regret d'être moi-même, une telle honte — je ne m'attendais pas à me jouer un tour pareil — que pour un peu, j'enjamberais la rampe et plouf ! plus de regret.

« Comment ? dit le portier, c'est toi qui fais du boucan avec l'ascenseur ? Tu n'as donc aucun respect des morts dans la nuit silencieuse ? Tu n'as pas ! Très bien. Et maintenant, verrais-tu un inconvénient à aller dormir ? »

Je vais droit à la salle de bains. Je jette un coup d'œil dans le miroir : un épouvantail ! Peu de cheveux, plus d'yeux et jusqu'à mes lèvres qui sont pâles et gonflées. Qui pourrait aimer un épouvantail ?

Je tourne la poignée, j'entre. La lampe de chevet brûle éclairant, grandissime surprise, Zanouba.

Zanouba endormie, profondément, sur mon lit. Quel bonheur ! Si la lampe brûle c'est que Zanouba a essayé de rester éveillée, de m'attendre, mais le sommeil l'a vaincue. Elle est couchée sur le côté, le drap bien ramené contre elle, sa figure ronde, enfantine, s'enfonce dans l'oreiller qui lui aplatit un peu le nez.

Pourquoi est-elle tellement émouvante ? Qu'est-ce qui la rend si adorable ?

Je l'adore, comme je l'adore !

Ses petits yeux étonnés : « Ah c'est toi, Mara ! »... Sa petite voix fâchée : « Quelle heure est-il ? » Ses bras qui me happent : « Mais oui, tu m'as manquée ! Je me demandais ce que tu fabriquais ! » Ses éclats de rire quand je lui raconte l'être cynique qui en moi parle à tort et à travers : « Tu es incorrigible, voilà ! Pourquoi aller embêter ce pauvre garçon ?

— Je ne sais pas, j'inventais pour savoir !

— Ma vie est sans reproches, tu devrais le savoir depuis le temps ! Mais tu ne veux pas. Tu veux la bouillie, la compote dans ta tête, rien d'autre. Pourquoi ? Pour te faire souffrir. Quel plaisir prends-tu à ruminer des idées qui n'existent pas ? C'est du vice, ma parole, du vice... !

— Du vice ! C'est un mot pour la souffrance ça ? Vice... vice... vice...

— Eh bien quoi ! Tu n'as jamais entendu ce mot ? Tu es trop bête à la fin pour que nous soyons amies ! »

Bête, je demeure, la bouche ouverte comme un acteur sans texte. Zanouba enchaîne sur quelque chose de vaguement tendre à mon égard. Le reproche d'une femme qui chérit, et souffre d'avoir été calomniée. Les faits le prouvent : Chamrouk, ni aucun homme depuis bien longtemps, ne l'a approchée. Depuis, en fait, qu'elle vit à mon côté.

Les faits existent, il faut partir des faits.

Zanouba est la personne la plus franche et digne de confiance que j'aie jamais connue ! Une nature droite, indépendante, avec un côté acerbe, pas du tout commode, mais sentimentale au fond et fidèle comme une chanson d'amour.

« En solitaire je vis, depuis que je te connais, voilà mon malheur ! Et maintenant viens au lit.

— Oui. Où est mon pyjama ? »

Personne ne le sait.

Elle me dit de retirer ma robe. Elle ouvre pour moi les draps. Je me blottis contre elle. Je murmure comme dans l'abandon de la prière et je la caresse doucement, doucement, à cause de la morte couchée, plus bas, dans la nuit silencieuse.

CHAPITRE XI

MARA

Pourquoi m'a-t-elle fait ça ? On n'est pas forcé de donner des leçons de fornication aux enfants, on n'est pas forcé, non ! Je suis en état de traumatisme profond. Tout me préparait à l'être et je m'étonne de mon aveuglement volontaire. Autrement dit, je voulais m'accrocher à mes illusions. Nous étions sœurs, il n'y avait pas de cachotteries entre nous. Elle était trop fière, trop dans la haine des hommes pour succomber à ça. Je le croyais du moins. Enfin, plus ou moins, selon les jours. Je me souviens du jour où, mes parents dormaient encore, je les ai trouvés côte à côte dans la cuisine, penchés soi-disant sur les lettres de l'alphabet. Leur manège m'agaçait, mais je n'établissais pas encore de rapport direct avec le sexe. Je penchais pour une sympathie naturelle somme toute entre domestiques, une espèce de complicité professionnelle. C'est exactement comme les propriétaires de chiens, qui sont souvent célibataires, alors ils sortent le soir pour promener leur bestiole grâce à quoi ils font des rencontres : « C'est à vous ce ravissant toutou ? » ; ils ont des conversations : « C'est un mâle ou un amour de petite femelle ? » ; ils discutent d'égal à égal, ils se sentent moins seuls. La solitude, je connais, je peux en parler ! Le danger, justement, vient de là. On aspire à rompre l'isolement, on veut se rapprocher un peu, on se touche par mégarde sur certaines parties du corps et brusquement le désir commande, on se retrouve à forniquer comme des animaux. Ça ne devrait pas être pour moi une vérité si difficile à admettre, mais il se trouve que si. On n'est pas forcé de donner des leçons de fornication aux enfants, on n'est pas forcé, non ! Ça ne sert à rien de leur dire : « Cette chose est naturelle entre l'homme et la femme, tu verras quand tu seras grande ! » Ça ne sert à rien de leur dire : « Tu as voulu savoir, eh bien, tu sais maintenant. » Dans un sens, elle a raison. Il vaut mieux parfois ne pas se montrer trop curieuse. J'ai eu tort de tambouriner à sa porte, mais aussi, pourquoi l'a-t-elle ouverte ? Entrebâillée plutôt, avec un geste jaloux comme s'il y avait derrière un trésor ne devant pas être vu par n'importe qui. C'était un stratagème, j'en suis sûre à présent, pour me mener adroitement au but recherché. Pourquoi m'a-t-elle fait ça ? Il était tellement nu dans son corps que, d'abord, je ne l'ai pas reconnu. Il était incroyablement nu dans ses muscles noués, avec au beau milieu du ventre, son pénis masculin. Un mot moins gros finalement que dans mon imagination. La fornication l'avait diminué, je suppose, il lui en restait quand même une certaine longueur. Un gros doigt, en fait, planté dans une fourrure de chimpanzé. C'était horrible à voir. J'ai détourné les yeux, je ne voulais pas regarder, je le jure sur la vie de mon père. Il a jeté une serviette autour de ses hanches, il m'a adressé un signe de tête, un sourire presque de connivence. Il s'est allongé sur le lit, les bras croisés sous la tête. Il a observé le plafond, il nous a ignorés, moi et elle. Je ne me rappelle plus si elle était complètement nue. Non. Ses seins repoussaient la combinaison, ses seins en colère... Elle me criait dessus, j'étais abasourdie. J'ai demandé, en guise d'excuse : « Est-ce que tu as de l'aspirine ? », et il est intervenu : « Tu as mal au crâne, mademoiselle ? J'espère que ça ne t'arrive pas trop souvent ! » Ils se sont mis à rire, à se tordre, à n'en plus pouvoir. La rigolade m'a paru non seulement gratuite, mais ridicule étant donné les circonstances. J'ai voulu fuir. Elle m'a retenue. Quand on vient de faire l'amour on a envie que les autres le sachent. Donc, pour elle je suis une autre, me voilà fixée là-dessus une fois pour toutes. Elle s'est penchée pour l'embrasser lui, non pas sur la joue, mais sur la bouche avec un claquement mouillé. Je ne savais plus où me mettre. Déjà que, dans mon propre cas, les baisers sur la moustache me dégoûtent. Alors là, avec succions prolongées de part et d'autre. Je me sentais mal. J'ai dit : « Je vais vomir si je ne sors pas d'ici. » Elle a répondu, avec son caractère autoritaire : « Tu vas m'écouter encore une petite seconde. » Il a dit : « Assez, assez, femme ! Laisse donc cette petite fille tranquille ! » Elle l'a remis proprement à sa place : « De quoi te mêles-tu ? C'est pour son bien, pour qu'elle comprenne ! » Avec une gaieté forcée, méchante, elle m'a poussée vers le lit. Elle a dit : « Ne va pas croire que je couche avec lui contre mon cœur, c'est tout le contraire. Regarde-le ! C'est un homme et il sait comment me faire plaisir ! » Il s'est assis sur le bord du lit. Elle a mis une main sur son épaule et il l'a prise par la taille. Elle a dit : « Tu nous as bien regardés ? » Elle s'attendait au mélodrame. Des pleurs, des reproches, la complainte des femmes avec leur amour. Très simplement, j'ai dit : « Je m'en fiche, ça ne m'intéresse pas du tout. Je peux m'en aller maintenant ? » Elle a dit : « Ça marche, bon voyage ! » Il a ajouté, le salaud : « Dors bien, mademoiselle Mara, la paix soit avec toi ! » J'ai tourné les talons avec un calme, une dignité magnifiques. Ah ! j'oublie un détail ! Avant de partir, j'ai juré de les faire tomber en disgrâce, tous les deux, en racontant leurs saletés à mes parents. Je n'en pensais pas le premier mot, évidemment, encore que j'en aurais le droit. Elle m'a trahie, pourquoi ne la payerais-je pas de la même monnaie ? La faire souffrir autant que... Mais je ne souffre pas vraiment, non, je la déteste trop pour souffrir. C'est plutôt bien. C'est la preuve que je ne l'aime plus. Le temps où je faisais dépendre d'elle mon bonheur et mon malheur est révolu. Au lit ! Je vais m'endormir d'un sommeil extraordinaire pour l'oublier, demain je trouverai le moyen de me venger.

CHAPITRE XII

MARA

I

Maintenant que la nuit m'a apporté un million d'idées à la Monte-Cristo, je peux me montrer très gentille avec Zanouba. Elle me demande si ma nuit a été douce ? Je l'assure n'en avoir jamais passé de meilleure. Elle me demande de me faire ma toilette ? Très bien. De boire mon chocolat tant qu'il est chaud ? Je m'en brûle les lèvres puisqu'elle le souhaite ! Tout ce qu'elle voudra, quand elle le voudra ! Je suis si bonne enfant ce matin et la rancune, franchement, n'est pas mon genre !

« Tu vois, approuve-t-elle, ce n'est pas une si grosse affaire que ça. Les femmes et les hommes ont été créés pour ça. »

Sa voix est lasse, lointaine, comme si elle venait d'un autre monde et il en est bien ainsi. Je la regarde dignement et tranquillement en face, car je me souviens de tout, dans les moindres détails. Je me souviens du temps où le mensonge et le mal se dissimulaient sous un masque, car elle voulait me faire croire qu'elle était tendre et bonne alors qu'elle ne l'a jamais été. « Qu'est-ce que tu as à me regarder de travers ? soupire-t-elle. Cesse cette comédie avec moi, ou alors retourne dans ta chambre. »

Elle a raison.

Il faut être seule dans sa chambre pour réfléchir, calculer, combiner. J'explore des rêves d'assassin. Je me vois en ombre chinoise, comme au cinéma, brandir un grand couteau et brusquement le sang envahit l'écran, Zanouba suinte la souffrance, elle meurt dans mes bras. Quand je la vois morte, je me tue et aussitôt je vois une tombe. Rien qu'une tombe. Je vois les choses ainsi : une seule tombe sur laquelle est écrit : « Les inséparables dans la vie comme dans la mort », puis je ne vois plus rien. Je ne veux pas qu'elle meure. Si elle mourait, je n'aurais plus personne à combattre. Si je me tuais, personne ne me regretterait.

II

L'après-midi amène des stratagèmes plus chimériques les uns que les autres. Peu importe. La vengeance, je pense avec réalisme, est un plat qui se mange froid. Il fait bon sous la douche. Mais la sensation de fraîcheur disparaît dès que je remets le pied dans ma chambre. Les cheveux seuls demeurent mouillés et c'est bien là l'ennui. Je peux toujours les sécher devant la fenêtre. Le soleil est si éclatant que je peux voir scintiller les pare-chocs des voitures garées de chaque côté de la rue. Accroupis sur le trottoir d'en face, les enfants du marchand de fausses antiquités rapprochent leur tête autour d'un truc invisible. Sur quoi se penchent-ils avec autant de passion ? Leurs cris troublent la sieste et forcément, le papa s'en mêle. Comme les gosses se dispersent, je reconnais parmi eux Farid, le fils des voisins du premier étage. Comme il revient vers l'immeuble, je vois qu'il porte à bout de bras une chose assez encombrante. Un petit avion ou une grosse toupie ? Cela mérite d'être vérifié !

Une locomotive miniature en fait, à l'acier complètement rouillé.

« Elle est chouette ta loco, tu sais ! Si tu veux, on peut aller jouer avec.

— Chez toi ou chez moi ?

— Mais non, gros bêta, tu veux réveiller tes parents ? »

La lumière est si massive sur la terrasse que les murs épais peuvent à peine la soutenir quand elle s'appuie sur eux. L'ombre de Farid la dérange peu cette lumière, comment peut-on être si mince ? Un corps tout en longueur et de largeur il n'y a pas.... Des jambes et des bras qui gagneraient, de même que la poitrine, à s'emplir d'un peu de chair, de muscles, de poils... Des cheveux plus longs que les miens, peignés, nets autour du front délicat... Une jolie petite gueule, oui, trop jolie, voilà le problème des garçons en retard sur leur âge. La tête des garçons est trop petite pour leur corps, elle doit beaucoup grandir pour le rattraper... Quinze ans seulement et moi douze, vieille que je suis, quelle injustice, je pense, et au même moment surgit dans ma tête un petit bout d'idée. Je me dresse sur la pointe des pieds, je toise Farid et, à ma propre stupéfaction, je lui donne un baiser. Un vrai baiser, je veux dire, avec une langue chercheuse qui le cogne aux dents et le laisse ahuri. En s'écartant, le souffle court, il trébuche. Je le rattrape, mes mains glissent le long de sa nuque et avant de m'en rendre compte, rebaiser de langue sauf que la sienne, cette fois, est introuvable.

« Arrête, Mara, dit-il en brandissant sa locomotive comme une matraque, arrête enfin, pourquoi tu fais ça ?

— Pour m'amuser, je dis en défaisant les deux premiers boutons de sa chemise. Tu ne vois pas, idiot, que tu as mis ta chemise à l'envers ? »

Il s'inspecte, se tâte, se flaire, l'air tellement éprouvé que prise de pitié, je reboutonne sa chemise à toute allure.

« Sois tranquille, Farid. Dans pas longtemps tu seras comme ton père. Le jour, tu battras ta femme et la nuit tu la tueras de caresses.

— Mon père n'a jamais battu ma mère, c'est faux.

— Ah oui ? Elle prend des coquards toute seule alors, contre la porte ! C'est avec la porte qu'elle t'a fabriqué d'ailleurs, pas avec ton père.

— Tu te crois drôle mais tu ne l'es pas du tout. Ou nous jouons ou je retourne en bas. »

Donc nous jouons sans interruption pendant une heure. Au petit train, à la marelle, au linge de Zanouba que nous faisons tomber de la corde d'étendage. Une combinaison, plantée au bout d'un manche à balai, tente en vain de s'envoler. Les culottes de coton planent et tournoient, pareilles à une bande de pigeons. Les taons gris et les mouches étincelantes qui rampent sur le muret de pierre s'ouvrent sous la pression du pouce comme un boîtier de montre. Aïe ! Cinq heures déjà ! Plus qu'une heure avant le coucher du soleil. Les rayons obliques se posent sur le dos de la fontaine si luisante qu'elle paraît vernie. Nous jouons à nous asperger les habits, à rire, à crier, à renverser la bassine, à donner des coups de pied dans les poubelles, à nous cacher derrière les plantes en pots. Nous jouons à apparaître et à disparaître comme fait la douleur quand elle attaque puis se retire, fatiguée, quand elle tombe malade et meurt peu à peu dans ma poitrine, quelle douceur s'installe alors dans ma poitrine, quelle bonté ! alors je ne déteste plus Zanouba, ni aucune femme, pas même moi, car je serai grande un jour, plus grande que la douleur et j'aurai moi aussi un homme qui me couvrira de caresses et de baisers, c'est un jeu naturel entre l'homme et la femme, je pense, et tout à coup j'ai envie de déverser des injures, de frapper quelqu'un, ce pauvre petit qui se retourne et hurle : « Attrape-moi si tu peux », il m'énerve à la fin, un bébé de sexe indéterminé, rose d'efforts et très mignon comme toujours, il s'abat contre la porte de Zanouba et brusquement je me souviens de la clef, la grosse clef à cadenas qui d'ordinaire se trouve sous le cul du pot de basilic.

« Tu sais, Farid, tu as manqué quelque chose de très intéressant qui s'est passé ici la nuit dernière.

— C'était quoi ?

— Un secret que tu dois deviner. Devine, je te donne une minute. Je compte jusqu'à soixante et si tu ne trouves pas tu as un gage. Allez, je commence à compter. Un, deux, trois...

— Attends, attends. Quel genre de gage d'abord ?

— Un gage, tu verras !

— Mon argent de poche ?

— Non.

— Quoi alors ?... »

Un silence, puis ce cri de bêtasson :

« Pas ma loco quand même ? »

Je me marre si fort que la clef, au bout de mes doigts tremble et manque la fente du cadenas. Farid soupire et souffle qu'il ne faut pas forcer la porte de Zanouba, son secret, d'ailleurs, ne l'intéresse pas vraiment, il est sage lui et moi je suis le diable.

« Oui, j'adore le diable, je l'adore !

— Pourquoi ?

— Parce que c'est très rare chez une fille de ne pas avoir peur du diable, au contraire même !

— Tu n'as pas peur de Dieu non plus ?

— Dieu ? C'est qui celui-là ? Si je Le rencontrais,

celui-là, je Le jetterais par terre et je sauterais sur sa figure de toutes mes forces, comme ça !

— Comme ça ! » s'écrie-t-il, trop stupéfait pour dire autre chose.

Il émet un sifflement admiratif quand le cadenas cède enfin. J'empoigne les barres métalliques, je tire, et une large coulée de soleil s'engouffre dans l'ouverture de la porte. Tout est calme dans la chambre, ordonné, propre. Je contemple la chaise basse, le plateau de cuivre rond, la lampe à pétrole, le coffre qui n'a subi encore ni agressions ni injures. Voici la gargoulette où Zanouba s'abreuve la nuit, voici le lit qui a la particularité de susciter les caresses et les baisers.

« Mara, s'il te plaît, peux-tu laisser la porte ouverte jusqu'à ce que....

— Où tu vas ? je dis d'une voix terrible, reste ici ou je te tue. Reste, je vais te montrer.

— Quoi ?

— Le secret, espèce d'idiot, tu sais bien !

— Je ne sais pas.

— Si, tu sais. Tu ne sais pas comment on joue aux vilaines choses ? »

Je lui jette un regard appuyé. Je me rapproche en ondulant un peu du ventre : « Mets tes bras autour de moi, maintenant, allez, on s'embrasse ! » Est-ce si difficile de m'embrasser ? Il a l'air d'un chiot épouvanté. Il ne sait pas ce qui va se passer à moins qu'au contraire, il ne le sache mieux que moi. Je cherche ses mains, à tâtons. Je les place autour de ma taille. Il sursaute, recule : quelque chose a filé entre nos pieds : un cafard ? Farid se raidit de dégoût, sa respiration monte et descend en rafales dans l'espace étroit. Sa réaction me fait bouillir de rage, un froussard, c'est bien ma chance ! Lui donner une leçon qu'il n'oubliera pas de sitôt, mais comment y parvenir ? Une petite scène s'ébauche dans mon esprit quand je vois sa chemise pendre mollement de ses épaules étroites. Je vais faire une sieste sur le lit, je lui dis, ça fait bien longtemps que je n'ai pas dormi, et toi ? Il ne sait pas. Tout ce qu'il sait, c'est que le lit de quelqu'un d'autre est comme qui dirait sacré. On n'a pas le droit d'y faire n'importe quoi. Ah non ? Je dis, je fais ce que je veux, où je veux et toi non. Toi, tu dois m'obéir. À cause du gage ? dit-il, si spontané et sérieux que j'ai l'impression, une seconde, d'accabler un innocent, mais il faut qu'il comprenne. Il faut qu'il s'habitue à regarder en face un certain nombre de réalités. Je lui commande d'ôter sa chemise, son pantalon, ses sandales, la culotte aussi bien sûr, et de s'allonger par-dessus le drap. Je ne regarde pas, promis, mais j'entends le sommier grincer de peur. J'ai sur le cœur comme une panique vibrante, chaude, cependant qu'un petit coin de mon cerveau resté froid et dur ordonne : « Vas-y maintenant, vas-y ma vieille, c'est le moment ou jamais. » J'enlève ma robe et je reste plantée dans ma culotte, un moment, à un pas du lit. Farid croise les bras sur le bas de son ventre et demeure impassible. Ses yeux ne s'égarent ni à droite ni à gauche. Ils suivent une ligne tracée haut au-dessus de ma tête, comme quelqu'un qui compterait les moutons avant de s'endormir. Je me penche vers lui, pas très contente parce que, vraiment je ne suis pas aidée, et je le couvre de baisers qui font de petits bruits de poisson. Il s'obstine, au début, à garder les lèvres serrées, puis après quelques baisers sur la joue, il me demande si je l'aime : « Dis-le-moi, il faut que tu le dises ! » répète-t-il, le pauvre, malgré mon regard méprisant. Un garçon de quinze ans a si peu de poils autour du sexe, si peu de sexe que... rien ! Je me place à califourchon sur sa poitrine, je serre les jambes autour de ses hanches, il rit à s'étouffer. Je le mords un peu partout, il me tord les bras, nous jouons à qui renversera l'autre, à qui chevauchera l'autre, je ne gagne pas, c'est bizarre, je me croyais la plus forte, je suis pétrifiée non d'effroi mais d'incrédulité, le corps de Farid a envahi le mien, la douleur coupe en deux, par le milieu, le sommier hurle et s'affaisse brusquement, du coup je pense à mon père, un grand homme à l'air toujours distrait, à ma mère, un peu forte, avec de longs cheveux roux, et c'est tout...

Des gouttes d'eau perlent sur la paroi de la gargoulette. Je bois toute l'eau. Je cherche sur la chaise basse les allumettes, j'allume la lampe à pétrole. Farid, maintenant, ressemble à un enfant puni. Il peigne ses cheveux avec ses doigts et se tient rencogné au mur. Je lui parle du sang élargi sur le drap, il ne se retourne pas. Je lui décris le matelas joliment peinturluré, il est pris d'une quinte de toux comme je n'en ai jamais entendu de pareilles. Le sang le terrorise on dirait ! Le sang quoi ! il ne l'a jamais vu gicler de son nez, de ses oreilles, de sa bouche ? Je le houspille dans son amour-propre et il pivote enfin. Il me prend dans ses bras minces. Je le repousse en disant, assez drôlement, qu'il n'a pas beaucoup grandi depuis tout à l'heure. Il ne rit pas. Il ne rira plus jamais. Calme, mon petit Farid, calme ! Il se met à crier : « Comment c'est arrivé, Mara ? Comment se fait-il que tu perdes autant de sang ? » Je rigole : « Ça se fait comme ça doit se faire », et il s'inquiète de savoir s'il m'a fait très mal. « Penses-tu, je dis, ton petit truc se sent à peine... » Un demi-mensonge, il suffit de ne pas y penser. Une chose, une bonne chose est sûre : le matelas de Zanouba est fichu, bien fichu. Farid panique : « Zanouba va être folle de rage, tu ne crois pas ? Elle va nous tuer Mara, je t'assure, elle va nous tuer. » Farid panique comme si Zanouba était ici, avec nous, et je détourne la tête pour qu'il ne puisse pas me voir sourire.

Épilogue

Les pronostics du zabet Aboul Nour se sont révélés justes. Mon père a troqué sa nationalité contre un passeport pour l'exil. D'ici la fin de la semaine, avant peut-être, il sera libre. La maison où nous l'attendons, ma mère, son fils Édouard et moi, a pris l'allure d'une salle de ventes aux enchères. Les meubles, les tapis, les appareils ménagers ne trouvent pas preneurs pour l'instant. Ma mère ne veut emporter que le linge de corps et les bijoux, j'insiste pour que mes bouquins fassent partie du voyage. Roxane doit, si elle est libérée à temps, emprunter le même bateau que nous. « Où pourrait aller cette pauvre créature, seule dans un monde étranger ? » s'inquiète ma mère. Je n'éprouve, pour ma part, aucune inquiétude pour personne. Je me sens vide intérieurement. J'ai l'esprit inerte, en veilleuse, engourdi par la chaleur revenue, déjà, comme un mois de juillet. Nous sommes le 12 janvier 1957. Les arbres sont verts. Le ciel est bleu. La trahison est verte. Le mensonge est bleu. Il n'y a pas d'amour. Zanouba ne me sert plus à rien, pas même à me faire souffrir. Les oiseaux volettent derrière la vitre. Les voitures qui grondent, en bas, font vibrer l'air à la fenêtre. La voix de Miranda, venant d'une radio à l'étage inférieur, chante une réclame sur le lait en poudre, soutenue par un chœur de vaches en liesse. La vieille madame Aghion est partie rejoindre son frère au Liban. Je ne sais pas ce que devient Chamrouk. Madame Garnier a disparu, elle aussi, son téléphone reste branché sur les abonnés absents. Zanouba souffre d'un gros rhume. Je l'entends éternuer derrière la cloison, dans la salle de bains où coulent les robinets. Tout d'un coup, j'ai la vision de Zanouba, dans la baignoire, étalant ses seins énormes, noirs, les lèvres de son sexe épilé ont la couleur du sang. Cette vision, je l'accueille avec indifférence, tranquillement, elle est derrière moi maintenant. Quand, s'accoudant à la fenêtre, Zanouba dit doucement : « Je ne t'ai pas abandonnée, Mara, je nettoyais la salle de bains, tu veux que je t'apporte quelque chose à manger ? », nous savons toutes deux qu'elle ne dit pas la vérité. Elle se tient dans une position incommode, raide et tendue, afin d'éviter de frôler ma cuisse. Quand, me touchant par mégarde elle s'exclame : « Oh ! pardonne-moi », je réponds que ça ne fait rien. Je lui pardonne parce qu'il n'y a pas d'amour, nulle part, le monde est ainsi fait. Quand Zanouba demande si je lui écrirai, il y aura toujours quelqu'un pour lui lire mes lettres, je réponds que je n'aurai pas le temps là-bas, je serai très occupée. Elle aussi, non ? Je la regarde entre mes paupières à moitié fermées, c'est la seule façon, il me semble, de la regarder à présent. Zanouba a peu de visage en ce moment. Si peu qu'on dirait un fragment de rêve à moitié oublié. Demain, le visage de Zanouba s'effacera tout à fait de ma mémoire et j'y penserai, si je dois y penser, comme on pense à un pays étranger, un pays sans amour.

Je suis contente de partir.

DU MÊME AUTEUR

Au Mercure de France

LUMIÈRE DE L'ŒIL, 1980 (Folio n° 1490)

UN BAISER FROID COMME LA LUNE, 1983

L'HÉRITAGE DE TANTE CARLOTTA, 1987 (Folio n° 2159)

DEBORAH ET LES ANGES DISSIPÉS, prix Femina 1991 (Folio n° 2637)

LA DESCENTE AU PARADIS, 1995 (Folio n° 2922)

LES FEMMES AVEC LEUR AMOUR, 1997

COLLECTION FOLIO

Dernières parutions

3079. Harry Crews — *Body.*
3080. Michel Déon — *Pages grecques.*
3081. René Depestre — *Le mât de cocagne.*
3082. Anita Desai — *Où irons-nous cet été ?*
3083. Jean-Paul Kauffmann — *La chambre noire de Longwood.*
3084. Arto Paasilinna — *Prisonniers du paradis.*
3086. Alain Veinstein — *L'accordeur.*
3087. Jean Maillart — *Le Roman du comte d'Anjou.*
3088. Jorge Amado — *Navigation de cabotage. Notes pour des mémoires que je n'écrirai jamais.*
3089. Alphonse Boudard — *Madame... de Saint-Sulpice.*
3091. William Faulkner — *Idylle au désert* et autres nouvelles.
3092. Gilles Leroy — *Les maîtres du monde.*
3093. Yukio Mishima — *Pèlerinage aux Trois Montagnes*
3095. Reiser — *La vie au grand air 3.*
3096. Reiser — *Les oreilles rouges.*
3097. Boris Schreiber — *Un silence d'environ une demi-heure I.*
3098. Boris Schreiber — *Un silence d'environ une demi-heure II.*
3099. Aragon — *La Semaine Sainte.*
3100. Michel Mohrt — *La guerre civile.*
3101. Anonyme — *Don Juan (scénario de Jacques Weber).*
3102. Maupassant — *Clair de lune* et autres nouvelles.
3103. Ferdinando Camon — *Jamais vu soleil ni lune.*
3104. Laurence Cossé — *Le coin du voile.*
3105. Michel del Castillo — *Le sortilège espagnol.*
3106. Michel Déon — *La cour des grands.*
3107. Régine Detambel — *La verrière*
3108. Christian Bobin — *La plus que vive.*

3109. René Frégni — *Tendresse des loups.*
3110. N. Scott Momaday — *L'enfant des temps oubliés.*
3111. Henry de Montherlant — *Les garçons.*
3113. Jerome Charyn — *Il était une fois un droshky.*
3114. Patrick Drevet — *La micheline.*
3115. Philippe Forest — *L'enfant éternel.*
3116. Michel del Castillo — *La tunique d'infamie.*
3117. Witold Gombrowicz — *Ferdydurke.*
3118. Witold Gombrowicz — *Bakakaï.*
3119. Lao She — *Quatre générations sous un même toit.*
3120. Théodore Monod — *Le chercheur d'absolu.*
3121. Daniel Pennac — *Monsieur Malaussène au théâtre.*
3122. J.-B. Pontalis — *Un homme disparaît.*
3123. Sempé — *Simple question d'équilibre.*
3124. Isaac Bashevis Singer — *Le Spinoza de la rue du Marché.*
3125. Chantal Thomas — *Casanova. Un voyage libertin.*
3126. Gustave Flaubert — *Correspondance.*
3127. Sainte-Beuve — *Portraits de femmes.*
3128. Dostoïevski — *L'Adolescent.*
3129. Martin Amis — *L'information.*
3130. Ingmar Bergman — *Fanny et Alexandre.*
3131. Pietro Citati — *La colombe poignardée.*
3132. Joseph Conrad — *La flèche d'or.*
3133. Philippe Sollers — *Vision à New York*
3134. Daniel Pennac — *Des chrétiens et des Maures.*
3135. Philippe Djian — *Criminels.*
3136. Benoît Duteurtre — *Gaieté parisienne.*
3137. Jean-Christophe Rufin — *L'Abyssin.*
3138. Peter Handke — *Essai sur la fatigue. Essai sur le juke-box. Essai sur la journée réussie.*
3139. Naguib Mahfouz — *Vienne la nuit.*
3140. Milan Kundera — *Jacques et son maître, hommage à Denis Diderot en trois actes.*
3141. Henry James — *Les ailes de la colombe.*
3142. Dumas — *Le Comte de Monte-Cristo I.*
3143. Dumas — *Le Comte de Monte-Cristo II.*

3144		*Les Quatre Évangiles.*
3145	Gogol	*Nouvelles de Pétersbourg.*
3146	Roberto Benigni et Vicenzo Cerami	*La vie est belle.*
3147	Joseph Conrad	*Le Frère-de-la-Côte.*
3148	Louis de Bernières	*La mandoline du capitaine Corelli.*
3149	Guy Debord	*"Cette mauvaise réputation..."*
3150	Isadora Duncan	*Ma vie.*
3151	Hervé Jaouen	*L'adieu aux îles.*
3152	Paul Morand	*Flèche d'Orient.*
3153	Jean Rolin	*L'organisation.*
3154	Annie Ernaux	*La honte.*
3155	Annie Ernaux	*« Je ne suis pas sortie de ma nuit ».*
3156	Jean d'Ormesson	*Casimir mène la grande vie.*
3157	Antoine de Saint-Exupéry	*Carnets.*
3158	Bernhard Schlink	*Le liseur.*
3159	Serge Brussolo	*Les ombres du jardin.*
3161	Philippe Meyer	*Le progrès fait rage. Chroniques 1.*
3162	Philippe Meyer	*Le futur ne manque pas d'avenir. Chroniques 2.*
3163	Philippe Meyer	*Du futur faisons table rase. Chroniques 3.*
3164	Ana Novac	*Les beaux jours de ma jeunesse.*
3165	Philippe Soupault	*Profils perdus.*
3166	Philippe Delerm	*Autumn*
3167	Hugo Pratt	*Cour des mystères*
3168	Philippe Sollers	*Studio*
3169	Simone de Beauvoir	*Lettres à Nelson Algren. Un amour transatlantique. 1947-1964*
3170	Elisabeth Burgos	*Moi, Rigoberta Menchú*
3171	Collectif	*Une enfance algérienne*
3172	Peter Handke	*Mon année dans la baie de Personne*
3173	Marie Nimier	*Celui qui court derrière l'oiseau*
3175	Jacques Tournier	*La maison déserte*
3176	Roland Dubillard	*Les nouveaux diablogues*

3177 Roland Dubillard	*Les diablogues et autres inventions à deux voix*
3178 Luc Lang	*Voyage sur la ligne d'horizon*
3179 Tonino Benacquista	*Saga*
3180 Philippe Delerm	*La première gorgée de bière et autres plaisirs minuscules*
3181 Patrick Modiano	*Dora Bruder*
3182 Ray Bradbury	*... mais à part ça tout va très bien*
3184 Patrick Chamoiseau	*L'esclave vieil homme et le molosse*
3185 Carlos Fuentes	*Diane ou La chasseresse solitaire*
3186 Régis Jauffret	*Histoire d'amour*
3187 Pierre Mac Orlan	*Le carrefour des Trois Couteaux*
3188 Maurice Rheims	*Une mémoire vagabonde*
3189 Danièle Sallenave	*Viol*
3190 Charles Dickens	*Les Grandes Espérances*
3191 Alain Finkielkraut	*Le mécontemporain*
3192 J.M.G. Le Clézio	*Poisson d'or*
3193 Bernard Simonay	*La première pyramide, I : La jeunesse de Djoser*
3194 Bernard Simonay	*La première pyramide, II : La cité sacrée d'Imhotep*
3195 Pierre Autin-Grenier	*Toute une vie bien ratée*
3196 Jean-Michel Barrault	*Magellan : la terre est ronde*
3197 Romain Gary	*Tulipe*
3198 Michèle Gazier	*Sorcières ordinaires*
3199 Richard Millet	*L'amour des trois sœurs Piale*
3200 Antoine de Saint-Exupéry	*Le petit prince*
3201 Jules Verne	*En Magellanie*
3202 Jules Verne	*Le secret de Wilhelm Storitz*
3203 Jules Verne	*Le volcan d'or*
3204 Anonyme	*Le charroi de Nîmes*
3205 Didier Daeninckx	*Hors limites*
3206 Alexandre Jardin	*Le Zubial*
3207 Pascal Jardin	*Le Nain Jaune*
3208 Patrick McGrath	*L'asile*
3209 Blaise Cendrars	*Trop c'est trop*
3210 Jean-Baptiste Evette	*Jordan Fantosme*
3211 Joyce Carol Oates	*Au commencement était la vie*

3212	Joyce Carol Oates	*Un amour noir*
3213	Jean-Yves Tadié	*Marcel Proust I*
3214	Jean-Yves Tadié	*Marcel Proust II*
3215	Réjean Ducharme	*L'océantume*
3216	Thomas Bernhard	*Extinction*
3217	Balzac	*Eugénie Grandet*
3218	Zola	*Au Bonheur des Dames*
3219	Charles Baudelaire	*Les Fleurs du Mal*
3220	Corneille	*Le Cid*
3221	Anonyme	*Le Roman de Renart*
3222	Anonyme	*Fabliaux*
3223	Hugo	*Les Misérables I*
3224	Hugo	*Les Misérables II*
3225	Anonyme	*Tristan et Iseut*
3226	Balzac	*Le Père Goriot*
3227	Maupassant	*Bel-Ami*
3228	Molière	*Le Tartuffe*
3229	Molière	*Dom Juan*
3230	Molière	*Les Femmes savantes*
3231	Molière	*Les Fourberies de Scapin*
3232	Molière	*Le Médecin malgré lui*
3233	Molière	*Le Bourgeois gentilhomme*
3234	Molière	*L'Avare*
3235	Homère	*Odyssée*
3236	Racine	*Andromaque*
3237	La Fontaine	*Fables choisies*
3238	Perrault	*Contes*
3239	Daudet	*Lettres de mon moulin*
3240	Mérimée	*La Vénus d'Ille*
3241	Maupassant	*Contes de la Bécasse*
3242	Maupassant	*Le Horla*
3243	Voltaire	*Candide ou l'Optimisme*
3244	Voltaire	*Zadig ou la Destinée*
3245	Flaubert	*Trois Contes*
3246	Rostand	*Cyrano de Bergerac*
3247	Maupassant	*La Main gauche*
3248	Rimbaud	*Poésies*
3249	Beaumarchais	*Le Mariage de Figaro*
3250	Maupassant	*Pierre et Jean*
3251	Maupassant	*Une vie*
3252	Flaubert	*Bouvart et Pécuchet*

Composition Euronumérique.
Impression Bussière Camedan Imprimeries
à Saint-Amand (Cher), le 23 septembre 1999.
Dépôt légal : septembre 1999.
Numéro d'imprimeur : 994085/1.

ISBN 2-07-041005-6./Imprimé en France.

91259